AF221339

**Omega – die Zauberer**

**Omega-Chroniken**

Covergestaltung: Fabian Tremel

eMail: mark.bannstorm@omega-chroniken.de
Twitter: MarkBannstorm
https://omega-chroniken.de

Mark Bannstorm

# Omega
# Die Zauberer

Die Omega-Chroniken - Band 1a/b

Inklusive Bonusgeschichte
Omega – Dschungel

Bibliografische Information der Deutschen Nationalbibliothek:
Die Deutsche Nationalbibliothek verzeichnet diese
Publikation in der Deutschen Nationalbibliografie; detaillierte
bibliografische Daten sind im Internet über dnb.dnb.de abrufbar.

© 2020 Bannstorm, Mark

Herstellung und Verlag: BoD – Books on Demand,
Norderstedt

ISBN: 9783752644319

# Inhaltsverzeichnis

# Omega – Die Zauberer

## Prolog - Die Omega

Mit Lichtgeschwindigkeit raste die Omega durch die graue Dimension. Kapitän Artos – ein grüner Energieschimmer – wanderte in dem Bereich des Raumschiffes, der in der Normaldimension der Brücke entsprach. Ein haarfeiner Kommunikationsfaden schlängelte sich durch das Grau zu seiner Aura. „Steuermann an Kapitän. Ich spüre die Nähe eines Nexus. Und eine weitere Energiequelle." Elektronische Sensoren arbeiteten im Grau nicht, genauso wenig wie Computer. Sie mussten sich auf die Feinfühligkeit ihres Steuermannes verlassen.

Artos schickte Fäden zu den zehn Besatzungsmitgliedern, deren Willen die Omega antrieb. „Geschwindigkeit drosseln." Der Steuermann antwortete auf seine Frage nach der Energiesignatur: „Sie folgt uns. Vermutlich eines der Wesen, denen wir bei den anderen Nexussteinen begegnet sind."

Der Kapitän fluchte. *Wir werden uns beeilen müssen.* Dutzende Kommunikationsadern sprossen aus seiner Aura und leiteten den Befehl an die Sigma-, Gamma- und Epsilon-Einheiten weiter: „Bereithalten!"

Der Steuermann gab das Signal: „Jetzt."

Jeder aktive Geist auf dem Raumschiff presste seinen Willen gegen das Grau. Die Nexuspartikel in der Hülle der Omega schufen für einen Sekundenbruchteil einen Kanal zurück in die Normaldimension.

Artos bemerkte die Lücken in der Verteilung der Partikel. *Noch drei Übergänge und das Schiff bricht auseinander. Wir brauchen den Nexusstein.* Dann schwebte er im dunklen Raum. *Zurück. Endlich.* Die ersten Lichter flackerten.

„Übertritt erfolgreich", krächzte Nikos, der Steuermann.

Artos räusperte sich. Nach so langer Zeit in der grauen Dimension fühlte sich der eigene Körper merkwürdig an. „Alle Systeme hochfahren." Die Brückenbesatzung erteilte die notwendigen Befehle.

Während er sich zu dem Kommandosessel hangelte und festschnallte, erwachte das Display auf der Frontseite des Raumes zum Leben. Vor dem schwarzen Hintergrund des Weltraums leuchtete ein blauer Planet. Alle Augen starrten auf das Bild.

„Das sieht aus, wie...“

„Die Erde“, ergänzte Artos mit belegter Stimme. *So lange her.* Auf einigen Wangen glänzten feuchte Spuren.

Er tippte auf einen Schalter mit Epsilon-Symbol. „Kira. Versetze die Forschungsabteilung in Alarmbereitschaft. Wir haben einen erdähnlichen Planeten. Ihr bekommt neunzig Prozent der Sensor- und Rechenkapazitäten.“

Zwei Stunden später füllte die blaue Kugel den gesamten Bildschirm. Sie orteten den Nexusstein auf einer Insel, etwa zweihundert Kilometer von Landmasse des Hauptkontinents entfernt.

Die Forschungsabteilung berechnete die kombinierte Wahrscheinlichkeit einer erfolgreichen Terraformung und dem Überleben der Siedler auf fünfundachtzig Prozent.

Kapitän Artos grinste und rieb sich die Hände. „Der Irrflug hat ein Ende. Wir werden unseren Auftrag erfüllen.“ Er öffnete weitere Kommunikationsverbindungen. „Gamma eins. Bereitet die Kälteschlafmodule der Siedler für die Landung vor.“

Artos wartete die Bestätigung nicht ab, sondern schaltete sofort in den Hangar. „Janina. Du transportierst die Terraformungsmodule nach Anweisung von Epsilon eins. Mach die Raumkorvette bereit.“

„Alles klar, Skipper. Aber du hast etwas vergessen.“

Artos stöhnte. *Wenn sie nicht die beste Korvettenpilotin wäre.* „Janina, lass das bitte. Jetzt ist nicht die Zeit für Spielchen.“

„Das eine ‚Bitte‘ reicht mir schon. Bin unterwegs.“

Die Omega schwenkte auf eine niedrige Umlaufbahn, während Artos den Einsatz der Sigma-Einheit durchsprach. Nach zwei Tagen hatten sie die Terraformung aktiviert und die Hälfte der Kälteschlafmodule ausgeladen.

Artos tappte mit den Fingern auf die Armlehnen seines Sitzes. *Wieviel Zeit bleibt uns noch? Wann greift das Wesen aus dem Grau ein.* Die Prioritätsleitung zu Epsilon eins begann hektisch zu blinken. „Was ist los, Kira?“

„Artos. Bist du verrückt geworden? Widerrufe sofort die Sprengung des Nexussteins?“

„Wir brauchen den Stein. Was hast du überhaupt auf der Insel zu suchen? Verschwinde von dort.“

„Die Größe und Klimazone der Insel sind ideal. Wir haben hier ein experimentelles Modul der Terraformung installiert.“ Kiras Stimme kippte. „Das Wesen aus dem Grau wird auftauchen, sobald ihr den Nexusstein beschädigt."

„Es kommt vielleicht auch so. Dann ist der Stein verloren und wir haben nichts, um es abzulenken. Die Verluste vom letzten Mal können wir uns nicht leisten."

„Ich lege mein Veto ein. Wir haben die Siedler auf dieser Welt abgeladen und dürfen das Wesen auf keinen Fall verärgern. Gamma eins wird mir zustimmen."

Artos fluchte innerlich. *Hätte diese Operation nicht ohne Diskussion über die Bühne gehen können.* „Ich komme nach unten. Dann besprechen wir das persönlich." *Kein Schaden. Für die Aufnahme des Steins muss die Omega sowieso über der Insel stehen.*

Als sich die Omega positioniert hatte, flog er mit einem der drei Transporter, die den Nexusstein einfangen sollten. Kira wartete am Fuße eines mit blaugrünen Flechten bewachsenen Hügels. Sie zeigte auf die Luftfahrzeuge hinter ihm. „Du hast die Idee noch nicht aufgegeben."

Er holte tief Luft. *Salzig. Es riecht nach Meer.* Heimweh nach der Erde rührte sich in seiner Brust. Er seufzte. „Wir brauchen die Nexuspartikel, wenn wir je zurückkehren wollen. Carlos wird dir den Plan erläutern."

Während Carlos, der Kommandant der Sigma-Truppe, auf Kira einredete, stieg Artos den Hügel hinauf. Zehn Schritte vor dem schwarzgrauen Obelisken hielt er an. Ab jetzt wuchs die Gefahr mit jedem Fußbreit, in die graue Dimension gesogen zu werden. Er musste seinen Kopf in den Nacken legen, um die etwa dreißig Meter hohe Spitze auszumachen. Gelbe Sprengladungen lagen um die Basis des Obelisken.

Als er zurückkehrte, hatte sich Kira beruhigt, sah aber nicht überzeugt aus. *Es reicht.* „Auch wenn du und Gamma eins dagegen seid. Mit mir und Carlos steht es zwei gegen zwei und die Stimme des Kapitäns gibt den Ausschlag. Wir beginnen mit der Operation. Zieht euch zurück."

Carlos und er liefen zur Raumfregatte der Sigma-Einheit, die in fünfhundert Meter Entfernung gelandet war. Kira stampfte in Richtung Bodenfahrzeug davon. Auf der Hälfte des Weges nahmen fünf Gruppen Soldaten mit Sprengsätzen Aufstellung.

Im Kommandoraum der Fregatte ratterte Carlos eine Reihe von Befehlen herunter. Die Transporter erhoben sich in die Luft und bildeten ein Dreieck um den Nexusstein. Donner grollte und

Rauchwolken stiegen auf. Carlos schickte sofort die nächste Gruppe Soldaten nach oben. „Vier oder fünf Sprengungen. Dann gehört er uns."

Artos beobachtete den Nexus. *Kein Anzeichen von dem Wesen.* Kurz vor der fünften Sprengung gab Carlos den Befehl an die Transporter: „Omega sieben, acht und neun. Traktorstrahlen an. Das ist die letzte Sprengladung. Wir haben ihn."

Zwischen zweien der Transporter und der Spitze des Obelisken begann die Luft zu flimmern.

„Omega sieben reagiert nicht." Carlos wiederholte den Befehl „Omega sieben. Traktorstrahlen an. Bitte bestätigen."

Die Lautsprecher kreischten in voller Lautstärke: „Stop! Sofort!" *Das Wesen. Es hat den Transporter übernommen.*

„Sprengung", befahl Carlos. „Omega sieben abschalten."

Der Obelisk schwankte kurz, bis die Traktorstrahlen ihn stabilisierten. Bei einem der Transporter erloschen die Positionslichter und er stürzte wie ein Stein zu Boden. Eine unsichtbare Kraft fing ihn ab und lenkte das Luftfahrzeug auf eine Gruppe Soldaten. Die eröffneten mit ihren Lasergewehren das Feuer und sprangen zur Seite. Trotzdem begrub der Transporter drei von ihnen unter sich.

Carlos koordinierte den Abtransport des Nexussteins zur am Himmel schwebenden Omega. Artos nahm Kontakt mit Gamma eins auf. „Sara. Wir brauchen sofort Unterstützung. Wir haben Tote und Verletzte."

„Tut mir leid Artos. Die einheimische Fauna zerlegt gerade unser Transportschiff. Wir haben uns in die Kältemodule gerettet. Ihr müsst uns vom Hauptkontinent abholen." Sie schickte eine Videosequenz. Ein halbes Dutzend blaugrüner Schuppenechsen, doppelt so groß wie Nashörner, riss mit ihren Krallen und Zähnen die Metallplatten des ungepanzerten Gleiters auseinander.

„Nexus-Diebe. Erfahrt die Macht des Wächters", plärrte es aus den Lautsprechern der Fregatte. Dann bebte die Erde. Der Kapitän und Carlos kugelten durch den Kommandoraum.

Die Spitze des Hügels riss auf und Magmabrocken schossen empor. Sie trafen die Transporter und den Nexusstein, der in tausend Teile zersplitterte. Der Omega gelang es noch, Splitter mit ihren eigenen Traktorstrahlen einzufangen, bevor sie abdrehte. „Omega eins. Verschwindet!", befahl Kapitän Artos. Ein Schlag erschütterte die Raumfregatte. Hitze breitete sich im hinteren Teil aus. „Das Magma hat das Antriebssystem getroffen", schrie Carlos. „Raus hier." „Janina. Wir brauchen dich auf der Insel. Bitte", rief Artos noch in das Funkgerät bevor er aus dem Kommandoraum stürzte.

Zusammen mit den Soldaten rannten sie den Abhang hinunter – weg von dem Vulkankegel, aus dem glühende Lava quoll. Die Erde bebte erneut und warf die Fliehenden zu Boden.

Am anderen Ende der Insel stieg ein zweiter Vulkan empor und schleuderte Magma auf die Omega. Janinas Korvette schoss aus der Startluke und musste sofort einem der glühenden Gesteinsbrocken ausweichen. Sie schrammte haarscharf an der Hülle des kugelförmigen Raumschiffes vorbei, das den Übergang in die graue Dimension aktivierte.

In dem Moment, als sich der Dimensionskanal öffnete, traf ein Magmabrocken das Schiff. Janina und eines der Kältemodule mit einhundert Siedlern wurden aus dem Einflussbereich der Omega in das Grau geschleudert.

Artos stöhnte. Er und die Soldaten hatten sich aufgerappelt und den Treffer aus der Ferne beobachtet. Carlos deutete auf den abgestürzten Transporter Omega sieben. „Es ist noch da drin", schrie er wütend. „Schießt." Ein Schauer kohärenter Lichtstrahlen durchlöcherte die Hülle des Fluggeräts.

Anschließend flohen sie vor den heranrückenden Lavamassen. Stunden später sammelte sie Kira in ihrem Bodenfahrzeug auf und brachte sie zu einem provisorischen Lager.

„Nachricht von Sara?", fragte Artos an Kira gewandt.

„Ihr Gleiter ist Schrott. Sie sitzt auf dem Hauptkontinent fest."

Artos schüttelte den Kopf. „Die Omega wurde getroffen. Ich weiß nicht, wie schwer. Janina hat es nicht geschafft." Er zog ein silbernes Medaillon an einer Halskette aus seinem Uniformausschnitt. „Ohne Sara kann ich den Rufer nicht aktivieren. Selbst wenn die Omega noch manövrierfähig sein sollte, wird sie uns ohne den Rufer nicht finden."

Er sah sich um. Flechten und Moos bedeckte den Boden. Zwei weiße Rauchsäulen stiegen von den Vulkankegeln in der Ferne auf. „Diese Welt wird wohl unsere Heimat werden."

„Es gibt eine gute Nachricht." Kira zeigte auf einen Metallwürfel in der Größe eines Hauses. „Das Modul arbeitet ausgezeichnet und der Wasserdampf aus den Vulkanen wird die Terraformung beschleunigen."

Sie lächelte Artos an. „Wir werden überleben."

*Janina schwamm in einer dicken Nebelsuppe. Sie war noch nie außerhalb der Omega im Grau gewesen. Die Energiesignatur des Raumschiffes entfernte sich. Sie wollte folgen, als sich hunderte grüner Flecken um sie herum materialisierten. „Die Siedler aus dem Kältemodul." Sie sandte Kommunikationsfäden zu ihnen aus, doch sie erhielt nur wirre Fragen und Bitten um Hilfe.*

*„Ruhe. Die Omega hat den Wahrnehmungsbereich verlassen. Wir bleiben hier und warten, bis sie zurückkommt oder wir einen Weg in die Normaldimension auf den Planeten finden."*

*Wenig später raste eine riesige Energiesignatur heran und schleuderte ihnen einen Knäuel Kommunikationsfäden entgegen. „Nexusdiebe. Ich sollte euch für den Frevel bestrafen", hallte es in Janinas Bewusstsein.*

*„Wir sind unschuldig", entgegnete Janina.*

*„Schuld oder Unschuld ist ohne Belang. Aber Rache macht keinen Sinn. Ihr werdet euren Frevel wiedergutmachen."*

*Das Wesen schien zu überlegen und fuhr dann fort: „Sucht einen Weg zu den Lebewesen auf dem Planeten und helft ihnen zu überleben. Fünfhunderttausend Bewusstseine im Gleichklang können einen neuen Nexus ins Grau öffnen."*

*„Wie sollen wir die graue Dimension verlassen?"*

*„Splitter des Nexussteines sind noch auf dem Planeten verblieben. Damit kann der menschliche Geist einen winzigen Kanal öffnen und euch rufen. Folgt dem Ruf, aber haltet euch an den Kodex."*

*„Welchen Kodex?"*

*„Den Kodex des Lebens. Euer Bewusstsein darf nur unbelebte Gegenstände übernehmen und mit der Energie aus dem Grau dürft ihr kein Lebewesen verletzen oder gar töten."*

Doch der erste Ruf ertönte erst tausend Jahre später, als sie bereits alle Hoffnung aufgegeben und die Menschen auf Samica ihre Herkunft vergessen hatten.

## 1. Tod

Für einen Moment staunte Natan über den atemberaubenden Ausblick, während er starb. *Die Welt ist zu schön, um sie zu verlassen.*

Der Abendwind streichelte das Gras des Berghanges zu seiner Linken. Auf der anderen Seite ging das Grün in schwarzes Vulkangestein über und schwang sich zu einem hohen Vulkankegel empor. Dort oben verbargen die Felsen sein Geheimnis. Das Licht der untergehenden Sonne färbte die aufsteigenden Rauchwolken rot wie Blut. In der entfernten Talsohle schlängelte sich ein Rinnsal durch die fruchtbare Vulkanerde. Kühe grasten friedlich. Er zerrte an den Riemen, die seine Hände und Füße an einen dicken Ast banden. Sinnlos. Sie schnitten nur tiefer in die Haut. Er stöhnte auf. Die Schmerzen. Sein Körper schaukelte in der Luft, drei Meter über dem Erdboden. Blut tropfte aus aufgerissenen Wunden in den Staub unter ihm.

*Meine Familie! Wo sind meine Kinder, meine Frau? Was haben die Schweine mit ihnen angestellt?*

Natan ballte seine Fäuste. Zähneknirschend schwor er Rache an den Banditen, die seine Gastfreundschaft missbraucht hatten. Sie hatten sein Brot gegessen, sein Wasser getrunken und ihn dann niedergeschlagen.

Warum hatten sie ihn nackt an den Baum vor seinem Haus gehängt?

Egal. Natan lächelte. In wenigen Augenblicken würde er frei sein. Aus dem Haus drang ein Poltern, Krachen und Fluchen.

*Räuber und Diebe. Wartet auf meine Rache!*

Eine verstohlene Bewegung an der Hausecke erweckte seine Aufmerksamkeit. *Eran!* Sein Sohn war entkommen. Eran sah ihn fragend an. Da schleppte einer der Banditen einen Arm voll Rinderhäute aus dem Haus.

Natan schüttelte den Kopf. Er würde einen Weg finden sich zu befreien. Die Sicherheit seiner Familie ging vor. Eran warf ihm einen aufmunternden Blick zu und verschwand.

Natan biss in seine Zunge, bis er das Blut im Mund schmeckte. Er spannte die Nackenmuskeln an und spuckte das Blut-Speichel-Gemisch auf die Lederriemen, die seine Hände fesselten. Er presste die Luft aus der Lunge.

*Noch einmal.* Sein Atem ging pfeifend. Er hustete.

Ein grauer Schleier sank über die Welt. Mit jedem Ausatmen verdichtete sich der Nebel. Alles in seiner Umgebung rückte näher. Die Banditen verwandelten sich in grün leuchtende Schemen. Die Hauswände schienen durchsichtig zu werden. Natan strebte tiefer in das Grau.

*Jetzt. Der Ruf.*

„Kommt" Sein Gedankenruf bahnte sich als dünner Faden einen Weg durch den Nebel. „Kommt." Sie kamen. Farbige Flecken schwirrten heran, wirbelten um ihn herum. Ein grüner Klecks schwebte vor seinen Augen.

*Du hast eine Aufgabe für mich?*, ertönte eine Stimme.

Flüsternd erteilte er den Auftrag: „Befreie meine Hände und fessele die drei Männer, die mein Haus ausrauben".

*Für wie lange?*

„Für einen Tag" Natan wartete. Das Wesen müsste dem Blut folgen und in die Riemen fahren. Doch nichts geschah.

*Dein Blut benetzt nur lebende Dinge oder ist zu weit entfernt. Ich kann dir nicht helfen.* Der Fleck verschwand. Die gewohnte Umgebung kehrte zurück.

„Warte!" Irgendetwas stimmte nicht.

Er spürte sein Blut auf den Fesseln. Wie ein Signalfeuer leuchtete es direkt vor ihm. *Warum ist das Wesen nicht in die Riemen gefahren?* Stöhnend hob er den Kopf, um die ledernen Fesseln zu betrachten: frisch geschnittene Rinderhaut. Die Fleischfetzen, die daran hingen, hatten noch nicht begonnen zu riechen. Frühestens in ein paar Tagen würde ein Zauber, oder wie immer die Ahnen es bezeichneten, darauf wirken.

Das war kein Zufall. Die Männer wussten über seine Fähigkeit Bescheid. Sie kannten die Grenzen: Die Wesen aus dem Grau fuhren niemals in etwas Lebendes.

*Ich kann mich nicht befreien!* Panisch ruckte und zog er an den Riemen. Er stöhnte vor Schmerzen. Aus den Wunden tropfte seine Lebenskraft auf den Boden und versickerte.

Die Banditen stapelten Wertsachen auf einem Haufen vor dem Haus auf. Hufe klapperten auf dem Weg aus dem Tal.

Natan, der die Hände und Füße nicht mehr spürte, schreckte aus dem Dämmerzustand. Er kannte den Reiter. Sein Neffe Rigan.

„Banditen!", krächzte Natan. „Banditen!", versuchte er, ihn zu warnen. Doch der ritt seelenruhig bis kurz unter den Ast, an dem Natan hing.

„Natan, das war völlig unnötig." Er schüttelte den Kopf. „Du hättest mir nur das Geheimnis deiner Zauberei verraten müssen." Er wandte sich an die drei Männer. „Habt ihr seine Aufzeichnungen?"

Der Hüne, der Natan niedergeschlagen hatte, deutete auf einen Stapel mit Pergamenten und Schriftrollen. „Das ist alles. Was drin steht, weiß ich nicht.".

„Die Familie?"

„Eingesperrt im Keller."

„Habt ihr sein Amulett?"

„Ja. Aber es glänzt. Du hast gesagt, wir dürfen alle Wertsachen behalten."

„Das ist wertlos. Gib es mir!"

Zögernd rückte der Bandit ein münzförmiges Metallstück an einer Kette heraus. Rigan hielt es hoch und spuckte darauf. „Das halte ich von deinen Ahnen, Natan. Dein andauerndes Geschwafel darüber hat genervt. Niemand wird sich je für sie interessieren und ihr Mondmetall ist nutzlos."

*Wenn er wüsste! Ich habe die Überreste gesehen.* Sein Herz begann vor Aufregung zu klopfen, als er an den Fund hinter den Vulkanfelsen dachte: Armlange zerfetzte Platten des unzerstörbaren Mondmetalls, tausende bunter Metallfäden und Aufzeichnungen auf einem merkwürdigen glatten Material. *Die Ahnen haben mir den Weg in das Grau gewiesen. Gut, dass ich die Aufzeichnungen dort gelassen habe.*

Rigan drehte ich zu dem Banditen um.

„Bringt mir die jüngste Tochter! Was denkst du Natan? Verrätst du mir das Geheimnis oder soll ich Tania den Männern überlassen?"

„Rigan, du Schwein! Warte! Was willst du wissen?" Jetzt wurde ihm der Sinn der vielen Fragen klar, die Rigan bezüglich seiner Fähigkeiten gestellt hatte.

„Du weißt genau, was ich will. Verrate mir das Geheimnis der Zauberei und ich lasse deine Frau und Kinder gehen."

*Und wer soll dir das glauben? Ich werde nichts verraten. Meine Söhne werden mein Erbe antreten und die Macht in Samica übernehmen.*

Aus dem Haus ertönten Hammerschläge und ein Krachen. „Ich sage es dir, sobald meine Familie in Sicherheit ist."

„Ich fürchte, du hast nicht so viel Zeit." Rigan deutete auf die Blutlache unter Natan. „Du musst mir vertrauen."

„Wenn ich tot bin, erfährst du nichts."

„Ach ich weiß nicht. Ich habe bereits einige Hinweise. Bestimmt finde ich mehr in dem Haufen dort. Es dauert nur länger." Die drei Banditen rannten aus dem Haus.

„Sie sind weg!", rief der Hüne.

„Was!"", schrie Rigan.

„Wir hatten alle in den Keller gesperrt und die Falltür mit einer Eisenkette verschlossen", erklärte der Bandit. „Jetzt war die Falltür von innen verriegelt und der Keller leer!"

Natan lächelte. *Meine Söhne! Sie haben gut aufgepasst bei den Lektionen.*

„Flieh, Rigan, flieh!", flüsterte Natan, so laut er konnte. „Meine Söhne werden dich jagen!" Zwei faustgroße Steine rollten aus dem hohen Gras heraus über den festgetretenen Erdboden des Hofes. Sie kletterten an dem Stamm der Eiche hinauf und begannen den ledernen Riemen, an dem Natans Füße hingen, zu zerreiben.

Rigan und die Männer zogen ihre Dolche und schauten sich nervös um. Das Leder zerriss. Natans Körper fiel nach unten. Er stöhnte gequält auf. Sein ganzes Gewicht pendelte in der Luft und zerrte an den Händen. Die Steine schabten an den Handfesseln.

„Verdammt!", fluchte Rigan und trieb sein Pferd an. „Er darf auf keinen Fall den Boden erreichen!"

Einer der Steinbrocken flog durch die Luft und traf das Pferd, das zur Seite sprang und durchging. Rigan zog an den Zügeln und schlug die Hacken in die Seite, um es unter Kontrolle zu bringen. Die drei Banditen wichen vor dem Stein zurück, der auf sie zurollte.

Der letzte Riemen riss entzwei. Natans Füße landeten hart auf der festgetretenen Erde. Zu schwach, um sich abzufedern, klappte er einfach zusammen. Beim Sturz platzten seine Wunden erneut auf. Die Welt drehte sich. Er drohte das Bewusstsein zu verlieren.

*Nein. Ich muss das Grau beschwören. Ich muss etwas gegen Rigan und die Banditen unternehmen.* Für einen Moment drängte er die Schmerzen zurück. Der graue Schleier senkte sich über seine Wahrnehmung. Für den Ruf fehlte ihm die Kraft. Welchen Befehl konnte er auch den Wesen geben? Der einzige Gegenstand mit seinem Blut war der Boden, auf dem er lag. Was sollte er damit anfangen?

Seine Gedanken flossen zähflüssig wie Schlamm. Die Erde vibrierte vom näherkommenden Hufschlag. Die kalte graue Welt breitete sich um ihn aus. Blind spürte er den Dolch, der auf ihn zuflog. Im letzten Moment lenkte einer der Steine den tödlichen Treffer ab. Mit jedem Herzschlag wurde er schwächer, floss etwas von seinem Wesen aus ihm heraus und versickerte in der Erde.

„Du stirbst", meldete sich eine Stimme in seinem Kopf. „Überlässt du mir deinen Körper?"

*Ich muss meine Familie schützen.*

„Ja, aber überlässt du mir deinen Körper?"

*Wer bist Du?* Die Wesen hatten nie nach seinem Körper gefragt.

„Ich bin der Wächter dieser Welt. Wenn du mir die letzten Augenblicke deines Lebens schenkst, werde ich deine Familie schützen."

*Für immer?*

„Nicht für immer, aber für tausend Jahre."

*Dann nimm meinen Körper!*

Eine Welle eiskalten Graus schwemmte ihn hinweg, drang in alle Poren ein und drängte ihn aus sich selbst. Natan verschwand.

Der Wächter schrie vor Freude. Er saugte jede einzelne Wahrnehmung des Körpers in sich auf: Zuerst die Schmerzen der Wunden, dann den metallischen Geruch frischen Blutes. Er genoss den warmen Luftstrom, der sich über seine Nase bis in die Lungen ausbreitete. Er lauschte dem schwächer werdenden Klopfen des Herzens. Sämtliche Empfindungen brannte er in sein Gedächtnis. Von dieser Erinnerung würde er lange Zeit zehren müssen.

*Ich könnte diesen Körper heilen und für immer darin leben. Jeder Geruch, jeder Laut und jeder Anblick dieser Welt stünde mir zur Verfügung.* Die Versuchung drohte ihn zu überwältigen. *Meine Pflicht als Wächter! Jetzt wo Hoffnung besteht, darf ich sie nicht aufgeben. Ich muss den Funken des Lebens schützen und zu einem Feuer entfachen.*

Sein Entschluss stand fest. *Ich werde nur mein Versprechen halten. Für kurze tausend Jahre beschütze ich die Familie dieses Menschen.*

Der Wächter durchforschte das Gedächtnis des Sterbenden nach den Familienmitgliedern.

*Natan Luzen. Deine Familie soll meinen Schutz erhalten.*

Während der Körper sein Leben aushauchte, schickte der Wächter sein sekundäres Bewusstsein über Natans Blut in den Boden Samicas. Die Insel reichte gerade aus, um sein gewaltiges Wesen aufzunehmen. Nur die Stellen mit geschmolzenen Vulkangestein musste er meiden. Die dort eingeschlossenen Partikel des zerstörten Nexus würden ihn zurück in das Grau ziehen. Er bereitete die Befehle für sein sekundäres Bewusstsein vor, die Natans Familie schützen sollten: Warnung vor bösen Absichten und Strafe zur Abschreckung.

Einen Teil seiner Aufmerksamkeit richtete er auf den Leichnam, der ihn für eine kurze Zeit aufgenommen hatte. Dort würde er die Manipulation dieser Dimension zum ersten Mal anwenden.

Rigan stieg vom Pferd, um sich vom Tod seines Onkels zu überzeugen. Einen halben Meter bevor er den Boden berührte, verwandelten sich Hose und Hemd in schwarzes Obsidian.

*Es funktioniert!*, triumphierte der Wächter.

Rigan konnte den Schwung des Abstiegs nicht abfangen. Er kippte steif wie eine Statue zu Boden. Sein Gewicht verdoppelt durch die versteinerte Kleidung krachte auf die Handgelenke. Die Knochen splitterten. Rigan heulte auf.

„Helft mir!".

Sein Gewicht trieb die Knochenstücke durch die Haut. Er verlor das Bewusstsein. Der pulsierende Schmerz holte ihn zurück. Sein Kopf hing zehn Zentimeter über dem Boden, die vorgestreckten obsidianen Ärmel der Jacke stützten sich auf die zerschmetterten Hände. Genau unter seiner Nase lag Natans Amulett. Das Metall glänzte im Abendrot, wie um ihn zu verhöhnen. Nur die drei Symbole am Rand und das Omega in der Mitte verschluckten das Licht.

Sein pfeifender Atem übertönte die Schreie der Helfershelfer. Mit zusammengebissenen Zähnen hob Rigan die Augen. Nur einer der Banditen stand noch. Unbeweglich und starr. Die anderen lagen am Boden, eingeschlossen in ihrer steinernen Rüstung.

„Natan, das hast du uns angetan! Ich verfluche dich!", flüsterte Rigan heiser. Er fing an zu schreien, bis seine Stimme brach.

## 2. Rache

Eran kniete vor dem nackten Körper seines Vaters. Wie ein Fötus lag er zusammengerollt unter der Eiche auf ihrem Hof. Schwarze Krusten aus Blut bedeckten die Wunden. Die Lederriemen, die ihn gebunden hatten, stanken nach Verwesung. Fliegen krabbelten über die Streifen aus Rinderhaut.

Wut kochte in ihm hoch. Er ballte seine Faust.

*Rigan, du Schwein. Ich habe dir nie getraut.*

Er berührte die blau angelaufene Haut. *Eiskalt.* Er schauderte. Die leeren Augen starrten in die Ferne. Er erinnerte sich daran, wie sie geleuchtet hatten, als sein Vater von den Ahnen und der Entdeckung des Zaubers erzählt hatte. Auch wenn er keinen Widerspruch geduldet und seinen Willen mit harter Hand durchgesetzt hatte, die Familie war für ihn immer an erster Stelle gestanden. Er hatte seinen Söhnen den Zauber gelehrt und seinen Traum von der Herrschaft über Samica mit Eran geteilt.

*Grüße die Ahnen, Vater.*

Er drückte die Augenlider zu, atmete tief ein und stand auf. „Er ist tot."

Die Frauen schluchzten und umarmten sich gegenseitig. *Heulsusen.*

Seine zwei jüngeren Brüder sahen zu Boden und warteten. *Was soll ich tun, Vater? Ist es zu früh, um mit der Verwirklichung deiner Pläne zu beginnen? Oder rollen die Felsen bereits unaufhaltsam den Berg hinunter?*

Er hob die verzauberten Steine auf, die den Tod seines Vaters nicht verhindert hatten. „Ihr habt versagt. Fort mit euch." Er schleuderte sie ins Gras. *Ich bin jetzt das Oberhaupt der Familie. Ich werde uns aus dieser Krise führen.*

Er wandte sich an die Frauen. „Hört auf zu flennen. Bereitet Vaters Beerdigung vor." Seine Mutter starrte ihn für einen Moment an und nickte dann. *Sie hat meine neue Rolle akzeptiert.*

„Ach spiel dich nicht so auf, Eran", forderte ihn Tania heraus und verschränkte die Arme vor der Brust. Die Tränen glänzten noch auf ihren Wangen.

Er stapfte auf sie zu, bis sie aufschauen musste. „Ich bin jetzt das Familienoberhaupt. Du gehorchst, wenn ich es sage."

Sie zuckte mit den Schultern und sah zu ihrer Mutter. Die schüttelte den Kopf. „Wenn du meinst." Er hatte das Gefühl, dass seine Schwester ihn nicht ernst nahm. „Treib es nicht zu weit, Tania", knurrte er und winkte seinen zwei Brüdern. „Arin, Bard. Sehen wir nach den Mördern."

Arin summte eine schwermütige Melodie, während Bard sich nervös umsah und einen faustgroßen Stein aufhob.

Eran sah ihn an.

„Nur zur Sicherheit." Er leckte über seine Lippen.

Eran spuckte auf die regungslose Gestalt Rigans, die in einer Hülle aus Obsidian steckte. Die ausgestreckten Ärmel ruhten auf den zerschmetterten Händen. Abgebrochene Knochenenden stachen aus der Haut. Der Kopf hing nach unten. Eran stieß mit dem Fuß gegen die Seite, so dass Rigan auf den Rücken kippte. Wie ein umgedrehter Käfer streckte er Arme und Beine in die Luft. Gebrochene Augen starrten sie an. Bard keuchte auf. „Er ist tot! Beim Mondgott." Arin summte das Totenlied.

*Die Ahnen haben ihn bestraft.*

Eran untersuchte die steinerne Hülle des Toten. „Seht euch das an. Als ob seine Kleidung zu Obsidian erstarrt ist."

Er lächelte. In der Nähe des Leichnams seines Vaters hatte er kein Blut gesehen. *Als ob es der Boden aufgesaugt hat. Vater muss vor seinem Tod ein mächtiges Wesen beschworen haben.*

Arin deutete auf ihre Hemden und Hosen. „Vielleicht der gleiche Zauber, der unsere Kleidung weiß färbt."

„Wie könnt ihr so ruhig bleiben?" Bard schritt vor und zurück und fuchtelte mit den Händen. „Rigan ist tot. Die Kilrhains werden uns die Schuld geben." Seine Stimme überschlug sich. „Sie werden sich rächen."

„Lassen wir die Leiche verschwinden." Arin pfiff die erste Strophe des ‚Lieds der Unschuldigen'.

„Hör endlich auf mit dem bescheuerten Gepfeife und Gesumme", schrie Bard. „Die Kilrhains schlachten uns ab."

„Ruhe." Eran richtete sich auf. Für ein paar Augenblicke beobachtete er, wie die rote Morgensonne hinter dem Vulkankegel des Hrangi hervorkroch. Sein Blick wanderte über die Berghänge und die Wiesen. *Das ist unser Land. Wir werden nichts verstecken. Alle sollen sehen, über welchen mächtigen Zauber wir verfügen und welche Strafe Angreifer erwartet.* „Holt Holzpflöcke, Hämmer und Schnur. Bringt alles zum Weg."

„Was hast du vor?" Bard trat von einem Fuß auf den anderen.

„Macht, was ich sage. Los jetzt."

Als er Rigans Leichnam wegzog, schimmerte ein rundes Metallstück im Staub. *Vaters Amulett der Ahnen.* Er hing es sich um den Hals, verbarg es aber unter der Kleidung.

Dann schleifte er den Toten an den Anfang des Talweges.

„Du bist verrückt!" Bard schleuderte den Hammer in die Wiese. „Warum willst du sie provozieren? Nicht mal Tante Celia wird uns helfen können." Er sah kurz zu dem Toten. „Wenn sie überhaupt will."

Eran nahm einen Pflock und schlug ihn in Wiesenboden. „Tante Celia hat bei den Kilrhains sowieso nichts zu sagen. Der Zauber wird uns helfen. Ganz Samica soll sehen, wozu wir fähig sind."

Arin pfiff. „Wir können nicht gegen ganz Samica kämpfen."

*Jetzt auch Arin.* „Wir müssen nur gegen die Kilrhains bestehen. Dann schließen wir Bündnisse mit den anderen Familien."

„Was heißt nur. Die können bestimmt hundert Kämpfer mobilisieren."

„Ruhe jetzt. Hört auf zu zweifeln." Er holte aus der Hosentasche getrocknete Blätter der Vulkanlilie und reichte jedem der Brüder eines. „Vertraut dem Zauber." Seine Zunge zog sich von dem bittersauren Geschmack zusammen, der sich im Mund ausbreitete.

Sie stellten Rigan aufrecht in seinen steinernen Sarg und banden ihn an einen Holzpflock. Eran schlug drei weitere Pflöcke in die Erde. Dann schleiften sie die Banditen, die ihre Gastfreundschaft missbraucht hatten, über die Wiese und befestigten sie an den Pfählen.

Eran rümpfte die Nase. Die Männer hatten ihre Notdurft in der eigenen Kleidung aus Obsidian verrichtet. Alle drei lebten noch und bettelten um Wasser, Freiheit und Leben.

„Wir lassen euch am Leben, wenn ihr redet." Eran hob die Hand, um einen Schwur anzudeuten. „Erzählt mir alles."

Die Banditen überboten sich mit Details des Tathergangs. Sie schoben die Schuld auf Rigan.

Als Eran genug hatte, winkte er Arin und Bard. „Gehen wir."

„Halt. Was wird aus uns?", rief einer der Männer.

„Ich halte mein Versprechen. Ihr dürft leben und gehen wohin ihr wollt – wenn ihr könnt." *Die Sonne wird sie in ihren eigenen Saft schmoren.*

Sie schritten durch die Wiese zurück zum Hof und ignorierten die Rufe und das Geheule der Banditen.

Die Frauen kleideten den Leichnam ihres Vaters in seine besten Hosen und das feinste Hemd. Tania stellte sich vor Eran, stemmte die Hände in die Hüften und nickte zu den vier Statuen auf dem Gras.

„Was soll das, Eran?"

„Eine Warnung an alle, die uns angreifen wollen."

„Und Tante Celia?"

„Was ist mit ihr?"

„Rigan war ihr einziger Sohn. Denkst du gar nicht an ihre Gefühle?"

„Rigan war ein hinterhältiger Mörder und ein Schwein." Er sah in Tanias Augen und stieß hervor. „Er wollte dich vergewaltigen, nur um an das Geheimnis der Zauberei zu kommen. Die Banditen haben alles gestanden."

Tania öffnete den Mund, doch kein Laut verließ ihre Lippen. Sie ließ ihre Arme hängen und senkte den Kopf.

Ihre Mutter schritt ein. „Rigan ist tot, Eran. Genauso wie Natan."
Sie schluckte bei dem Gedanken an ihren Mann. „Wir sollten Celia
erlauben, ihren Sohn zu beerdigen."

„Es tut mir leid, Mutter. Rigan ist schuld an Vaters Tod.
Irgendjemand muss den Kilrhains ihre Grenzen aufzeigen. Der
Zauber wird uns dabei helfen."

„Vertraue nicht zu sehr darauf", warnte sie. „Natan meinte, dass
wir noch viel zu wenig darüber wissen."

„Meine Entscheidung steht fest. Ich werde mich nicht mehr davon
abbringen lassen. Kümmert euch weiter um die Beerdigung."

Er wandte sich an seine Brüder. „Ihr bereitet Vaters Grab vor."

„Darf ich zaubern?" Bard hielt sein Messer in der Hand. Eran
erlaubte es und Arin reichte Bard einen Spaten. Als er den zwei zu
dem Friedhof hinter dem Haus folgen wollte, blitzte im Tal ein
Lichtpunkt auf.

Er wartete und beobachtete. Ein Reiter tauchte auf dem Weg auf.
Eine weißgrüne Decke lag über dem Rücken des Pferdes.

*Die Farben Kilrhains.* Der Mann hielt vor den vier steinernen
Gestalten am Wegrand. Er untersuchte Rigans Statue, drehte um und
trieb sein Pferd den Berg hinab.

Eran atmete aus.

*In zwei Stunden.* Das Blut rauschte in seinen Ohren. Er spürte
jeden Schlag seines Herzens.

*Dann werden die Kilrhains erfahren, wer die neuen Herren
Samicas sind.*

## 3. Zauber

Zwei junge Eichenbäume spendeten einen dünnen Schatten. Der
kleinere von beiden war fünf Jahre alt. Eran erinnerte sich, wie sein
Vater damals die Eichel in die Erde gedrückt hatte. Großmutter Janas
verschrumpeltes Gesicht erschien vor seinen Augen. Sie war friedlich
in ihrem Bett gestorben.

An Großvater Gan konnte er sich kaum erinnern. Einzig eine
Ohrfeige brannte in seinem Gedächtnis, so wie sie auf der Wange
gebrannt hatte. Aber er wusste nicht mehr, warum er sie bekommen
hatte.

Zehn Schritte von den zwei Bäumen entfernt hatten Bard und Arin
mit Hilfe des verzauberten Spatens eine Grube ausgehoben. Sie

ließen den Leichnam ihres Vaters an Seilen in das Grab hinab. Arin summte das Totenlied. Bard brummte dazu. Die Frauen sangen den Text, bis sich ihr Gesang in Schluchzen auflöste.

Erin nahm den Spaten und schaufelte etwas von der seitlich aufgeschichteten Erde auf den Toten. „Gute Reise, Vater. Mögen dir die Ahnen begegnen, nach denen du immer gesucht hast."

Nacheinander traten seine Brüder und die Frauen an das Grab, warfen Erde hinunter und gaben ihrem Vater einen letzten Wunsch mit. Bard befahl dem Spaten, die Grube wieder aufzufüllen. In der Mitte des Grabhügels setzte Eran eine Eichel.

Nach einer Minute Schweigen straffte er seine Schultern und hob den Kopf. „Die Kilrhains werden bald auftauchen. Arin, Bard. Bereitet weitere Gegenstände vor." Er wandte sich an die Frauen. „Bringt Nahrungsmittel, Wasser und alle Wertsachen in die Vulkanhöhle. Anschließend versteckt ihr euch dort."

Er folgte seinen Brüdern auf den Hof vor dem Haus. Bard stapelte Stangen, Messer, Heugabeln, Bretter auf einen Haufen. Er fasste ihn an der Schulter. „Das reicht Bard. Kirk wird nicht mit einer Armee kommen." *Jedenfalls noch nicht.*

Bard riss sich los. „Lieber sichergehen."

Eran schüttelte den Kopf. „Drei Gegenstände für jeden mit dem Auftrag, ihn zu verteidigen. Einen behalten wir in Reserve."

Sie bereiteten den Zauber vor, tauchten in die graue Dimension und riefen die Wesen. Zwischendurch blickte er immer wieder Richtung Tal.

„Was zum Teufel." Eine Frau trug einen Krug zu den Banditen. *Das kann nur Tania sein.* Er rannte über die Wiese. Seine drei Gegenstände, ein Messer, ein Knüppel und ein Brett folgten ihm. Den Stab hielt er als Waffe und Reserve in der Hand.

Tania ließ einen der Banditen aus dem Krug trinken, als er hinzukam. „Hör auf. Sie bekommen kein Wasser."

Tania hob den Krug zum Mund des nächsten Mannes, der gierig schluckte. „Das sind Menschen. Wir können sie nicht verdursten lassen."

„Banditen und Mörder, das sind sie. Gib her!" Er riss ihr den Krug aus der Hand. Wasser platschte auf den Boden. Der letzte der Männer heulte und bettelte. Tania hielt sich die Ohren zu. Ihre Kleidung verfärbte sich von weiß zu grau.

Mit geballten Fäusten stapfte sie auf ihn zu. „Du gemeines Ekel." Der Knüppel flog durch die Luft und stellte sich vor sie. Er ließ Stab und Krug fallen, der am Boden zerbrach, stieg über die Scherben und packte Tanias Handgelenke.

„Ich habe deine Aufmüpfigkeit satt. Du gehorchst oder morgen wird dich dein Gatte züchtigen."

Sie knirschte mit den Zähnen. „Du willst mich verheiraten?"

„Wir müssen uns mit den sechs großen Familien verbünden. Wenn du gehorsam bist, lasse ich dir die Wahl mit wem."

Sie keuchte auf und wand sich in seinem Griff. „Du willst Mutter wieder verheiraten?"

„Wir müssen alle Opfer bringen. Ich nehme mich selbst nicht aus."

„Aber Mutter!" Sie schüttelte den Kopf. „Du Schwein." Sie riss sich los und stolperte rückwärts. „Vergiss es. Ich heirate niemals. Schon gar nicht für deinen grenzenlosen Ehrgeiz." Sie rannte in Richtung Tal. Nach ein paar Schritten blieb sie stehen und sah zu ihm zurück. „Reiter."

Er blickte an ihr vorbei. Der vorderste Reiter trug die weißgrüne Flagge Kilrhains. „Keine Zeit für Streit", rief er ihr zu. „Schicke Arin und Bard zu mir und versteckt euch in der Höhle."

Während Tania über die Wiese lief, hob er den Stab auf und stellte sich mitten auf den Weg.

Er erkannte den Reiter mit der Flagge: Kirk, Rigans Vater, Tante Celias Mann und ihr Onkel – der Anführer der Kilrhains.

Der zügelte sein Pferd vor Eran und nickte Richtung Rigan. „Was ist mit meinem Sohn?" Die fünf Reiter hinter ihm reihten sich nebeneinander auf. Arin und Bard stellten sich neben Eran. Bard hielt sich zurück, umgeben von einem Dutzend Gegenstände. Arin summte einen Marsch.

„Der Bastard ist tot", antwortete Eran.

Kirks Gesicht verdunkelte sich. „Was ist passiert?", presste er hervor.

„Dein mörderischer Sohn hat meinen Vater töten lassen."

Kirk atmete langsam aus. Die Fahnenstange in seiner Hand zitterte. „Wir nehmen seinen Leichnam mit. Den Rest klären wir vor Gericht."

„Das geht nicht." Eran grinste ihn an. „Wir wollen jeden Tag auf seinen stinkenden Leichnam pissen."

Kirk stieß einen Schrei aus, warf die Fahne weg und griff nach dem Schwert. Er schlug die Hacken in die Flanken des Pferdes. Es preschte auf Eran zu. Messer, Knüppel und Brett gingen dazwischen. Das Pferd scheute und warf den Anführer der Kilrhains aus dem

Sattel. Die anderen Reiter griffen zu den Waffen und trieben ihre Tiere mit Rufen vorwärts.

Arin stellte sich neben Eran, Bard dicht dahinter. Eine Wand aus umherschwirrenden Gegenständen irritierte Pferde und Reiter, die in einem Knäuel aus Körpern zurück- oder auswichen.

Kirk hatte sich aufgerappelt, seine Kleidung pechschwarz. Er fuchtelte mit dem Schwert vor den drei Brüdern in der Luft. „Was ist das für eine Hexerei?"

Er stürzte durch eine Lücke in den Gegenständen vor ihm. Seine Klinge schoss auf Eran zu. Der wich zurück. Doch der Knüppel hatte das Schwert beiseite gelenkt. Das Brett presste gegen Kirks Brust und schob ihn ein paar Schritte rückwärts.

Bard schrie: „Ihr könnt uns nichts anhaben. Verschwindet."

„Renn, Kirk. Wir sind die neuen Herren Samicas", forderte ihn Eran auf.

Der Anführer der Kilrhains lachte und deutete auf das fliegende Sammelsurium. „Wegen des Gerümpels hier? Du bist größenwahnsinnig, Eran." Er rief seine Männer. „Los Leute. Machen wir Kleinholz."

*Greift an!*, befahl er seinen Gegenständen. Doch die reagierten nicht, sondern schwebten weiterhin zwischen ihm und seinen Gegnern.

Eran ritzte einen Kratzer in seinen Arm und schmierte einen Tropfen Blut auf den Stab. Er konzentrierte sich auf das Grau und rief nach den Wesen.

Ein grüner Fleck erschien vor seinen Augen. *„Du hast einen Auftrag für mich?"*

*Prügele die Kilrhains in das Tal zurück.*

*„Das verstößt gegen den Kodex."* Der Fleck verschwand.

*Welcher Kodex?* Keine Antwort. Er rief erneut, aber keines der Wesen aus dem Grau tauchte auf.

„Ruft die Wesen zum Angriff", raunte er Arin und Bard zu. *Vielleicht haben sie mehr Glück.*

Er schwang den Stab wild durch die Luft, um Kirk auf Abstand zu halten, währen seine Brüder die Wesen riefen.

*Das war Zeit genug.* Er sah sich um. Arin und Bard schüttelten den Kopf. *Verflucht, etwas stimmt nicht.* Seine Hand umklammert den Griff des Stabs. *Der ursprüngliche Befehl, uns zu beschützen, lässt sich nicht ändern. Egal. Die Verteidigung durch den Zauber muss genügen.*

Er stürzte vor. Seine drei Gegenstände umringten ihn. Das Messer hielt Kirks Klinge auf, während er den Stab auf dessen Schwerthand niedersausen ließ. Kirk wich aus und Eran zog seine Waffe herum. Er traf die Arme des zurückweichenden Gegners.

Die Männer Kilrhains waren abgestiegen und kamen ihrem Herrn zu Hilfe. Arin griff ein. Mit Knüppel und Stab trieben sie ihre Gegner zurück.

Die hackten auf die fliegende Verteidigung der Brüder ein, trafen aber meistens nur Luft. Die Gegenstände lenkten jeden Angriff auf Eran und seine Brüder ab oder hielten ihn auf.

„Verfluchte Hexerei", schrie Kirk. Er schnaufte und stemmte sich gegen das Brett vor seiner Brust, kam jedoch keinen Millimeter vorwärts. Sein Kopf ruckte herum. Urid, der stärkste seiner Männer, versuchte mit beiden Händen das Schwert auf Arin heruntersausen zu lassen. Ein armlanger Stock stoppte den Schlag im Ansatz. Dann traf ihn Erans Stab in die Seite. Urid stöhnte.

Kirk sprang zurück. „Stop. Rückzug." Die Männer rannten zu ihren Pferden und stiegen auf. Sie ritten los.

Auf dem Weg ins Tal drehte Kirk sich um, schüttelte die Faust und rief: „Das werdet ihr büßen. Bereitet euer Grab vor."

## 4. Frauen

Eran wich einem Schwall Schwefeldampf aus, der aus einer Erdspalte schoss. Der Gestank und die Hitze störten seine Konzentration.

*Hier muss es irgendwo sein.* Sein Vater hatte ihn zweimal zu dem Artefakt der Ahnen mitgenommen.

*Alles sieht gleich aus.* Lavabrocken und Erdspalten übersäten den Anstieg zum Rand des Hrangi-Vulkans. Er dachte, er hätte sich die Lage gemerkt, aber seine Erinnerung spielte ihm einen Streich. Er irrte auf dem Abhang herum.

*Die Aufzeichnungen der Ahnen sind unsere letzte Hoffnung.* Bei Arin und Bard hatten die bereits verzauberten Gegenstände den Auftrag zum Angriff ebenfalls ignoriert. Die neu gerufenen Wesen hatten ihn mit dem Hinweis auf den Kodex abgelehnt. Seitdem war es ihnen nicht wieder gelungen, eines der Wesen aus dem Grau zu beschwören.

*Ich muss wissen, was dieser verfluchte Kodex ist. Ich werde nicht aufgeben.* Er erinnerte sich an die Warnung seiner Mutter. *Habe ich uns ins Verderben geführt? Kirk wird die Schmach, die ich ihm zugefügt habe, niemals vergessen.* Die Zeit rann durch seine Finger wie Wasser. Sein Kopf zuckte hin und her.

*Wo ist das verdammte Artefakt.*

Schließlich stolperte er in die richtige Erdspalte. Eine Platte aus unzerstörbarem Mondmetall bedeckte die Innenseite des Hohlraumes. Auf dem Boden lagen Glassplitter. Bunte Fäden hingen an einer Seite herab. Daneben befand sich das Fach, in dem sein Vater die Aufzeichnungen versteckt hatte.

Er zog die Metallschublade auf und entnahm ein Packen Blätter, die er in den Rucksack steckte.

*Arin wird etwas damit anfangen können.* Er hatte seinem Vater ein paar Mal beim Entziffern der Sprache der Ahnen geholfen. Er selbst hatte keine Geduld dafür gehabt, obwohl viele Wörter ihren eigenen ähnelten. Er hastete mit seiner Beute talwärts.

*Früher Nachmittag. Die Kilrhains könnten schon auf dem Weg zu uns sein.*

Arin lief ihm entgegen. „Tania ist abgehauen."

Eran seufzte. „Warum hast du sie nicht aufgehalten?"

„Du weißt, dass man sie nicht aufhalten kann." Er zuckte mit den Schultern. „Außerdem meinte sie, ich sollte dich fragen."

Eran holte die Aufzeichnungen der Ahnen aus seinem Rucksack und reichte sie Arin. „Entziffere das so schnell wie möglich. Wir müssen wissen, warum die Wesen nicht mehr auf unseren Ruf reagieren und was dieser Kodex ist."

Arin nahm den Packen und starrte ihn an.

„Was ist?"

„Warum ist Tania weggelaufen? Schon vergessen?"

„Sie wollte nicht heiraten." Eran schob Arin in Richtung Haus. „Unwichtig. Wenn wir nicht mehr zaubern können, haben wir verloren." Er drückte die Schulter seines Bruders. „Du musst den Grund herausfinden. Ich nehme Bard und suche Tania."

Er ließ Arin in der Wohnstube zurück, der sich bereits über die Aufzeichnungen beugte. Bard saß im Hof, umklammerte einen Stab und murmelte mit geschlossenen Augen vor sich hin.

„Steh auf. Wir suchen Tania." Bard sah auf. Feuchtigkeit glänzte in seinem Gesicht.

„Die Wesen kommen nicht mehr, Eran. Ich habe alles probiert." Eran zog ihn auf die Beine.

„Keine Sorge. Arin forscht in den Aufzeichnungen der Ahnen. Er wird eine Lösung finden." Er deutete auf das Dutzend Gegenstände, die Bard umringten. „Bis dahin hast du ja deine Schutztruppe." Sie eilten an den Anfang des Weges, wo sich ein weiter Blick in das Tal öffnete. Zwei weiße Punkte stiegen den Berg hinauf. *Weiß ist gut. Schwarz bedeutet Gefahr.* So viel hatte er von dem Zauber seines Vaters verstanden. Er ging den Neuankömmlingen entgegen. *Zwei Frauen. Kommt Tania zurück?* Er beschleunigte die Schritte. Bard hetzte hinter ihm her. Doch keine der Frauen besaß die schwarzen Haare seiner Schwester.

Die ältere der beiden winkte und stützte sich dann auf die zweite. Als sie näher kamen, schüttelte die jüngere Frau ihre braunen Locken zur Seite und rief ihnen zu: „Kommt gefälligst her. Eure Tante ist verletzt." *Tante Celia!*

Bard rannte los. Er umarmte Celia vorsichtig. „Was ist passiert?"

Schrammen und blaue Flecken verunstalteten ihr Gesicht. Sie schluchzte und Tränen liefen über ihre Wangen. Eran trat heran und schloss sie für einen Moment in seine Arme. Er klopfte ihr beruhigend auf den Rücken.

„Ihr Mann hat sie verprügelt." Die fremde Frau sah Eran an. „Ich bin Chrissa." Die Anstrengung des Aufstiegs hatte ihre Wangen gerötet. Wilde Locken hingen in ihre Stirn und wuselten über die Ohren. Ihre warme Stimme vibrierte tief in seinem Inneren.

Eran schluckte. *Chrissa. So jung – und so hübsch.* Er riss seine Gedanken los. „Eran", stellte er sich vor.

„Ich bin Bard", mischte sich sein Bruder ein.

„Schön. Eran und Bard. Ihr wollt sicher Einzelheiten wissen." Sie nickten. „Dann führt eure Tante und mich in den Schatten und besorgt etwas Wasser. Wir sind seit über zwei Stunden unterwegs."

„Geh voraus und hol Mutter und Ulla aus der Vulkanhöhle", befahl Eran. Er nahm seine Tante in die Arme. „Ich trage sie bis zum Haus."

Bard zögerte, blickte zu Chrissa, die ihn anlächelte, und rannte los. Die verzauberten Gegenstände umringten ihn wie eine Schar kleiner Kinder. Chrissa starrte ihm hinterher. „Ist das die Hexerei, die Kirk so verflucht hat?"

*Will sie mich ausfragen?* „Bist du eine von den Kilrhains?" Eran stapfte mit seiner Tante in den Armen in Richtung Hof.

„Nein. Mein Vater ist Händler in Drogira. Er hat mich Kirks Neffen zweiten Grades versprochen. Das hat sich jetzt erledigt." Sie klang nicht traurig darüber. Eran verstand es nicht. *Frauen müssen doch heiraten. Ich habe Tania sogar die Wahl gelassen.*

„Es tut mir leid, Chrissa." Celia drehte ihren Kopf. „Danke, dass du mir geholfen hast."

„Als ich gesehen habe, wie Kirk dich zugerichtet hat, wollte ich nicht länger bleiben."

Eran schlug einen Bogen um Rigan und die Banditen. Tanias Vorwurf klang noch in den Ohren. *Ich werde Tante Celia zumindest Rigans Anblick ersparen.*

Chrissa blieb einen Moment stehen, um die vier Gestalten zu betrachten, aber sie schwieg. Kaum hatte er seine Tante in der Küche auf einen Stuhl gesetzt, stürmten Mutter und Ulla herein und kümmerten sich um die zwei Frauen. Für einen Augenblick lauschte er Chrissas Stimme, dann suchte er die Wohnstube auf.

Arin stand über den Tisch gebeugt, auf dem er die Aufzeichnungen der Ahnen ausgebreitet hatte. „Etwas gefunden?"

Arins Kopf ruckte hoch. „Ja. Sehr interessant alles." Er fischte ein Blatt heraus und reichte es Eran. „Die Zeichnung sieht aus wie Vaters Amulett."

Eran zog das Medaillon unter seinem Hemd hervor. „Du hast recht. Was bedeuten die Zeichen darauf?"

„Das Omega wird überall erwähnt. Den grauen Nebel bezeichneten die Ahnen als Omega-Dimension und es gab ein Schiff, das Omega hieß." Arin wühlte in den Aufzeichnungen. „Das Gamma steht für giatros, Sigma für stratiotis und Epsilon für eremitis." *Heiler, Kämpfer und Gelehrter.* „Die Ahnen teilten ihre Schiffsbesatzung in diese drei Gruppen."

Eran schob das Amulett wieder unter seine Kleidung. „Das hilft uns nicht weiter."

Arin zuckte mit den Schultern. „Bisher habe ich noch keinen Hinweis auf den Kodex entdeckt."

*„Es ist mein Kodex."*

Eran und Arin fuhren herum. *Niemand.* „Wer spricht?" Eran drehte sich im Kreis.

*„Ich bin der Wächter der Welt."* Die Stimme schien direkt in seinem Kopf zu ertönen. *„Ich habe verboten, Lebewesen in dieser Dimension zu verletzen. Wenn ihr einen gegenteiligen Befehl gebt, werdet ihr keine neuen Gegenstände verzaubern können und die vorhandenen werden eure Befehle ignorieren."*

„Für wie lange? Auch wenn sie nur verteidigen, wir werden für den Kampf gegen die Kilrhains noch mehr brauchen."

„*Probiert es in ein paar Stunden. Aber sie werden niemanden verletzen.*"

Eran schlug mit der Faust auf die offene Handfläche. *Verflucht. Warum hast du uns nichts von dem Kodex erzählt, Vater? Meine Pläne. Alles wird schwieriger, wenn die Wesen nicht angreifen können.*

Es klopfte an die Tür. Eran sah auf. Chrissas Lockenkopf spitzte durch den offenen Spalt.

„Was ist?", knurrte er sie an.

Sie ignorierte seine Ruppigkeit, trat ein und schloss die Tür.

„Willst du die Pläne der Kilrhains wissen?"

Eran winkte ab. „Sie werden kaum ihre Pläne einer fremden Frau verraten haben."

„Natürlich nicht", fauchte sie. Er starrte sie an. *Sie hat richtig Feuer und einen eigenen Kopf.*

„Aber es sind Männer." Ihre Stimme ätzte in seinen Ohren. „Die können nicht planen, ohne Essen und Trinken. Und rate, wer ihnen das gebracht hat."

„Also gut. Was hast du erfahren?"

Chrissa beachtete ihn nicht. Sie war vor Arins Tisch getreten und stellte sich vor. Arin schüttelte ihre Hand.

„Bist du ein Gelehrter?" Sie deutete auf die Aufzeichnungen der Ahnen, die in einem wirren Haufen die Tischplatte bedeckten. Arin setzte zu einer Erklärung an, als Eran dazwischenfuhr und ein paar Blätter zusammenschob. „Räum das weg, Arin. Wir wissen, was wir wissen müssen."

Er wandte sich an Chrissa: „Kilrhains Pläne?"

„Ich erzähle euch, was ich weiß, unter einer Bedingung."

*Bedingungen?* Er schwieg.

„Ich darf mit euch gegen die Kilrhains kämpfen."

„Bist du verrückt? Frauen kämpfen nicht." Arin zuckte bei Erans Ausbruch zusammen, während Chrissa ihn anstarrte.

„Ich kann Bogen schießen und mit dem Messer umgehen."

„Selbst wenn. Das kann ich nicht dulden. Du versteckst dich mit den Frauen in der Vulkanhöhle."

Chrissa verschränkte die Arme vor der Brust. „Ich werde auf keinen Fall zurückbleiben und warten, bis die Männer über mich herfallen. Wollt ihr nun Kirk Kilrhains Pläne wissen oder nicht?"

Eran stöhnte innerlich. *Schlimmer als Tania.* „Sag schon."

„Und?"

„Du kommst mit. Vielleicht kannst du dich ja nützlich machen." Eran verzog seine Mundwinkel.

„Kirk sammelt fünfzig Männer bis heute Abend. Sie werden bei Dunkelheit aufbrechen. Ihre schwarze Kleidung dient dann als Tarnung, während eure weiße gut sichtbar ist." Sie strich über ihr Kleid. „Ein merkwürdiger Zauber. Zuerst hat sich mein blaues Kleid grau gefärbt. Als ich eurer Tante geholfen habe, hat es sich in reines Weiß verwandelt."

„Das hat unser Vater kurz vor seinem Tod gewirkt", mischte sich Arin ein.

*Und in diesem Fall behindert es uns,* dachte Eran.

*„Beschwer dich nicht. Damit beschützt euch mein sekundäres Bewusstsein: Ihr werdet alle eure Feinde an der Farbe ihrer Kleider erkennen. Und wenn jemand aus eurer Familie getötet wird, bestraft es den Mörder: Seine Kleidung erstarrt zu Obsidian. Niemand wird wagen, euch anzugreifen."*

*Bis auf diejenigen, die nichts von dem Zauber wissen.*

*„Wollt ihr den Schutz oder nicht?"* Die Stimme des Wächters klang genervt.

*Besser wäre es, die Wesen müssten den Kodex nicht mehr befolgen und könnten kämpfen.*

*„Oh nein! Ihr Menschen vermehrt euch so langsam. Das Grau wird nicht dabei helfen, euch gegenseitig umzubringen."*

## 5. Vorbereitungen

„Eran?" Chrissas Frage riss ihn aus dem Dialog mit dem Wächter. Er musste an die drohende Gefahr denken. *Fünfzig Männer. Haben wir eine Chance?*

„Auf dem Weg zu euch sind Celia und ich über einen Pass gekommen."

In Gedanken folgte er dem Weg nach Kilrhain. „Der Tannsteig. Kein echter Pass, aber der einzig mögliche Ort für einen Hinterhalt."

„Aber das weiß Kirk ebenfalls", warf Arin ein.

„Damit werden sie nicht rechnen. Es ist zu weit von unserem Hof entfernt."

Arin sammelte die Blätter der Ahnen ein und sah auf. „Wir müssten sie vernichtend schlagen. Sonst haben wir sie gleich wieder auf dem Hals."

Chrissa verschränkte ihre Arme. „Ihr müsst Kirk töten."

Die Männer starrten sie an. Sie deutete ihr Schweigen als Ablehnung. „Nachdem Rigan tot ist, gibt es keinen echten Nachfolger. Die Kilrhains werden mit sich selbst beschäftigt sein."

Eran begriff. „Und diese Zeit können wir nutzen, um Verbündete zu finden."

Chrissa nickte.

*Eine Frau mit politischem Verstand und hübsch.* Sie strich eine ihrer Locken, die über die Stirn hing, mit einer unwirschen Bewegung beiseite. Ihre Brüste spannten unter dem Kleid. Sein Herzschlag beschleunigte sich.

*Konzentrier dich auf die Aufgabe vor dir,* ermahnte er sich. „Bereite mit Bard alles für den Aufbruch vor", befahl er Arin. „Wir benötigen Verpflegung und Waffen." Zu Chrissa sagte er: „Komm mit. Wir probieren aus, wie gut du im Bogenschießen bist."

Er führte sie in die Scheune, kramte in einer Kiste und holte Bogen, Sehne und einen Köcher mit Pfeilen heraus. Er blies den Staub vom Köcher. Chrissa hustete.

„Der Bogen gehörte Vater. Aber er hatte seit Jahren nicht mehr damit gejagt." Er zog ein paarmal die Sehne ruckartig auseinander. „Sie scheint noch in Ordnung. Soll ich sie aufspannen?"

Wortlos griff Chrissa danach. Ihre Finger berührten sich. Ihre Haut kitzelte auf seiner. Er hielt die Sehne fest, um die Berührung zu verlängern. Überrascht sah sie auf.

*Bei den Ahnen. Was tue ich da?* Der Blick in ihre dunklen Augen nahm ihn gefangen. Dann lächelte er, lies los und trat zurück. Es dauerte einen Moment, bis sie zurücklächelte.

Sie zog die Sehne auf den Bogen und fischte einen Pfeil aus dem Köcher. Mit einer blitzschnellen Bewegung schoss sie auf die gegenüberliegende Wand der Scheune. „Zufrieden?"

Er zuckte mit den Schultern. „Frauen schießen nicht mit Pfeil und Bogen. Wo hast du das gelernt?"

„Ich wollte mit meinem Vater auf Handelsreise gehen. Er hat die Bedingung gestellt, dass ich mich wehren kann. Also habe ich geübt." Ihr Blick wanderte in die Ferne und ihre Augen wurden feucht. Sie wandte sich ab.

*Was hat sie?* Er zögerte einen Moment. Dann bahnte er sich den Weg durch Kisten, Körbe und Fässer hindurch zur anderen Seite. Chrissa hatte die Stahlspitze des Pfeils vollständig in das Holz versenkt. „Guter Schuss." Er musste viermal hin und her ruckeln, um ihn herauszuziehen. „Wohin bist du mit deinem Vater gereist? Hast du das Festland gesehen?"

Chrissa schüttelte den Kopf. „Er hat gemeint, ich wäre noch nicht gut genug. Das war nur eine Taktik, um mich hinzuhalten." Sie räusperte sich, um ihre belegte Stimme zu klären. „Dafür habe ich immer wieder mit dem Bogen geübt."

*Ein heikles Thema.* Er beschloss, nicht nachzubohren, und reichte ihr das gefiederte Pfeilende. „Übe im Hof weiter. In einer Stunde brechen wir auf."

Das weiße Kleid schwang um ihre Knöchel, als Chrissa die Scheune verließ. Eran atmete ihren Duft ein. Ein Hauch von Zitrone und Minze kitzelte seine Nase. Er schluckte und schüttelte den Kopf. *Konzentrier dich.* Er sammelte einen Arm voller Riemen und suchte Arin auf.

Mittags trafen sie sich auf dem Hof. Sie hatten ein Packpferd mit Vorräten, Riemen, Äxten und Sägen beladen. Ihre eigenen Reittiere standen in einer Reihe daneben. Seine Mutter, Tante Celia und Ulla verabschiedeten sich von ihnen und machten sich auf den Weg zur Vulkanhöhle.

„Habt ihr dunkle Kleidung angezogen?", fragte Eran. Alle nickten.

„Aber wozu?" Bard strich über sein Hemd. „Sobald wir etwas anziehen, färbt es sich weiß.."

Eran half Chrissa auf ihr Pferd. Als ihre Füße einen halben Meter über dem Boden schwebten, verwandelte sich die weiße Farbe ihres Kleides zu Schwarz. Eran deutete mit einem Kopfnicken zu Chrissa. „Wir müssen nur den Boden verlassen, dann verliert der Zauber die Wirkung."

*Mutters Kleid steht ihr gut.* Er hielt Chrissas Bein länger als notwendig und lächelte ihr zu. Sie trieb das Pferd mit den Hacken an, so dass er loslassen musste. *Sie hat zurückgelächelt. Da bin ich mir sicher.*

Er stieg auf sein Reittier, schnalzte mit der Zunge und folgte Chrissa. Die Sonne brannte vom Himmel und brachte sie zum Schwitzen, obwohl ein kühler Hauch durch die Berge wehte.

Chrissa erzählte von Drogira. „Warst du schon einmal dort?", fragte sie Eran. Er schüttelte den Kopf.

„Es liegt an der Mündung des Flusses Ahler. Das Besondere daran ist, dass an dieser Stelle ein terrassenförmiger Abhang zur Küste führt. Wie riesige Treppenstufen." Sie sah ihn an. „Nach einem Gewitter versammeln sich die Einwohner Drogiras am Rand des Abhangs. Meist dauert es keine halbe Stunde, bis der Fluss über die Ufer tritt und auf der gesamten Breite die Stufen hinunterrauscht."

Ihr Blick wanderte in die Ferne. „Das Wasser scheint zu kochen. Es brodelt und überzieht die Felsen mit weißen Schaum."

„Das hört sich gefährlich an", bemerkte Bard. Eran runzelte die Stirn. *Warum stört er Chrissas Erzählung? Muss er sich in unser Gespräch einmischen?*

„Es ist gefährlich. Nach einem Gewitter verlassen alle Schiffe den Hafen und ankern in der Bucht." Sie schüttelte den Kopf. „Wir können nicht einmal Lagerhallen am Kai bauen. Das Wasser würde sie wegspülen."

Ihr Gesicht versteinerte sich und sie wandte sich von den Männern ab. „Mein Bruder starb nach einem Wolkenbruch vor zwei Jahren", erklärte sie mit rauer Stimme. „Er war auf dem Weg vom Hafen zur Siedlung und hat es nicht rechtzeitig geschafft."

Sie schwiegen. Als Eran Chrissa von der Seite ansah, glänzte eine Träne in ihrem Augenwinkel.

Die nächste halbe Stunde ritten sie hintereinander auf dem etwa wagenbreiten Weg ins Tal. Kopfgroße Lavabrocken sprenkelten die grünen Teppiche aus Berggräsern und Kräutern zu beiden Seiten. Ab und zu bildeten Inseln aus weißen Blüten der Vulkanlilie einen Kontrast zu den Lavasteinen.

Arin summte ein Wanderlied und Bard konstruierte „wenn" und „aber" Szenarien aus, die niemand beachtete. Eran versuchte, seine Umgebung auszublenden und eine erfolgversprechende Strategie für den bevorstehenden Kampf zu entwickeln. Aber fünfzig Mann erschienen wie eine erdrückende Übermacht.

*Wir müssen darauf hoffen, dass wir am Abend neue Gegenstände verzaubern können. Ein paar Stunden meinte der Wächter. Nicht gerade präzise.*

Die ersten verkrüppelten Kiefern verdichteten sich zu Baumgruppen. Kurze Zeit später sie ihr Ziel. Ein etwa zweihundert Meter langes Wegstück, das durch einen dichten Kiefernwald führte. Als Eran den Anstieg hinabschaute, wuchs seine Zuversicht. *Kilrhains Männer werden von den Pferden absteigen müssen und für einen Sturmangriff zu Fuß ist es zu steil.*

Er wies Arin und Bard an, zwei Bäume zu fällen, während er durch das Dickicht am Waldrand streifte. Der Geruch von Kiefernnadeln und Harz stieg in seine Nase. Er musste dicke Wedel beiseiteschieben oder abbrechen, um sich durch die Bäume zu zwängen.

Nachdem er sich in einem Bodenloch fast den Knöchel verstaucht hätte und über einen Steinbrocken gestolpert war, schlug er den Rückweg ein. *Bei Dunkelheit gibt es hier kaum ein Durchkommen.* Größere Baumlücken in der Nähe des Weges sicherte er mit Riemen in Schienbeinhöhe. *Stolperfallen zur Sicherheit.*

Dann half er Arin und Bard, die gefällten Bäume von Zweigen zu befreien und in Teilstücke zu zersägen. Sie rammten zwei Äste am Beginn des Abhangs in den Boden und stapelten die Baumstämme dahinter auf. Eran band je einen Riemen daran und führte sie zum Waldrand.

Er rieb sein Kinn, als er ihre Falle betrachtete. *Wir müssen genau den richtigen Moment erwischen.* Zu früh und die unregelmäßig dicken Stämme würden vom Weg abweichen und im Wald landen, bevor sie die Kilrhains erreichten. Zu spät und die Baumstämme hätten nicht genug Schwung, um Schaden anzurichten.

Die umliegenden Berge verdeckten die Sonne und die Männer fröstelten, als der kühle Wind durch die verschwitzte Kleidung fuhr. Chrissa verteilte Brot mit Käse und Wasser aus ihren Vorräten.

Das Warten begann.

## 6. Kampf

„Und wenn sie nicht kommen?" Bard schritt die Breite des Weges ab. Er blieb stehen und blickte den Abhang hinunter ins Tal. „Vielleicht haben sie ihre Pläne geändert, nachdem Chrissa mit Tante Celia geflohen ist."

Bards Gejammere ging Eran auf die Nerven. Ihn ärgerte, dass es Zweifel in ihm weckte. *Kirk ist nicht dumm. Er weiß, dass Celia zu uns kommen wird. Was, wenn sie querfeldein durch die Berge klettern?*

Er schüttelte den Kopf. *Nicht in der Nacht. Sie würden alle paar Meter über Lavabrocken stolpern. Danach wären die Männer nicht mehr kampffähig.*

„Sie werden wegen zwei Frauen nicht ihre Pläne ändern." Chrissas Stimme beruhigte ihn. „Ich bin sicher, sie haben mich überhaupt nicht beachtet." Sie spannte ihren Bogen und schoss einen Pfeil ab. Mit einem dumpfen Schlag bohrte sich die Stahlspitze in einen Dutzend Meter entfernten Baumstamm.

Sie sah Eran an. „Nur wenn ihr Kirk tötet, werdet ihr Ruhe vor den Kilrhains haben." Er bewunderte ihren fließenden Bewegungen, als sie den Pfeil zurückholte. Das Kleid schmiegte sich um ihren Körper. Sein Atem beschleunigte sich. *Fast schon zu eng.* Er ertappte sich dabei, wie er dem Gedanken weiter folgte. *Nicht vor einem Kampf.*

Er riss seinen Blick von Chrissa los und ließ ihn über das Tal unter ihnen schweifen. Es lag im Schatten des Sonnenuntergangs und die Baumwipfel bewegten sich wie dunkle Schemen im Wind.

Der rote Streifen über den Gipfeln erlosch, als ob jemand einen Topf über die Sonne gestülpt hatte. Im Osten funkelten die ersten Sterne. Wie eine Gruppe Gespenster schwebten ihre weißen Kleider durch die Dunkelheit. Arin pfiff die Melodie des ‚Geistermarsches'.

„Kannst Du nicht mit dem Gepfeife aufhören?", beschwerte sich Bard. Seine verzauberten Gegenstände bildeten einen engen Ring um ihn. Arin zuckte mit den Schultern und pfiff lauter.

„Still jetzt. Die Nacht trägt jedes Geräusch weit." Eran reichte seinen Brüdern ein Blatt Vulkanlilie. Nach kurzem Zögern gab er Chrissa ebenfalls ein getrocknetes Stück. „Gut kauen und herunterschlucken. Warte zehn Minuten und atme ein paarmal stoßartig. So, wie ich."

Er stieß zweimal explosionsartig die Luft aus der Lunge. „Wenn du dich konzentrierst, wirst du in der Dunkelheit Lebewesen an einer grünen Aura erkennen." Er nahm sein Blatt in den Mund.

Bard verlagerte das Gewicht von einem Fuß auf den anderen. „Müssen wir kämpfen? Warum geben wir ihnen nicht, was sie wollen?"

„Nicht wieder diese Diskussion", stöhnte Eran.

„Aber Rigan ist tot. Was wollen wir mit seiner Leiche?"

„Zu spät", mischte sich Chrissa ein. „Ihr habt Kirk in die Flucht geschlagen. Er muss seine Ehre wiederherstellen."

„Kilrhains Ehre!" Arin spuckte aus.

Eran hob die Hand. „Ruhe. Keine Bewegung." Sie lauschten. Der Wind trug ein leises Schnauben und Stimmen zu ihnen.

„Arin, Bard. Schnappt euch einen Riemen und versteckt euch hinter einem Baum. Ich gebe das Kommando", flüsterte Eran.

„Chrissa. Steig aufs Pferd. Du kannst von dort schießen." Er deutete auf eine dichte Baumgruppe am Wegrand hinter ihnen. Er sah sich nach Bard um, der mit einem der Lederriemen in der Hand auf den Waldrand zusteuerte. *Er ist weit genug entfernt.* .

„Wenn sie uns überwältigen, fliehst du zum Hof." Chrissa musste einen Schritt auf ihn zugehen, um seine geflüsterten Worte zu verstehen. „Nordwestlich, den Vulkan hoch, findest du eine Höhle. Nimm Mutter, Celia und Ulla und taucht in Drogira unter."

Sie nickte, stieg auf das Pferd und nahm Bogen und Pfeile zur Hand.

Eran stellte sich in die Mitte des Weges, hinter die aufgeschichteten Baumstämme und wartete.

Bald krochen die ersten Schatten um die Kurve vor dem Anstieg. Hufe stampften, Pferde schnaubten. Männerstimmen, als die Reiter abstiegen. *Keiner sieht nach oben, sie haben mich noch nicht bemerkt. Aber die Vulkanlilie wirkt bereits.* Grün leuchtende Gestalten schälten sich aus der Dunkelheit. Wie eine Schlange zogen sie sich den Weg hoch. Anhand der Größe konnte er Pferde und Männer gut unterscheiden.

Als die ersten die Hälfte des Abhangs erklommen hatten, stampfte er mit dem Stab auf den Boden und rief: „Halt!"

Die Schlange unter ihm geriet ins Stocken.

„Feiges Gesindel. Verschwindet oder mein Zauber wird euch töten."

„Eran" *Kirks Stimme.* „Ergebt euch und wir lassen euch am Leben."

„Ha. Deine verräterische Brut hat uns gezeigt, wie weit man einem Wort der Kilrhains trauen kann." Er hob seine Stimme. „Männer. Warum vertraut ihr eurem Anführer, der feige vor meinem Zauber geflohen ist? Kehrt um und ihr werdet verschont."

Auf dem Weg entstand Unruhe. Kirk brüllte Befehle. Eran lächelte. „Nur Kirk Kilrhain hat sein Leben verwirkt. Diese stinkende Ratte hat eine wehrlose Frau verprügelt."

Ein Pfeil zischte durch die Luft. Sein verzaubertes Brett schoss dazwischen. Mit einem Schlag fuhr die Spitze ins Holz und der Schaft blieb zitternd stecken.

*Bogenschützen. Wir müssen sie von Chrissa ablenken.* Seine Finger umklammerten den Stab. Er konzentrierte alle Sinne auf die Angreifer, die sich unter ihm sammelten.

Wenige Augenblicke später schob sich eine dichte Gruppe grüner Lichtpunkte den Abhang hinauf. *Kirk hat seine Männer gut im Griff. Dreißig Meter.* Bard begann hinter dem Baum zu zappeln. Er wartete noch einen Atemzug und zischte dann: „Jetzt!" Arin und Bard rissen an ihren Riemen. Die zwei Äste, die die aufgestapelten Stämme hielten, lösten sich aus dem Boden.

Eran gab dem obersten Baumstamm einen Tritt. Eine hölzerne Lawine polterte den Berg hinunter und gewann mit jedem Meter an Geschwindigkeit. Die Stämme schrammten über Steine und Unebenheiten, die sie aus der Bahn warfen oder in die Luft schleuderten.

Kilrhains Männer rannten zurück oder sprangen zur Seite. Nicht alle konnten ausweichen. Holz prallte auf Muskeln und Knochen. Menschen schrien. Chaos beherrschte die Dunkelheit unter ihm. Die Schreie schnitten in sein Gewissen. Er presste die Zähne aufeinander. *Selber schuld. Warum folgen sie diesem Idioten Kirk.*

Er winkte Arin und Bard, die sich neben ihn stellten. Ihre weiße Kleidung schimmerte in der Nacht. Der Abhang erschien wie ein finsterer Abgrund, aus dem die Schergen des Teufels hervorkrochen. Er schauderte im kühlen Bergwind.

Kirk brüllte und organisierte seine Männer. Nach wenigen Minuten schwappte eine Welle grüner Lichtpunkte auf sie zu.

*Noch so viele.* Ein paar der leuchtenden Auren tauchten in den Wald ein. *Sie wollen uns in den Rücken fallen.*

„Achte auf den Waldrand", rief er Chrissa zu. Er sah sich nach seinen Brüdern um. Bard hüpfte von einem Fuß auf den anderen und schwang ein Beil durch die Luft. Arin spitzte die Lippen, als ob er pfeifen wollte, aber es kam kein Ton aus seinem Mund.

Erans Herz pochte bis zu den Schläfen. Er wechselte den Stab in die andere Hand und wischte die schweißnassen Finger an dem Hemd ab.

Die grüne Front rollte auf sie zu. Kirks Männer schnauften vor Anstrengung. Messerklingen glänzten im Sternenlicht.

*Ruhe bewahren.* „Wir schaffen das. Lasst keinen zwischen euch hindurch." Er trat einen Schritt vor und wirbelte den Stab durch die Luft. „Verschwindet. Das ist eure letzte Gelegenheit."

„Macht sie fertig", kreischte Kirk aus den hinteren Reihen.

Die erste Reihe zögerte, als der Stab vor ihren Gesichtern vorbei zischte. Doch die Rotte dahinter presste nach vorne. Er schlug zu. Das Holz prellte dem Mann vor ihm das Messer aus der Hand. Der

Getroffene stöhnte auf und wich zurück. Seine Nebenmänner sprangen vorwärts und blockierten Erans Stab.

Er hob ihn zwischen den Angreifern nach oben, bis er senkrecht vor ihm stand, wirbelte das Langholz in die Waagrechte und stieß damit die zwei Männer zurück. Schmerz zuckte durch seine Finger, als es einem gelang, ihn mit dem Messer zu verletzen. *Verflucht.* Mit zwei schnellen Schlägen wehrte er die Angreifer ab. Blut lief über seine Hand und an dem Holz hinab. Es hinterließ eine dunkle Spur.

Er trat zwischen seine Brüder. „Haltet sie einen Moment auf." „Haltet sie auf?", schimpfte Bard. „Das ist eine Armee." Er stieß einen Schrei aus und fuchtelte mit dem Beil in der Luft. Seine verzauberten Gegenstände bildeten eine Wand vor ihm.

Eran riss den Ärmel seines Hemdes ab und wickelt ihn um die Hand. Sein Blick fiel auf den blutverschmierten Stab, den er vor sich abgelegt hatte. *Die Wesen aus dem Grau. Ich versuche es noch einmal. Wir können jede Hilfe gebrauchen.*

## 7. Janina

Er konzentrierte sich, bis graue Schemen den Blick verschleierten. Die Umgebung rückte näher heran, als ob sich schlagartig alle Entfernungen halbiert hatten.

Er rief: *Kommt.* Nichts rührte sich. Seine Brüder, der Weg und der Wald versanken hinter grauen Schlieren. *Kommt.* Er wagte sich noch tiefer in das Grau hinein, bis ihn eine Wand aufhielt. Er atmete ein und legte alle Energie in den Ruf.

Nichts. Enttäuscht wollte er sich wieder zurückziehen, als am Horizont ein grüner Lichtpunkt flackerte. Das Wesen aus dem Grau raste heran und tanzte vor seinen Augen. *„Du hast eine Aufgabe für mich?"*

*Eine Frauenstimme. Aber ich darf nicht wählerisch sein.* Er wandte sich an das Wesen: *Hilf mir!*

*„Etwas unspezifisch. Aber wenn du das Zauberwort sagst."*
*Das Zauberwort? Vater hat das nie erwähnt.*
*„Es heißt ‚Bitte', falls du schon mal davon gehört hast."*
Eran schüttelte den Kopf. Stritt er sich mit einem Wesen aus dem Grau über den Ton? Aber sie mussten sich an jeden Strohhalm klammern. *Bitte hilf mir.*

„*Alles klar.*" Der Lichtfleck fuhr durch seinen Körper in das Blut, das an dem Stab klebte. Einen Sekundenbruchteil später verschwand das Blut, als ob das Holz es wie ein Schwamm aufgesaugt hatte.

„*Ah. So viel Blut. Ich kann sogar richtig denken.*" Wie von Zauberhand richtete sich Erans Stab auf und deutete eine Verbeugung an. „*Ich heiße Janina. Wie kann ich dir helfen?*"

*Kannst du mir im Kampf gegen die Kilrhains beistehen?*

„*Ich darf niemanden verletzen, aber ich werde sehen, was ich tun kann.*"

Erans Hoffnung sank. *Der Sinn eines Kampfes besteht doch darin den Gegner zu verletzen oder zu töten. Wenigstens bekomme ich zusätzlichen Schutz.* Er tauchte aus dem Grau auf, griff nach dem Stab und sah sich in der Wirklichkeit um.

Seine Brüder gerieten in Bedrängnis. „Eran!", schrie Bard. „Hilf uns endlich." Das Dutzend verzauberter Gegenstände hielt gerade dem Angriff dreier Männer stand, die Bards ungeschickten Attacken mit dem Beil auswichen.

Arin wehrte sich gegen zwei Kilrhains. Ein langer Schnitt an seinem Bizeps blutete.

Chrissa schrie auf. Eran fuhr herum. Zwei schwarze Gestalten zogen sie vom Pferd. Für einen Sekundenbruchteil erstarrte er.

*Hilf meinen Brüdern.* Er warf den Stab auf Arins Gegner. *Bitte Janina.*

Er rannte zu Chrissa, die sich heftig gegen ihre Angreifer wehrte. Einer der Männer keuchte: „Eine Wildkatze. Wie Kirk gesagt hat." „Halt sie fest. Ich zähme sie." Die Gestalt zerrte an Chrissa Kleid. Mit einem Ruck zerriss der Stoff.

Chrissa kreischte wie eine Furie. Sie wand und trat mit den Füßen, bis ein Arm frei kam.

*Schweine. So siegessicher, dass sie mitten im Kampf eine Frau vergewaltigen.* Eran packte die Gestalt vor ihm, die an ihrer Hose herumfummelte, und schleuderte sie ins Dickicht am Wegrand.

Chrissa bückte sich und griff nach ihrer Wade. Eine Klinge blitzte im Mondlicht auf. Blindlings stieß sie das Messer hinter sich. Der Mann, der sie festhielt, stöhnte und sackte zusammen. Chrissa riss sich los, stolperte und stürzte.

Das zerrissene Kleid verrutschte und entblößte ihre linke Brust. Eran wandte den Blick ab und sah ihr in die Augen. „Bist du in Ordnung?" Er hielt seine Hand hin.

Sie ergriff sie und nickte. Er half ihr auf die Beine, als sie ihn zur Seite riss und mit dem Messer zustieß.

Die Gestalt hinter ihm ließ den Dolch fallen und taumelte zurück. Der Griff von Chrissas Messer ragte aus seiner Körpermitte.

Eran zog Chrissa zu sich und hielt sie fest, als sie durch ihren Schwung zu stürzen drohte.

Für einen Moment sank ihr Kopf gegen seine Brust und er atmete den Duft ihres Haares. Dann griff sie mit einer Hand an seinen Nacken, zog seinen Kopf herunter und presste ihre Lippen auf die seinen.

Eran erstarrte. Sein Herz hämmerte.

Nach einer halben Sekunde löste sich Chrissa und flüsterte. „Hilf deinen Brüdern." Sie richtete ihr Kleid und rannte zu der Stelle, an der ihr Bogen und die Pfeile lagen. „Beeil dich. Ich werde hier aufpassen."

*Arin. Bard.* Eran fuhr herum. Der Kampf war nur noch ein Dutzend Meter entfernt. Kirks Männer hatten seine Brüder zurückgedrängt. Sein Stab flog durch die Luft und schlug gegen die Waffen der Angreifer, konnte aber ihr Vorrücken nicht verhindern.

Er sprang hinzu und packte den Kampfstab. *Danke Janina.*

Eine Gestalt stolperte aus dem Wald und stürzte ihm entgegen. Sirrend schoss ein Pfeil durch die Luft und bohrte sich in den Oberschenkel des Mannes. Er stöhnte auf und sackte nach zwei Schritten zu Boden.

*Chrissa. Sie passt wieder auf.*

*„Was ist jetzt? Ich darf niemanden verletzen. Wenn ich dir helfen soll, musst du kämpfen. "*

*Aber wie?*

*„Ich zeige es dir. Nur die Schläge, die verletzen oder töten, musst du selbst ausführen. "*

Der Stab begann in seiner Hand zu tanzen. Er verkrampfte die Finger um das Holz.

*„Lass locker, Mann. Ich passe schon auf, dass du mich nicht verlierst. "* Janina kicherte. *„Du musst schließlich mein Werk vollenden. "*

Der Stab wirbelte herum, das stumpfe Ende verformte sich zu einer messerscharfen Klinge, die einen fingerbreit vor der Kehle des Kilrhains in der Luft zitterte.

*„Jetzt! "*, rief Janina. *„Stoß zu. "*

Er zögerte. Das Leben des Mannes lag in seiner Hand. Dessen weit aufgerissene Augen glänzten im Mondlicht. Todesangst. Die Welt stand still.

Der Moment verstrich und der Mann sprang mit einem Schrei zur Seite.

*„Idiot. Du musstest nur zustoßen."* Janina entwaffnete den nächsten Gegner. *„Das kann doch nicht so schwer sein."*

Eran schüttelte sich. *Bin ich nicht so hart, wie ich dachte?* Er zuckte mit den Achseln. *Die Männer haben mir nichts getan. Ich will nur Kirk.*

*„Soldaten töten und sterben nun mal stellvertretend für andere. Nur einen toten Gegner bist du endgültig los."*

*Ihn vielleicht, aber nicht seine Verwandten und Freunde.*

Die Klinge verwandelte sich zurück in Holz. Janina hatte einen weiteren Gegner mit einer Folge angetäuschter Schläge zurückgetrieben. Jetzt drängten die Männer aus der Reihe dahinter vor. Sie schnaubte in seinen Gedanken. *„Pah. Das sind Bauern. Achte auf meinen Rhythmus und meine Kommandos."*

Der Stab zischte durch die Luft auf das Handgelenk des nächsten Gegners. *„Nach unten."*

Er drückte seine Waffe herunter und das Holz schlug auf die Hand. *„Zu schwach."*

Der Mann stöhnte, lies aber das Messer nicht los. Erans Stab zuckte nach oben. *„Rechts und mehr Kraft."*

Er stieß einen Schrei aus und schwang den Stab herum. Das Hartholz knallte gegen das Ohr des Mannes, der torkelte und schrie wie ein aufgespießtes Schwein. *„Schritt zurück."*

Er sprang rückwärts, während Janina den Stab ausrichtete. *„Volle Kraft vor."*

Eran stieß das stumpfe Ende in den Unterleib seines Gegners. Der brach stöhnend zusammen.

*Drei Sekunden. Unglaublich.*

*„Danke. Alles eine Frage der Technik."* Das Holz zuckte in seinen Fingern. *„Konzentrier dich auf den Kampf. Du hast Feinde vor dir."*

Ein Schlag auf die gegnerische Waffe, hochziehen zum Kopf, zurücktreten und in den Bauch stoßen. Nach dem fünften Gegner kannte er den Bewegungsablauf.

Die Angreifer stockten und starrten auf die stöhnenden Körper, die sich wie Würmer auf dem Weg wanden.

Eran reckte den Stab in die Nacht und ließ ihn durch die Luft sausen. Beim Aufschlag spritzen Erde und Steinsplitter empor. „Verschwindet. Lasst euch nicht von Kirk in euer Verderben hetzen. Ihr könnt nicht gegen einen Zauber gewinnen."

„Vorwärts, ihr Memmen. Greift an!" *Kirks Stimme.* Eine Gasse öffnete sich und der Anführer der Kilrhains schritt nach vorne. Er hielt eine Doppelaxt mit beiden Händen.

*„Oha. Kann er damit umgehen?"*

*Angeblich konnte ihn noch niemand im Zweikampf besiegen.*

Kirk wog die Axt langsam hin und her, als ob er ein Baby in den Armen hielt. „Ihr fürchtet euch vor diesem Stöckchen? Ich werde es für euch kürzen."

Er stürmte auf Eran zu. Die schweren Stiefel stapften über die Gliedmaßen der Gefallenen. Bei ihren Schreien verzerrten sich seine Gesichtszüge zu einer Fratze. „Stirb, du Wurm", zischte er durch zusammengepresste Lippen und hob die Axt.

Janina reagierte. Sie schleuderte den Stab Kirks Waffe entgegen. Eran ahnte ihre Absicht und verstärkte die Bewegung. Für einen Sekundenbruchteil vibrierte das Holz in seinen Händen. Ein wütendes Brummen wie von einem Wespenschwarm erfüllte die Luft und die Spitze des Stabes verwandelte sich in eine flache Klinge.

Funken sprühten. Metall kreischte. Kirk warf sich zur Seite und erstarrte. Mit großen Augen starrte er auf die Doppelaxt. Ein schräger Schnitt hatte den fingerdicken Stahl der vorderen Schneide samt Schaft durchtrennt. Der hintere Teil der Axt streifte beim Herabfallen seinen Arm.

*„Wer kürzt hier was?",* kicherte Janina.

„Was zum Teufel." Entgeistert ließ Kirk den Stiel fallen.

„Töte ihn!", rief Chrissa. Ihr Pfeil bohrte sich in Kirks Lederrüstung.

Der stöhnte auf, sprang zurück und brüllte: „Bogenschützen."

Zwei Männer traten in die Gasse, die sich für Kirk geöffnet hatte. *Langbögen. Auf die Entfernung durchlagen die Alles.*

Sie spannten die Bögen und schickten ihre Pfeile gegen Eran. Als die Sehnen brummten, wusste er, dass er tot war.

Sein Stab zuckte. Es klickte zweimal kurz, wie Steine, die zusammenprallen. Die zwei Pfeile fielen zu Boden, beide genau in der Mitte geteilt.

„Verfluchte Zauberer." Kirk spuckte aus und krächzte: „Rückzug."

## 8. Angebot

Die Echos der Pferdehufe klapperten den Berg hinunter, während vor Eran ein Dutzend Gestalten stöhnten und sich auf der Erde wälzten. Ein paar wankten wenige Schritte hinter ihren Gefährten her, bevor sie die Sinnlosigkeit erkannten und niedersanken.

*Kirk lässt die Männer zurück. Die Zerstörung der Axt muss ihn hart getroffen haben.* Eran triumphierte. *Er hat Angst vor mir.*

*„Oder vor mir"*, korrigierte ihn Janina.

Arin stieß einen bewundernden Pfiff aus und Bard klopfte auf seine Schulter. „Guter Kampf. Du hast Kirk in die Flucht geschlagen."

„Was machen wir mit ihnen?" Arin deutete mit seinem Kinn in Richtung Kirks Männer und schlug mit dem Knüppel auf die flache Hand.

*„Schnappt sie euch."*

*Wie meinst du das?*

Bevor Janina antworten konnte, schnaubte ein Pferd hinter Eran und stupste ihn an der Schulter. Er drehte sich zu Chrissa um. Ihre dunklen Augen klagten ihn an. „Warum hast du Kirk entkommen lassen. Er wird nicht ruhen, bis er uns vernichtet hat."

Eran sah erstaunt auf. *Uns? Gehört sie zur Familie?*

Chrissa verzog den Mund zu einem gequälten Lächeln, als ob ihr bewusst wurde, was sie gesagt hatte. „Kirk wird sich an mir genauso rächen, wie an euch." Sie deutete auf die Männer vor ihnen. „Vielleicht finden wir bei denen Unterstützung. Kirk ist auf ihnen herumgetrampelt und hat sie einfach zurückgelassen."

*„Sag ich doch. Schapp sie dir."*

„Selbst wenn. Wir wüssten nie, wie weit wir ihnen trauen können."

Chrissa neigte ihren Kopf zur Seite. „Könnte dieser Zauber, der die Kleiderfarbe ändert, dabei helfen?"

Eran gab sich gedanklich eine Ohrfeige. ‚Ihr werdet eure Feinde an der Farbe ihrer Kleider erkennen', hatte der Wächter gesagt. Sein Blick wanderte von seinen weißen Hosenbeinen zu den dunklen Schemen auf dem Weg, die wie Schatten ohne dazugehörigen Körper wirkten. Die meisten hatten sich aufgesetzt und versuchten auf die Beine zu kommen.

Eran klopfte dreimal mit dem Stab auf den Boden. Das erste Mal dämpfte die feuchte Erde den Aufschlag. Dann hatte Janina seine

Absicht verstanden und verstärkte das dumpfe Geräusch. Es wirkte, als ob sie in einem riesigen Kessel saßen und jemand von außen dagegen schlug. Ein Dutzend Augenpaare flackerten im Mondlicht wie Kerzen und starrten auf Eran.

„Euer Anführer hat euch mit Stiefeln getreten und schmählich zurückgelassen. Warum wollt ihr ihm noch folgen und euch für euer Versagen bestrafen lassen?" Er suchte den Kontakt zu jedem einzelnen Augenpaar, während er die Frage wirken ließ.

„Ich biete euch den Schutz meines Zaubers."

*Mach was,* forderte er Janina auf und kreiste mit dem Stab in der Luft.

*„Mach was?"* Janinas Empörung hallte in seinen Gedanken. *„Es gibt einfache Regeln der Höflichkeit, die auch Männer kapieren sollten."*

*Bitte. Schnell.*

Die Spitze des Kampfstabes begann zu glühen, Funken schossen heraus und knisterten wie eine brennende Wunderkerze. Nach einem Atemzug hielt er die Waffe ruhig und das Lichtspiel erlosch.

„Wer mir fünf Jahre dient, steht nicht nur unter meinem Schutz. Am Ende der Dienstzeit bekommt er ein Stück Land, das ihm und seiner Familie ein Auskommen ermöglicht."

Unruhe breitete sich aus wie eine Welle. Ein bärtiger Hüne erhob sich schwerfällig und trat vor Eran. „Ist das dein Ernst?", fragte er. „Nach fünf Jahren erhalten wir Land?"

Eran ignorierte Bards verärgertes Gemurmel und Arins leisen Pfiff. Er sah dem Hünen in die Augen.

„Wie heißt du?"

„Ken, der Schmied." Der Mann grinste ihn an und hieb mit der Faust auf die flache Hand. „Man nennt mich auch ‚Hammer'". Mit jedem Wort wurde seine Kleidung heller, bis sie fast weiß erschien.

„Also gut, Ken. So wahr ich hier stehe. Das Angebot gilt." Nach einer kurzen Pause fügte er hinzu. „Aber nur jetzt und heute und nur für diejenigen, die ich auswähle." Er streckte dem Schmied seine Hand entgegen. Der schüttelte sie begeistert und stellte sich neben Arin und Bard.

Er wählte die vier Männer, deren Kleidung im Mondlicht am hellsten leuchtete. *Mehr können wir im Moment nicht versorgen.*

Die anderen schickte er in das Tal zurück.

„Vermeidet Kirks Zorn und geht nach Drogira", riet er ihnen.

Sie schürten ein Feuer und versorgten ihre Wunden und die der anderen Männer. Während Chrissa Verbände anlegte, führte Eran Ken zu den zwei Toten.

Der Schmied drehte einen von ihnen um. „Da steckt Larin also." „Sie haben versucht, Chrissa zu vergewaltigen." Ken sah sich den anderen Toten an und spuckte aus. „Taugenichtse. Gut, dass du sie erledigt hast."

„Das war Chrissa."

Der Schmied hob eine Augenbraue. „Ah." Er grinste. „Geschieht ihnen recht. Getötet von einer Frau."

Sie schleppten die Leichen ein Stück in den Wald und ließen sie dort liegen.

Zurück am Lagerfeuer sah sich Chrissa den Schnitt über Erans Finger an. Wortlos wusch sie mit etwas Wasser das verkrustete Blut von der Wunde. Ihre Hand zitterte, als sie die seine berührte, aber sie senkte die Augen und mied seinen Blick.

„Was ist los?" Sie zuckte zusammen. *Meine Stimme klingt viel zu rauh.* Sanft fragte er erneut: „Was ist los?"

„Es tut mir leid."

„Warum? Du hast mein Leben gerettet. Danke." Er drückte ihre Hand.

Sie schüttelte den Kopf. „Nein. Das danach."

*Sie meint den Kuss.* Er erinnerte sich an die Berührung ihrer Finger an seinem Nacken, als sie ihn zu sich herunterzog, an ihre weichen Lippen auf den seinen.

„Ich habe noch nie getötet", stieß Chrissa hervor. „Tut mir leid. Ich brauchte jemand zum Festhalten."

*Verflucht. Sie wäre die Richtige gewesen. Aber ich werde heiraten, um uns mit den anderen Familien zu verbünden.*

„Was..." Chrissa beugte sich über seine Hand. „Der Schnitt ist fast verheilt." Sie legte den Stoffstreifen für den Verband beiseite.

*„Ich habe ein bisschen nachgeholfen",* meldete sich Janina.

*Du kannst heilen? Das ist nützlich.* Schnell fügte er hinzu: *Danke.*

*„Ich habe nur Energie aus dem Grau in die Hand geleitet. Den Rest erledigt dein Körper von alleine."*

Eran hörte den Gedanken nicht mehr. Chrissas Augen forderten seine Aufmerksamkeit. Sie blickte ihn fragend an.

Er räusperte sich. „Das kommt vom Zauber."

„Dann hat er bei Adrian und Bard nicht gewirkt."

Eran ging nicht näher darauf ein. „Sind alle Wunden versorgt?"

Chrissa nickte.

Er erhob sich. „Löscht das Feuer. Wir brechen auf."

Sie halfen den zwei am Bein Verwundeten auf die Pferde und nahmen die Zügel in die Hand. Der Mondschein glänzte auf den glatten Lavasteinen entlang des Weges und führte sie durch die Nacht.

Eran ging voraus und plante ihre nächsten Schritte. *Wir haben einen Fehler gemacht.* Chrissas Worte hallten in seinem Gedächtnis: *Kirk wird nicht ruhen, bis er uns vernichtet hat.*

*„Ich habs dir gesagt. Nur ein toter Gegner ist ein guter Gegner."*

*Das hilft mir nicht weiter, Janina.*

*„Er ist jetzt gewarnt. Der nächste Kampf wird nicht mehr so leicht."*

*Und unser Hof ist schwer zu verteidigen.*

*„Ihr müsst rennen. Möglichst in verschiedene Richtungen. Vielleicht entkommen ein paar von euch."*

Erans ursprünglicher Plan erschien ihm kaum noch durchführbar. *Kirk wird uns jagen. Wer werden keine Zeit für Verhandlungen mit den führenden Familien haben.*

Unruhe packte ihn. Jede verstrichene Minute spielte in Kirks Hände und nun war er für fünf weitere Männer verantwortlich. Er beschleunigte seine Schritte.

## 9. Aufbruch

Am nächsten Morgen stand Eran beim ersten Sonnenstrahl auf.

Den Rest der Nacht hatte er sich unruhig im Bett gewälzt und eine Lösung gesucht.

Da er einen weiteren Angriff der Kilrhains für äußerst unwahrscheinlich hielt, hatten sie die Frauen aus der Vulkanhöhle geholt. Chrissa war bei Ulla im Zimmer untergekommen. Er hatte seine Brüder und die neuen Helfer schlafen geschickt, während die verzauberten Gegenstände rings um den Hof Wache hielten.

In der Wohnstube schob Eran den dünnen Stoff vor die Fensteröffnung beiseite, der als Windschutz diente. Sobald er die hölzernen Flügel öffnete, erfüllte das orangene Licht der aufgehenden Sonne den Raum. Ein kalter Lufthauch ließ ihn frösteln.

Er holte die Schreibutensilien aus einer Kiste neben der Tür, tauchte die Feder in das Tintenfass und begann damit über Papier zu kratzen. Er setzte dreimal an und verwarf den Text wieder. *Ich muss sie zumindest dazu bringen, sich nicht Kirk anzuschließen und abzuwarten.*

In der Küche nebenan klapperten die Frauen mit Schüsseln und Töpfen, um das Essen für die Familie und die neuen Helfer zu bereiten. Draußen im Hof hämmerten und werkelten die Männer.

Als fünf fast identische Schreiben vor Eran lagen, zog der Geruch frisch gebackenen Fladenbrots durch den Raum. Er schüttelte seine Hand, um die verkrampften Finger zu lockern. Dann faltete er die Papiere, versiegelte sie mit ein paar Tropfen Wachs und wickelte jedes in ein Stück Rinderhaut. Er ging hinaus auf den Platz vor dem Wohngebäude.

Das Gemurmel der um einen Karren versammelten Männer verstummte. Sie sahen alle zu ihm.

*Gut. Sie haben sich an meine Anweisungen gehalten.*

Das alte Fuhrwerk sah wieder fahrtüchtig aus und auf der Ladefläche stapelten sich einige Kisten. Ken, der Schmied hielt einen Hammer in der Hand.

„Ihr kennt den Plan", begann Eran. Er hatte ihn gestern Nacht allen erläutert. „Wir werden kein stehendes Ziel für die Kilrhains abgeben. Trotzdem müssen wir Bündnisverhandlungen mit den großen Familien führen."

Er zeigte seinen neuen Helfern die lederumwickelten Schreiben. „Ich mache ihnen ein Angebot, das sie nicht ausschlagen können. Aber wir müssen schnell sein. Kirk wird ebenfalls versuchen, Verbündete zu gewinnen."

Er reichte ihnen die Lederpäckchen. „Lasst euch in der Küche Proviant und Wasser geben. Dann nehmt ein Pferd aus dem Stall und reitet los."

Er gab jedem Einzelnen Anweisungen, wohin er reiten und was er bei der jeweiligen Familie beachten sollte. „Wenn ihr zurückkommt, versteckt ihr euch in der Vulkanhöhle und wartet." Er beschrieb ihnen den Weg dorthin.

Ken schickte er zuletzt. „Deine Mission ist die wichtigste. Wir müssen die Familie Langrhin auf unsere Seite ziehen."

„Langrhin. Die Krieger." Der Schmied schluckte.

„Ja. Es ist ein Risiko. Aber wenn uns ein Bündnis mit den Langrhins gelingt, werden die anderen folgen."

Ken nickte.

„Deshalb sende ich dich. Es kann sein, dass sie einen Kampf fordern." Eran winkte Bard, der den Hof betrat.

„Befiehl zweien deiner verzauberten Gegenstände, Ken zu beschützen."

„Aber..."

„Tu es", befahl Eran. „Du hast ein ganzes Dutzend. Du kannst zwei entbehren."

Bard schloss die Augen. Von allen Seiten schwirrten die Gegenstände heran, die rings um den Hof Wache gehalten hatten.

Eran fasste den Schmied am Arm und sah ihn an. „Bitte um eine Antwort und beobachte ihre Reaktion. Wenn dir etwas merkwürdig vorkommt, musst du uns warnen." Er deutete auf den Karren. „Wir werden dir folgen und die Verhandlungen persönlich führen."

Kens Blick schweifte zum Wohngebäude. „Und der Hof? Die Frauen?"

„Wir können uns hier nicht gegen die Kilrhains verteidigen. Wenn das Bündnis gelingt, sind sie bei den Langrhins sicher."

Ken schwieg und ließ das ‚und wenn nicht?' unausgesprochen. Dann nickte er und ging in Richtung Stall.

Eran sah ihm nach. *Wenn es nicht gelingt? Das wäre unser Untergang. Sollte ich die Frauen nach Drogira schicken?* Aber er hoffte, das Bündnis mit einer Hochzeit zu besiegeln. *Und ohne Unterstützung sind sie dort genauso verloren.*

Er nahm seinen Stab und stapfte auf die angrenzende Wiese. *Die Entscheidung ist gefallen. Ich werde nicht zweifeln.*

Der Morgentau benetzte das Leder seiner Stiefel. Er legte den Holzstab vor sich in das Gras und kreiste abwechselnd mit den Armen, um die Muskeln aufzuwärmen. Dabei überlegte er, wie er sein Anliegen vorbringen sollte, ohne möglicherweise den Kodex zu verletzen.

*„Ich bin nicht so empfindlich bezüglich des Kodex wie die anderen."*

*Janinas Stimme. Zumindest ist sie noch da.*

*„Wo sollte ich sonst hin. Hier ist viel schöner als im Grau."*

*Wie ist es denn dort? Ich sehe immer nur die Nebel.*

*„Es ist – grau."*

Eran wartete. Janina erläuterte ihre Aussage nicht.

*Aha.*

Sie seufzte. *„Es gibt nichts außer den ewigen Schlieren und den Wächter. Aber der ist sauer auf uns, mit dem will niemand reden."*

*Warum?*

*„Wolltest du nicht etwas von mir? "*

Eran erinnerte sich. *Kannst du mir beibringen, mit dem Stab zu kämpfen? - Bitte.*

*„Du hast Glück. In der Sigma-Einheit bin – war – ich Spezialistin mit dem Monostab. "*

*Monostab?*

*„So ähnlich wie dein Holzstab, nur mit monomolekularer Schneide. Die geht durch Stahl, wie durch Butter. "*

*Wie bei Kirks Axt?*

*„Genau. Ich habe die Energie aus dem Grau für die Umwandlung genutzt. Aber fangen wir mit den Grundlagen des Trainings an. "*

Eine halbe Stunde lang ließ ihn Janina die richtige Beinhaltung und verschiedene Griffe üben.

*Wolltest du mir nicht Kämpfen beibringen?*

*„Sei nicht so ungeduldig. Du musst zuerst die Grundlagen lernen. "*

*In einer Stunde brechen wir auf. Bis dahin muss ich bereit sein.*

*„Bereit wofür? Niemand lernt, in einer Stunde zu kämpfen. "*

*Die Langhrins sind Krieger. Sie werden mich herausfordern.*

*„Dann hast du ein Problem. Ich kann dich führen. Du musst nur meinen Befehlen blind gehorchen. Das können wir üben. "*

Eran zögerte. *Den Befehlen einer Frau gehorchen?*

*„Ich war Meisterkämpferin mit dem Monostab, falls das deine Entscheidung erleichtert. "*

*Versuchen wir es.*

Eran schwang den Stab durch die Luft. Erst langsam, dann schneller in immer komplizierteren Mustern.

*„Links. Herunter. Rechts. Hoch. "* Janinas Kommandos peitschten durch seine Gedanken und trieben ihn an. Er schwitzte und zog den Leinenkittel aus.

Ein dünner Schweißfilm glänzte auf seinen Muskeln.

*Weiter.* Er wiederholte die letzte Sequenz.

*„Du siehst scharf aus. "*

„Was?" Er rutschte aus und fiel. Der Stab schwang herum und fing den Sturz ab.

*„Wenn ich noch einen Körper hätte, würde ich mich an dich heranmachen. "*

„Aber... Du bist eine Frau." Vor Verblüffung sprach er seine Gedanken laut aus.

*„Na und? "*

„Frauen werden verheiratet. Sie machen sich nicht an Männer heran."

Der Stab in seiner Hand zitterte. *„Eine Rückentwicklung in dieser Gesellschaft. Vielleicht sollte ich zurück ins Grau."*

„Tut mir leid. Frauen treffen hier keine Entscheidungen."

„Ach. Und ich wusste nicht, dass Männer mit ihrem Stab sprechen."

Er fuhr herum. Hinter ihm stand Chrissa, die Hände in die Hüften gestemmt. Der Morgenwind hatte ihre Wangen rosa gefärbt und spielte mit einer Haarlocke, die ihr in die Stirn fiel. Sie senkte ihre Augen, als er sie anstarrte.

*„Da ist noch jemand scharf auf dich"*, kicherte Janina.

Eran räusperte sich. „Was gibt es?"

„Ich wollte dir ein Angebot unterbreiten." Ihr Blick wanderte über seinen Körper.

Er nickte ihr zu.

„Statt dich mit den führenden Familien zu verbünden, biete ich dir ein Bündnis mit den Händlern an."

Er unterdrückte sein Auflachen. Ihrem Tonfall und Gesichtsausdruck nach, schien sie das ernst zu meinen.

„Warum sollte ich das tun? Die Händler besitzen kein Land."

„Sie verfügen über Männer, Transportmittel und Geld."

Sie neigte ihren Kopf zu Seite und sah ihm in die Augen. „Die Familien sind auf die Händler angewiesen."

„Wie kannst du in ihrem Namen ein Bündnis anbieten? Du bist eine..."

„Frau? Ich werde meinen Vater überzeugen." Sie stieß den letzten Satz hervor, als ob sie einen Schwur leistete. Tränen glitzerten in den Augenwinkeln. „Du musst ihm nur versprechen, die Handelszölle der Familien abzuschaffen. Darüber beklagt er sich bei jeglicher Gelegenheit."

*Sie spricht so leidenschaftlich.* Ihre Brüste spannten sich unter der Bluse mit jedem heftigen Atemzug. Ihre Lippen erinnerten ihn an den Kuss am Tannsteig. *Warum habe ich ihn nicht erwidert?*

„Mein Vater wird die Händler in Drogira überzeugen. Er ist bei ihnen sehr angesehen."

Er schloss für einen Moment die Augen, um Chrissas Anblick auszublenden.

*Warum fühle ich mich zu ihr hingezogen? Ich muss sie aus meinen Gedanken verbannen. Sie passt nicht in meine Pläne.* Doch in seiner

Vorstellung erschien ihr Gesicht, strahlten ihre Augen und der Wind spielte mit ihrem Haar. Ein kalter Hauch fuhr über den Schweißfilm auf seiner Haut und ließ ihn frösteln. Er sah Chrissa an. „Danke für deinen Vorschlag. Ich werde auf dem Weg zu den Langrhins darüber nachdenken."

Sie nickte und drehte sich um. *Sie verbirgt ihre Enttäuschung.* „Wirst du uns begleiten?", rief er ihr hinterher. „Oder gehst du zurück nach Drogira?"

„Ich begleite euch, bis du dich entschieden hast."

Ihre Antwort ließ ihn grinsen. *„Dich hat es ganz schön erwischt. Lass mich dich ablenken."* Der Stab verformte sich zu einer schwarzhaarigen Schönheit in einem hautengen Anzug aus dunkelblauem Stoff. Sie zwinkerte ihm zu und zeigte ihm einen Kussmund. Seine Hände umschlossen ihre Hüfte und er meinte, die wiegenden Bewegungen ihres Beckens zu spüren. Als ihre Zungenspitze über die Lippen fuhr, wurde seine Hose enger.

Janinas Glucksen holte ihn in die Wirklichkeit. Die Erscheinung verblasste und ließ einen einfachen Holzstab zurück. *„Ihr Männer reagiert alle auf die gleiche Weise."*

*Das warst du?*

*„Zumindest erinnere ich mich an diesen Körper, bevor er im Grau stecken blieb."*

Er schluckte und starrte auf die Waffe. *Ich weiß nicht, ob ich damit noch kämpfen kann.*

*„Wir trainieren weiter. Lass mich einfach nicht los."*

Das Holz pulsierte warm im Einklang mit seinem Herzen.

## 10. Langrhin

Eran saß auf dem letzten verbliebenen Pferd und drehte sich um. Die Sonne stand senkrecht über ihrem Hof.

*Zu spät.* Die Vorbereitungen der Frauen hatten länger gedauert, als er erwartet hatte. Jetzt saßen Celia, Ulla und seine Mutter auf dem Karren. Arin schnalzte mit den Zügeln und trieb das eingespannte Maultier vorwärts. Bard und Chrissa gingen nebenher.

Der Gedanke, den Hof schutzlos zurückzulassen, schmerzte. Er ballte seine Faust. *Kirk, wage es nicht. Sonst wirst du bezahlen.* Er versuchte, den Kontrast der hellen Fensterrahmen in den schwarzen Mauern in sein Gedächtnis zu brennen. *Kirk wird meine Drohung*

52

*nicht kümmern. Ich habe sie ja noch nicht einmal ausgesprochen. Er wird seine Wut an unseren Hof auslassen.*

Er hielt die flache Hand an die Stirn, um das das Sonnenlicht abzuschirmen, und sah in die Ferne. Eine Bewegung am Rande des Sichtfeldes. Er kniff die Augen zusammen. Er spürte den Herzschlag in seiner Brust.

Ein Schatten schoss aus dem Himmel. Das Gras verschluckte ihn. Als der Raubvogel nicht wieder aufstieg, wusste Eran, dass dieser seine Beute geschlagen hatte.

*Ein Zeichen? Wird sich Kirk genauso auf uns stürzen?*

Er wendete das Pferd und trabte hinter dem Karren her.

*Armselig.*

Zweifel schlugen wie eine Faust in seinen Magen.

*Wir sehen aus wie Bittsteller. Die Langrhins werden uns nicht ernst nehmen.*

Er musterte das Dutzend verzauberter Gegenstände, die einen schwebenden Schutzring um den Karren bildeten.

*Wie fliegender Müll. Die lachen uns aus.*

„Da ist aber jemand voller Zuversicht." In seinem Geist verwandelte sich der obere Teil des Kampfstabes zu Janinas Gesicht. „Ich muss dich etwas aufmuntern."

Sie spitzte die Lippen und und warf ihm einen Kussmund zu.

*Janina, bitte. Ich versuche nachzudenken.*

Er schloss die Augen, um ihr Bild auszublenden. Sie nutzte das, um in ihrem verführerischen Anzug in seinen Gedanken zu erscheinen.

Sie lachte. „Bleib mal locker, Mann. Du hast mich. Was soll da schief gehen." Ihr Abbild änderte sich zu einem Stab mit schimmernder Klinge.

„Du hast mir genug Blut gegeben, um einen Monostab zu erzeugen. Dieser Waffe haben die Langrhins nichts entgegenzusetzen."

Er erinnerte sich an Kirks überraschtes Gesicht, als Janina die Axt zerteilt hatte. Ein zartes Pflänzchen Hoffnung keimte in seinem Inneren.

Eran trieb sein Pferd an. Der Karren rumpelte einen Steinwurf vor ihm über den holprigen Weg nordwärts.

Als er näher kam, rief seine Mutter. „Eran."

*Ihre Stimme klingt verzweifelt.* Er schlug dem Pferd die Hacken in die Seite und preschte durch den Ring der Zaubergegenstände.

„Was ist mit Tania? Wir müssen auf sie warten." Sie sah ihn an. „Arin hat gesagt, sie ist davongelaufen und ich soll dich fragen."

*Tania. Ich habe meine eigene Schwester vergessen. Wenn sie nach Hause will, fällt sie Kirk in die Hände.* Er überlegte einen Moment. „Ken, der Schmied, wird bald von den Langrhins zurückkehren." *Hoffentlich mit guten Nachrichten.* „Ich schicke ihn hinter Tania her. Er soll sie suchen."

Seine Mutter nickte langsam. *Sie ist nicht zufrieden mit meiner Antwort.* Aber er konnte wegen seiner aufmüpfigen Schwester nicht von dem Plan abweichen. *Dafür steht zu viel auf dem Spiel.* „Keine Sorge, Mutter. Es wird alles gut gehen."

Er nickte den Frauen zu und ritt ein Stück voraus, um Ausschau nach dem Schmied zu halten. *Ken ist vor vier Stunden aufgebrochen. Mit dem Pferd müsste er die Strecke in eineinhalb Stunden schaffen.* Er rechnete. *Der Schmied sollte bereits wieder auf dem Rückweg sein – wenn alles gut gegangen ist.*

Der grasbewachsene Pfad führte zwischen Berggipfel hindurch, die sich in einigen Kilometern zu Hügeln abflachen. *Wir werden Ken – oder eine Gefahr – erst sehen, wenn er uns fast erreicht hat.*

Eran trabte ein Stück weiter. Keine Spur von dem Schmied. In den nächsten zwei Stunden verfluchte Eran die Langsamkeit des Karrens, der immer wieder Felsbrocken ausweichen musste. *Wir bewegen uns wie Schnecken.*

Die Sorge um Ken fraß in ihm. *Wo bleibt er nur. Haben die Langrhins einen Kampf gefordert und er hat verloren?*

Eran rutschte in dem Sattel hin und her.

*Vielleicht feiert er auch den Erfolg und lässt es sich bei den Langrhins gut gehen.* Doch so schätzte er den Schmied nicht ein.

Eran ritt vor, dann zurück, um bei der Beseitigung eines Hindernisses zu helfen. Seine Mutter jammerte wegen Tania. Die Frauen starrten ihn so vorwurfsvoll an, dass er wieder nach Ken Ausschau hielt. Seine Gedanken kreisten wie ein Strudel um einen Abgrund.

*„Stop",* rief Janina. *„Stell dir das Schlimmste vor, dass passieren kann."*

*Die Langhrins haben Ken getötet und warten jetzt auf uns.*

*„Dann plane danach."*

Eran überlegte. Er rief seine drei verzauberten Gegenstände zu sich, schob ein getrocknetes Blatt Vulkanlilie in den Mund und ritt los. Nach einer Viertelstunde wand sich der Weg einen flachen Abhang hinunter zwischen grüne Hügel. *Das Gebiet der Langrhins.* Er näherte sich einer Wegkreuzung, in dessen Mitte ein hölzerner Turm stand. Ein Pferd graste auf der nahen Wiese. *Zu ruhig. Ein Hinterhalt?* Er stieß dreimal den Atem aus und tauchte in das Grau. Schlagartig rückte die Umgebung näher und zwei grüne Schemen stachen aus einem Gewirr schwach leuchtender Punkte hervor. *Das Pferd und ein Mensch im Turm.* Er dehnte das „Sichtfeld" aus. *Nichts. Kein Hinterhalt zu sehen.* Eran ritt auf die Mitte der Kreuzung zu. Hinter der überdachten Holzbalustrade des Turms erhob sich ein Mann in braungrüner Uniform. *Die Farben Langrhins.*

„Wer seid ihr und was wollt ihr?"

Eran richtete sich im Sattel auf. „Ich bin Eran Luzen. Ich muss mit Rikan Langrhin sprechen."

Der Mann beugte sich vor und musterte ihn. „Euer Bote hat euch angekündigt. Der Familienälteste hat angeordnet, euch passieren zu lassen." Er deutete auf Erans Stab. „Was ist das für eine Waffe?"

Eran stieg vom Pferd. Seine Kleider verwandelten sich zu strahlendem Weiß. „Eine Zauberklinge. Wenn du willst, zeige ich sie dir aus der Nähe."

Der Soldat hantierte eine Weile im rückwärtigen Teil des Turms, warf dann eine Strickleiter über die Holzwand und kletterte herunter. Das letzte Stück sprang er.

Einen halben Meter über dem Boden nahm die braungrüne Uniform eine hellgraue Farbe an.

Eran atmete aus und lockerte den Griff um seine Waffe. *Kein Schwarz. Keine Gefahr. Die Langrhins wollen verhandeln.*

Er hielt den Stab seitlich und trat in den Schatten des Holzturmes auf den Mann zu. Entlang der Schneide der Monoklinge schimmerten winzige Lichtpunkte. Der Langrhin beugte sich darüber.

„Vorsicht. Scharf", warnte Eran.

Der Mann riss ein einzelnes Haar aus seinem Zopf. „Darf ich?" Eran nickte. Eine Handbreit über der Klinge ließ der Soldat das Haar los. Wie eine Schlange wand es sich in der Luft und sank langsam herab. Als es die Schneide berührte, knisterte ein Lichtblitz und zerschnitt es in zwei Teile.

„Ah." Der Mann grinste. Dann sah er auf. Hinter Eran rumpelte der Karren auf die Kreuzung.

„Sie gehören zu mir."

Der Soldat nickte und kletterte wieder die Strickleiter hoch. „Folgt dem Weg geradeaus und beeilt euch. Ihr werdet erwartet."

Eran signalisierte Arin, ihm zu folgen, und ritt wieder voraus. Er glaubte nicht mehr an eine Gefahr. *Der Familienälteste erwartet uns und die Uniform des Langrhins hat sich hellgrau verfärbt. Wir sollten sicher sein.* Trotzdem durchsuchte er das Grau. Er fand nichts.

Auf einer Kuppe hielt er an und sah zurück. Der Karren kam hier viel besser voran als in den Bergen. In einiger Entfernung ragte die Spitze des Holzturms über die Hügel. Dort blinkte etwas, wie poliertes Metall, dass sich in der Sonne spiegelt.

*Lichtsignale. Wir werden angekündigt.*

Er wartete auf den Karren. „Wir bleiben jetzt zusammen." Arin nickte. Seine Mutter sah ihn vorwurfsvoll an. Er wich ihrem Blick aus.

*Tania. Ich konnte Ken nicht hinter ihr herschicken.*

Er drehte sich noch einmal zu den Lichtsignalen um und verengte die Augen zu schmalen Schlitzen. *Verflucht. Ich hätte nach Ken fragen sollen.*


## 11. Hütten

Auf dem Weg zum Familiensitz der Langrhins wechselten Weidegründe mit ausgedehnten Getreidefeldern ab. Die Viehhirten starrten sie mit versteinerten Gesichtsausdruck an. Eran schätzte einige der Herden auf über fünfzig Tiere. Trotz dieses Reichtums trugen die wenigen Menschen, die ihnen begegneten, zerschlissene Kleider. Alle im gleichen Grau gehalten. *Der Kleiderzauber. Er wirkt auch hier.*

In einer Senke führte der Weg mitten durch ein Dorf. Sie fuhren an den ersten einfachen Holzhütten vorbei. Ein Hund bellte, aber niemand ließ sich blicken.

Eran hielt an und atmete langsam ein. *Rauch. Bis vor Kurzem hatten hier Herdfeuer gebrannt.* Er stieß den Atem aus und rief das Grau. Grüne Schemen erschienen in der anderen Sicht und zeigten ihm, wo sich vereinzelte Haustiere in den Hütten befanden.

Dann schluchzte ein Kind. Eran fuhr herum und fokussierte seine Aufmerksamkeit auf die andere Seite des Weges. *Dort.*

In der zweiten Reihe lag ein grüner Lichtpunkt auf dem Hüttenboden. Er hatte ihn für einen schlafenden Hund gehalten. *Niemand lässt ein Kind allein zurück. Hier muss etwas passiert sein.* „Ulla. Komm mit." *Kinder sind Frauensache.* Er stapfte auf die Hütte zu und öffnete die Eingangstür. Abrupt stoppte das Schluchzen. Ein Streifen Tageslicht enthüllte das Chaos in der Mitte des Raumes. Stroh bedeckte den Erdboden. Aus der Feuerstelle stieg ein dünner Rauchfaden auf. Daneben lagen halb geschälte Kartoffeln und ein umgestürzter Topf. *Ein überstürzter Aufbruch?*

„Mama?" Kaum mehr als ein Flüstern. *Ein Junge, der Stimme nach.* Er winkte Ulla heran und betrat das Halbdunkel der Hütte. Es roch nach verbranntem Essen und Urin. An der hinteren Wand bedeckten zerknüllte Stofffetzen drei Strohmatratzen. Ein schmächtiger Körper lag auf der mittleren und rührte sich nicht.

*Sieben oder acht Jahre alt,* schätzte Eran anhand der Größe. Das Stroh raschelte unter seinen Schritten. Der Kopf ruckte herum und zwei weit aufgerissene Augen starrten ihn an, wie das Kaninchen eine Schlange.

Im Grau pulsierte die Aura des Jungen heftig. *Er hat Angst.*

„Ulla." Er trat zur Seite, um seine Schwester vorbeizulassen. Ein weiterer Schatten verdunkelte die Türöffnung. Chrissa schlüpfte in die Hütte und zwängte sich zwischen ihm und Ulla hindurch. Als ihr Körper seine Arme streifte, kribbelte seine Haut.

Chrissa kniete sich vor die Strohmatte und fühlte die Stirn des Jungen. Der griff nach ihren Haaren, flüsterte „Mama" und schloss die Augen. Als Chrissa vorsichtig die kleine Hand aus ihren Haaren löste, keuchte sie auf.

„Was ist?", fragte Ulla.

„Das sind nur Haut und Knochen." Chrissa beugte sich vor und lauschte. „Sein Atem stockt." Sie schluckte. „Ich glaube, er stirbt."

Die grüne Aura im Grau flackerte und wurde schwächer. *Kannst du etwas tun, Janina?*

*„Ich bin nicht mit seinem Blut verbunden, aber du kannst ihm helfen."*

*Wie?*

*„Gib ihm Energie aus dem Grau. Ich zeige dir, was du tun musst."*

*Beeil dich.*

*„Stell dir ein Öllicht vor, dessen Docht in das Grau ragt."*

Vor Erans geistigem Auge materialisierte sich eine leuchtende Kugel, die an einem grauen Faden hing, der sich in der Unendlichkeit verlor.

*„Berühr den Jungen und schick die Energie zu ihm. "* Eran schob die Lichtkugel durch seinen Finger in die Stirn des Kindes. Im nächsten Moment schnappte es nach Luft, seufzte und atmete dann ruhig ein und aus.

Chrissa drehte ihren Kopf zu Eran. Erst jetzt nahm er ihre Nähe wahr. Ihre Nasenspitze streifte seine Wange. Ihr Atem wärmte seine Haut. „Danke", flüsterte sie. Er verharrte für einen Augenblick und sehnte sich nach einer weiteren Berührung.

Chrissa tastete den Körper des Jungen ab. „Er ist noch sehr schwach. Wir können ihn nicht hier zurücklassen."

Eran richtete sich auf. „Wir nehmen ihn mit."

Chrissa und Ulla trugen das Kind in einer Decke gewickelt zum Karren. Eran stieg auf das Pferd und gab das Signal zum Aufbruch. Er ritt langsam voraus und kontrollierte das Grau. Aber er entdeckte keine weiteren Menschen in den Hütten.

In der Dorfmitte öffnete sich ein runder Platz, auf dem ein baumdicker Pfahl aus dem Erdboden ragte. An einer Eisenkette hingen die Überreste eines menschlichen Skeletts. Eran runzelte die Stirn, als er daran vorbeiritt. *Andererseits - habe ich nicht Rigan und seinen Banditen etwas Ähnliches angetan?*

Wenig später verschwanden die Hütten hinter dem Rand der Senke. Der Junge war aufgewacht und knabberte an einem Stück Brot, das ihm die Frauen in die Hand gedrückt hatten.

Kurz vor dem Anstieg zum nächsten Hügel horchte Eran auf. *Hufgetrappel.* Sein Herz schlug schneller. *Bekommen wir eine Eskorte?*

Sechs Reiter in schwarzer Uniform erschienen über der Kuppe und preschten auf sie zu. *Die Elitekämpfer der Langrhins.* Erans Finger krallten sich in das Holz des Kampfstabes.

Zwei Pferdelängen vor ihm, rissen die Männer ihre Tiere herum. Der Anführer hob die Hand. „Willkommen ehrenwerte Familie Luzen." Er betonte die Worte so, dass Eran die Beleidigung dahinter hörte. Eine Narbe zog sich von dem Mundwinkel des Mannes quer über die Wange, als ob er sie schief angrinste.

Er bedachte sie mit einem Blick wie einen Haufen kriechender Würmer. Bis er den Jungen sah. Seine Augen weiteten sich kurz, dann gefror sein Gesichtsausdruck. Er nickte Eran zu. „Mein Name ist Lisal. Folgt mir. Ihr werdet erwartet."

Er gab ein Zeichen und seine Begleiter verteilten sich rings um den Karren. *Eskorte oder Wächter?* Eran konnte sich keinen Reim auf das Verhalten machen. *Das sieht nach schwierigen Verhandlungen aus.* Er steckte ein weiteres Blatt Vulkanlilie so in den Mund, dass Arin und Bard es sehen mussten. *Sie haben mein Zeichen verstanden.* Beide hatten ein Blatt genommen und kauten darauf herum. *Bitterkeit und Säure.* Der Geschmack brannte auf seiner Zunge.

Arin trieb das Maultier an. Der sanfte Anstieg überforderte die Kräfte des mittlerweile erschöpften Tieres. Bard und Chrissa halfen, den Karren zu schieben. Trotzdem kamen sie kaum vorwärts.

*Verflucht. Egal wie das aussieht. Ich muss helfen.*

Eran sprang vom Pferd und presste seine Schulter gegen die Rückseite des Karrens. Einen halben Meter entfernt saß der Junge aus dem Dorf auf der Ladefläche. Während sie vor Anstrengung schnauften, streichelte er zuerst Chrissas Haare und berührte dann Erans Stirn mit seinem dünnen Zeigefinger.

Dabei lächelte er sie an. Chrissa sah zu Eran und sie mussten beide grinsen.

„*Soll ich euch helfen?*", mischte sich Janina ein.

*Du kannst schieben?*

„*Natürlich. Sag Bard, er soll ein paar von den anderen schicken, die mich unterstützen.*"

Eran hielt den Stab an die Rückseite des Karrens und ließ los. Sofort spürte er, wie der Druck von seiner Schulter wich. Er gab Janinas Bitte an Bard weiter und einen Moment später presste ein halbes Dutzend der verzauberten Gegenstände gegen die hintere Ladefläche. Das Gefährt bewegte sich jetzt so leicht, wie auf ebener Strecke.

Chrissa und Bard ließen los und gingen nebenher. Eran stieg aufs Pferd und ritt an die Spitze ihres Zuges. Lisal, der Narbengesichtige, nickte ihm zu. „Nicht völlig nutzlos, der Zauber."

Oben auf der Kuppe angelangt, sahen sie, wo die Bewohner des Dorfes geblieben waren. Der Weg führte hinunter zu einem kleinen grasbedeckten Hügel, der die Form eines Hufeisens hatte. Unten in der Senke lag ein quadratischer Sandplatz. Wie in einer Arena zogen sich stufenweise einfache Bretterbänke rings um die Hügelflanken.

Dort saßen die etwa zweihundert Bewohner des Dorfes in Grüppchen verteilt.

Eran wandte sich an Lisal. „Was hat das zu bedeuten?"

Der drehte sich nicht um, sondern antwortete, den Blick nach vorne gerichtet. „Befehl des Familienrates. Ihr müsst beweisen, dass euer Zauber etwas taugt."

Eran nickte. Das hatte er erwartet. *Aber warum Zuschauer?*

Die Langrhins führten sie zu dem etwa zehn mal zehn Meter großen Sandplatz und stiegen von den Pferden.

Die schwarzen Uniformen änderten ihre Farbe nicht, als die Männer den Boden berührten. Eran benötigte einen Moment, bis er verstand.

*Verflucht!* Sein Kopf ruckte herum. Aber mit dem Wagen war an Flucht nicht zu denken. *Janina!* Der Kampfstab schoss aus Richtung Karren in seine ausgestreckte Hand.

Von der Zuschauertribüne direkt vor ihnen erhob sich ein Mann mit zerfurchtem Gesicht und grauen Haaren. Seine pechschwarze Kleidung schien das Licht zu verschlucken. Blutrote Äderchen durchzogen die Augäpfel, so dass sie wie Kohlen glühten. Trotz seines Alters schritt er kraftvoll über den Sandplatz und blieb neben einem Pfahl stehen, dessen Spitze ein Stoffsack verhüllte. *Rikan. Der Familienälteste der Langrhins.*

„Eran Luzen." Die raue Stimme kratzte an Erans Nerven. „Du bietest Verhandlungen über etwas, dessen Wert du erst beweisen musst." Er zog den Stoff von dem Pfahl.

Eran atmete scharf ein und schloss für einen Moment die Augen. Die Frauen auf der Ladefläche schrien auf. Ein Raunen ging durch die Zuschauer. Kens aufgespießter Kopf starrte ihn an, Augen und Mund aufgerissen, wie zu einem lautlosen Schrei.

*Ich habe ihn in den Tod geschickt.* Erans Finger krallten sich um seine Waffe. Wut und Schuld brodelten in seinem Inneren.

*„Ruhig. Er will dich provozieren.",* warnte Janina.

*Sie haben ihn brutal ermordet. Wie soll ich da ruhig bleiben.*

*„Jetzt weißt du, wie sich Kirk gefühlt hat. Du musst dich konzentrieren, sonst seid ihr alle tot."*

Der Familienälteste Rikan fixierte ihn und fuhr fort. „Dein Bote war ein erbärmlicher Kämpfer. Lisal hat ihn in einem Atemzug besiegt." Er lächelte breit und zeigte dabei zwei schwarze Zahnstümpfe in seinem Unterkiefer. „Sein Tod hat unendlich länger gedauert."

*Er versucht, mich zu provozieren, wie ich damals Kirk. Ich werde nicht darauf hereinfallen.*
Der Älteste wartete einen Moment, ob Eran reagierte. Dann nickte er. „Wenn du unseren besten Kämpfer besiegst, nehmen wir Verhandlungen auf." Er lächelte und fuhr fort. „Versagst du, seid ihr für uns nutzlos." Das Lächeln erlosch, so wie ein eisiger Windhauch eine Kerze ausbläst. „Die Langrhins belasten sich nicht mit nutzlosen Dingen."
Er winkte Lisal heran. Der zog sein Schwert und stapfte in die Mitte des Sandplatzes.

## 12. Obsidian

Eran drehte sich zu seinen Leuten um. Er reckte den Kampfstab in die Höhe, um Zuversicht zu zeigen. Doch die Geste konnte die Blicke nicht von Kens aufgespießten Kopf ablenken. Langsam, wie in Trance wandte sich seine Mutter zu ihm. Er sah die Tränen in ihren Augen.
*Sie weiß es.* Er senkte die Hand mit dem Stab wieder. *Das ist das Ende. Ich habe uns in den Tod geführt.*
Die fünf Elitekämpfer hatten einen engen Ring um den Karren gebildet und fassten an ihre Schwerter.
*„Es sieht nicht gut aus, aber ich werde dir helfen. Gib nicht auf",* versuchte Janina ihn aufzumuntern. *„Schick die anderen Gegenstände weg. Sie kommen mir sonst in die Quere."*
Knüppel, Brett und Messer gingen auf Abstand zu Eran.
Plötzlich sprang der Junge von der Ladefläche und rannte zu den seitlichen Rängen. Er rief „Mama". Eine der Frauen eilte ihm entgegen, hob ihn hoch und umarmte und küsste das Kind. Tränen liefen über ihre Wangen.
Verärgert wandte sich der Familienälteste an einen der Elitekämpfer. „Taes nichtsnutziger Sohn. Sorg dafür, dass er diesmal seine Strafe bekommt."
Dann bückte Rikan sich, hob eine Hand voll Sand auf und hielt sie in die Höhe. Es sah Eran an. „Du hast Zeit, bis meine Hand leer ist. Wenn Lisal dann nicht besiegt am Boden liegt, stirbt eine der Frauen."
Ein dünner Faden Sandkörner rieselte herab und verwehte im Wind.

61

Entsetzen lähmte Eran für einen Augenblick. Währenddessen wandte Lisal ihm den Rücken zu und verbeugte sich vor der Tribüne. *Schnell. Ich muss schnell sein.* Er stürzte in Richtung seines Gegners. Der Sand schien seine Füße zu verschlucken. Jeder Schritt kostete Kraft. Er bewegte sich wie durch einen Tunnel, als ob die Zeit stillstand. Lisal kehrte ihm immer noch den Rücken zu. Er ignorierte Janinas Rufe. Die Klinge blitzte im Sonnenlicht auf, als er sie auf seinen Gegner niedersausen ließ. Der trat im letzten Moment einen Schritt zur Seite. Der Stab schnitt durch Luft.

Eran keuchte, sein Herz hämmerte in der Brust.

*„Du Idiot. Hörst du jetzt zu?"* Lisal hatte sich ein Dutzend Schritte entfernt. *„Er will dich mürbe machen. Du darfst nicht auf sein Spiel eingehen."*

*Ich habe keine Zeit. Sonst töten sie jemanden aus meiner Familie. Oder Chrissa.* Er stieß einen Schrei aus und stürzte auf Lisal zu.

*„Festhalten!"*

*Was?* Mitten im Lauf blieb der Kampfstab stehen. Erans Schwung presste ihn gegen das Holz, die Füße verloren den Halt, seine Finger krallten sich um den Stab. Einen Meter vor ihm durchbohrte Lisals Schwertspitze die Luft.

*Verflucht.*

Er stolperte rückwärts. Janina schwang den Stab herum und führte einen blitzschnellen Hieb gegen Lisal. Eran wurde herumgerissen wie eine Puppe.

*„Jetzt. Schlag zu."*

Doch Eran war aus dem Gleichgewicht. Einen Zentimeter vor Lisals Hals stoppte Janina die Klinge und der Langrhin sprang zur Seite.

*„Verkackter Kodex",* fluchte sie. *„Ich darf nicht. Du hättest schneller reagieren müssen."*

Lisal hatte sich ein paar Meter zurückgezogen und sah Eran mit zusammengekniffenen Augen an.

*Täusche ich mich?* Die Uniform seines Gegners erschien ihm nicht mehr völlig schwarz.

„Schwach." Die Stimme des Familienältesten schnitt durch seine Nerven wie ein rostiges Messer. „Zeige die wahre Macht des Zaubers oder eine der Frauen wird für deine Inkompetenz büßen."

Lisal griff an. Sein Schwert wirbelte so schnell durch die Luft, dass Eran kaum folgen konnte. Er überließ Janina die Abwehr und hielt sich bereit. Der Stab zuckte in seinen Händen wie ein wild gewordener Stier.

*Was ist? Die Zeit läuft davon.*

„*Er ist zu gut.*" Pause. „*Ich kann ihn gerade so abwehren.*"

*Bist du nicht ein Meisterkämpfer?*

„*Kleine Übertreibung.*" Das Holz vibrierte unter Lisals Hieben. „*War Schülerin eines Meisterkämpfers.*" Sie fluchte erneut. „*Sein Schwert weicht der Klinge aus.*"

Erans Gegner schlug entweder gegen die flache Seite der Monoklinge oder auf das Holz des Kampfstabes.

*Er weiß Bescheid. Die Lichtsignale.*

„Halt", rief Rikan. „Deine Vorstellung ist erbärmlich." Er hielt seine leere Hand hoch. „Die Zeit ist abgelaufen. Tötet die älteste der Frauen."

Eran schrie auf. „Nein!" Er nahm Anlauf.

*Beschütze sie. Bitte Janina.* Er schleuderte den Kampfstab in Richtung Karren. Für einen Augenblick verfolgte er Janinas Anstrengungen. Sie versprühte einen Funkenregen, um die Angreifer abzulenken.

Ein Geräusch hinter ihm holte ihn zurück. Er fuhr herum. Lisal ging auf ihn zu.

*Kommt!* Er rief die verzauberten Gegenstände, die sich dem Narbengesichtigen in den Weg stellten.

Der schüttelte den Kopf. „Nicht gut genug." Ein blitzschneller Hieb durchtrennte Brett, Knüppel und Messergriff. Die Hälften fielen leblos zu Boden.

Eran wich zurück. Am Rande seiner Wahrnehmung verschwanden grüne Schemen im Grau.

*Verloren. Ich kann nur noch den anderen helfen.* Er drehte sich um und rannte Richtung Karren. Ein eiserner Griff packte seinen Knöchel. Er stürzte. Die Finger gruben sich in den Sand, als er den Sturz abfing. Er rollte herum. Lisal rappelte sich auf und flog auf ihn zu. Er landete auf ihm und presste die Luft aus den Lungen. Eran schleuderte Sand in das Gesicht des Angreifers. Der antwortete mit einem Kinnhaken. Schmerz biss in Erans Zunge und er schmeckte Blut.

„Mach was", zischte Lisal. „Sonst muss ich dich töten."

„Warum?", gurgelte Eran. Der Langrhin verstand die Frage richtig. Er flüsterte: „Luz - der Junge - ist mein Neffe. Dafür bekommst du eine Chance."

Er legte die Hände wie stählerne Zwingen um Erans Hals und drückte langsam zu. Eran krallte seine Finger unter Lisals. Ebenso gut hätte er versuchen können, eine Bärenfalle aufzubiegen. Er strampelte mit den Beinen, zappelte wie ein Fisch auf dem Trockenen, in der Hoffnung seinen Gegner abzuschütteln. Vergeblich.

*Luft!* Der Drang zum Atmen übersteuerte jeden klaren Gedanken. Das Herz drohte den Brustkorb zu sprengen. Er hämmerte mit den Fäusten gegen die Oberarme, die ihn so eisern festhielten. Feuchtigkeit sammelte sich auf den Augen.

„Was zum Teufel?", fluchte der Familienälteste der Langhrins. Lisal blickte auf und lockerte seinen Griff.

Eran sog gierig einen Atemzug in die Lungen. Aus den Augenwinkeln sah er die schwarze Kleidung Rikans in der Sonne glänzen. Er stand stocksteif und ruckte mit Kopf und Händen hin und her.

*Obsidian?*

Er sammelte blutigen Speichel und spuckte ihn auf Lisals Hemd. Er ignorierte Lisals Finger, die ihm erneut die Kehle zudrückten, und ließ los. Er sank ins Grau, als ob er in den Ozean eintauchte und langsam dem Meeresboden entgegen schwebte. Die Geräusche der Umwelt verstummten. *Tiefer.* Schlieren waberten um ihn herum. Er rief nach den Wesen. *Kommt!*

Ein grüner Fleck durchbrach den Nebel und flimmerte vor seinem Gesicht. *„Du hast einen Auftrag?"*

Das Blut-Speichel-Gemisch auf Lisals Hemd leuchtete im Grau wie ein Signalfeuer. *Folge dem Blut.* Dann erteilte er dem Wesen die Befehle.

Er schlug die Augen auf und grinste Lisal an. Er packte dessen Handgelenke und riss sie zur Seite. Die Ärmel von Lisals Hemd pressten die Arme auseinander. Der Langrhin keuchte. Er spannte die Muskeln, doch seine Kleidung bewegte sich keinen Millimeter. Er kippte nach vorne, den Kopf eine Handlänge über Eran. Sein Atem ging stoßweise und das Gesicht lief rot an, als er vergeblich versuchte, sich zu bewegen.

Eran stieß den bewegungsunfähigen Körper zur Seite, wo er wie ein Käfer mit nach oben gestreckten Armen und Beinen liegen blieb.

Er stand auf und ergriff Lisals Schwert, das ein paar Schritte entfernt im Sand lag. Er holte aus, um es dem Elitekämpfer in das Herz zu rammen. *Nur ein toter Gegner macht keine Probleme mehr. Das habe ich gelernt.*

„Nein." Eine junge Frau aus der ersten Reihe sprang auf. *„Warte"*, rief Janina. Eran hielt inne. *„Sieh dir seine Kleidung an."* Das Wesen aus dem Grau hatte Lisals Hemd und Hose so versteift, als ob sie aus Stein bestünden. Doch die Farbe blieb gut erkennbar: hellgrau, fast schon weiß.

Eran ließ die Hand mit dem Schwert sinken. Er wandte sich dem schwarzglänzenden Rikan zu, der in seinem steinernen Gefängnis zappelte.

*Obsidian!* Er verstand. Sein Kopf schoss herum und suchte den Karren. Chrissas Lockenkopf zuckte auf und ab. Sie hielt Tante Celia in den Armen und schien sie zu trösten. Arin und Bard knieten vor einem bewegungslosen Körper.

*Mutter!*

Erinnerungsfetzen schossen ihm durch den Kopf. Blicke, Umarmungen, der Duft ihrer Haare. Sie war immer hinter Vater zurückgestanden, aber ihre Wärme hatte dessen Strenge gemildert. *Wie der Frühling nach dem Winter.*

Eran schloss für einen Moment die Augen. *Sie hat mich gewarnt und ich habe sie enttäuscht. Die eigene Familie in den Untergang geführt und die jüngste Schwester vertrieben.* Er atmete ein und schwor: *Wir werden überleben und Tania, ich werde dich finden und beschützen.*


## 13. Verhandlungen

*Sie haben Mutter getötet.* Ein Kern roter Wut wuchs in Erans Inneren. Doch für den Moment umschloss er sein Herz mit einem Panzer aus Eis. *Wir sind noch nicht sicher. Ich werde später trauern.*

Er setzte die Schwertspitze an Rikans Kehle. „Rufe die Mitglieder des Familienrates. Wir führen die Verhandlungen."

Rikan schluckte. Er begann zu krächzen, räusperte sich und rief fünf Namen. Fünf Männer im mittleren Alter aus der ersten Reihe erhoben sich und überquerten den Sandplatz. Einer von ihnen versetzte dem hilflosen Lisal einen Tritt in die Seite und beschimpfte ihn. Die junge Frau rannte über den Sand zu dem Elitekämpfer.

Die Männer blickten Eran mit finsterem Gesichtsausdruck an, die Hand an ihrem Schwert. Eran stellte seine erste Forderung: „Unsere Familien sollen verbunden werden."

Rikan überlegte, nickte und wandte sich an denjenigen, der Lisal getreten hatte: „Hol Ruth." Der Mann ging zu der jungen Frau, die vorher ‚Nein' gerufen hatte und die jetzt bei Lisal kniete. Er zerrte sie hoch, gab ihr eine Ohrfeige und schleifte sie hinter sich her.

„Meine Enkelin Ruth", stellte Rikan sie vor. „Sie gehört dir."

Ruth riss sich los und stapfte auf den Familienältesten zu. „Und meine Verlobung mit Lisal?"

Rikan sah an ihr vorbei. „Kul, bring deiner Tochter Respekt bei." Der Mann, der Ruth geholt hatte, schlug ihr erneut ins Gesicht und schubste sie zu Eran. „Gehorche deinem Großvater."

Eran hielt weiterhin Lisals Klinge an Rikans Hals. Aber er warf einen kurzen Blick in die blaugrünen Augen und auf das hübsche Gesicht der jungen Frau. Ihre langen schwarzen Haare erinnerten ihn an Tania. Die Wangen leuchteten rot auf der bleichen Haut. *Die Ohrfeigen,* erinnerte er sich. *Sie scheint genauso aufmüpfig wie meine Schwester.*

Sie starrte ihn ohne Scheu direkt an, als ob sie ihm etwas sagen wollte. Dann schüttelte sie in einer winzigen Bewegung den Kopf und trat zur Seite.

Kul und ein weiterer Mann hatten ihre Schwerter halb aus der Scheide gezogen. *Verflucht. Wie ein Tanz auf glühendem Magma.* Eran presste die Klinge in Rikans Haut. Ein Blutstropfen ran herab.

„Halt", rief der Familienälteste. „Als Vorsitzender des Familienrates löse ich die Verlobung von Lisal und Ruth." Er verzog die Lippen, als müsse er ausspucken. „Und verheirate Ruth Langrhin mit Eran Luzen." Die letzten Worte hatte er laut gesprochen, so dass sie die Zuschauer hören konnten.

Eran suchte nach Chrissa. Doch die wandte sich schnell ab, als sie seinen Blick bemerkte. *Chrissa, tut mir leid. Aber wir brauchen die Verbindung.* Trotzdem fühlte er, wie sich ein Schatten über sein Herz legte.

„Unsere Familien sind verbunden", fuhr Rikan fort. „Das Schwert brauchst du nicht mehr. Kein Langrhin wird seine Waffe gegen eine verbundene Familie führen."

Zögernd ließ Eran die Klinge eine Handbreit sinken. *Ich kann ihnen nicht trauen. Ihre Kleidung bleibt schwarz. Der Tanz geht weiter.* Er sah sich nach Verbündeten um. Ruths Kleiderfarbe war hellgrau. *Ist sie sauer auf ihren Großvater? Aber sie wird mir im Kampf nichts nützen.*

Sein Blick wanderte zu Lisal, der ein paar Meter entfernt im Sand lag. Seine Kleidung erschien fast weiß. *Ich habe keine Ahnung warum. Kann ich ihm trauen?*

Er deutete auf Lisal. „Was ist mit ihm?"

„Lisal wird euch nichts tun. Er hat versagt und wird bestraft."

Ruth keuchte auf. Alle Farbe wich aus ihrem Gesicht.

„Befrei mich endlich." Rikan strampelte in dem Gefängnis aus Obsidian. „Und verrate uns das Geheimnis des Zaubers."

*Kannst du vergessen.*

„Das war keine Bitte. Du gehörst jetzt zur Familie Langhrin. Damit erkennst du meine Autorität als Familienältester an."

*Das läuft in die falsche Richtung.* „Wir haben noch keine Verhandlungen geführt."

Rikan lachte. „Verhandlungen? Die Verbindung mit unserer Familie ist alles, was ihr bekommen werdet."

Die Wut, die er anfangs mit einem Eispanzer umschlossen hatte, brannte sich durch. „Ihr habt meine Mutter ermordet", fauchte er.

„Er betrügt", warf Ruth ein. „Der Schutz gilt nur für Verbindungen mit männlichen Langrhins."

„Halt die Klappe, Ruth", fuhr Kul sie an.

Rikan knurrte: „Mir reicht es. Der Zauber taugt sowieso nichts. Machen wir der Farce ein Ende."

*Janina!* Eran schrie ins Grau. Mit einem Knall schoss der Kampfstab in seine ausgestreckte Hand.

„Tötet sie alle", rief Rikan.

Eran warf das Schwert in Richtung Lisal. *Gib ihn frei,* befahl er dem Wesen, das in die Kleidung gefahren war.

Ruth sprang zur Seite.

Die Mitglieder des Familienrates stürzten sich mit erhobenen Schwertern auf ihn.

*Zurück!* Der Stab presste gegen seinen Körper und katapultierte ihn aus der Reichweite der Klingen. Er packte das Holz fest mit beiden Händen und spannte die Muskeln an.

In Erwartung des Widerstands schwang er den Stab mit aller Kraft gegen seine Widersacher.

Die Monoklinge flimmerte im Licht. Sie schnitt durch Kleidung, Fleisch und Knochen wie ein glühendes Messer durch Butter. Kreischend zerstörte sie Kuls Schwert in einem Funkenregen. Einen Sekundenbruchteil später fuhr die Klinge durch seinen Körper.

Für einen atemlosen Augenblick stand die Welt still.

Dann kippten die blutigen Hälften der fünf Männer in den Sand. Einige Zuschauer schrien entsetzt auf, andere saßen wie versteinert. Ein kleiner Teil zog die Waffen und eilte auf den Platz. Doch Lisal brüllte einen Befehl, der sie sofort innehalten ließ.

Eran rannte zu den Karren. Die Elitekämpfer hatten ihren Angriff auf Lisals Ruf hin ebenfalls unterbrochen. Einer von ihnen stand bewegungslos in einem Panzer aus Obsidian gehüllt. *Der Mörder.*

Eran kniete bei dem Leichnam seiner Mutter. *Es tut mir so leid. Ich werde alles tun, um unsere Familie zu beschützen – auch Tania.*

„Mein Beileid, Eran. Ich habe den Kodex so weit wie möglich gedehnt, aber es waren zu viele."

*Nicht deine Schuld, Janina. Rikan hat den Befehl gegeben.*

Eran stand auf und schritt auf den Familienältesten zu.

Der stritt sich mit Lisal und forderte ihn auf: „Verräter. Gehorche mir."

Der Elitekämpfer beachtete Rikan nicht weiter und nickte Eran zu. „Die Familie Langrhin ist ausgelöscht. Gemäß ihrem eigenen Brauch gehört dir jetzt alles."

„Noch lebe ich, Lisal. Und ich befehle dir, Eran Luzen zu vernichten."

Lisal klopfte mit dem Schwert gegen den Obsidianpanzer, der Rikan umschloss. „Du bist hilfloser als ein Baby, alter Mann." Er deutete eine Verbeugung vor Eran an. „Auch wenn er keinen schnellen Tod verdient hat, solltest du klare Verhältnisse schaffen. Gebt mir den Befehl."

*Was haben ihm die Langrhins nur angetan?* Eran nickte. „Töte ihn."

„Warum?", kreischte Rikan.

„Warum?", flüsterte Lisal. „Luz sollte ausgepeitscht werden wegen einer Lappalie." Er sprach lauter. „Als sein Vater die Strafe auf sich nahm, hat Kul ihn zu Tode gepeitscht." Er schüttelte den Kopf. „Aus Schuldgefühl hat Luz das Essen verweigert."

Er packte Rikans Kinn und drehte es, so dass der Familienälteste Eran in die Augen sehen musste. „Bis er kam. Eran Luzen hat Barmherzigkeit gezeigt gegenüber einem fremden Jungen."

„Aber wir haben nur nach den Regeln gehandelt", protestierte Rikan. „Luz hat die Strafe verdient und Barmherzigkeit ist Schwäche."

Lisal lächelte. „Nur gegenüber seinen Feinden. Er hat mir den Befehl erteilt."

*Das war ein Test?*
Lisals Klinge durchschlug Rikans Hals und der Kopf des letzten Mitglieds aus dem Familienrat der Langrhins landete im Sand. Der Elitekämpfer wandte sich zur Tribüne. „Die männliche Linie der Familie Langrhin existiert nicht mehr. Gemäß ihren eigenen Regeln erhält der Sieger alles." Er drehte sich zu Eran um. „Als erster Kämpfer der Langrhins übergebe ich alle Landrechte, beweglichen Sachen, Lehensverträge und Gefolgschaftseide an Eran Luzen."

Eran trat vor. *Janina, bitte verstärke meine Stimme und zeige den Leuten einen Zaubereffekt.*

*„So langsam lernst du das mit dem Zauberwort."*

Die Klinge an Erans Kampfstab begann kirschrot zu glühen und als er sprach, hörten auch die Zuschauer in den letzten Rängen jedes Wort.

„Willkommen in der Familie Luzen." Er stampfte zweimal mit dem Stab auf den Boden. Ein Ton wie von einem riesigen Gong ertönte. „Als Zeichen meines Wohlwollens sollen zwei Ochsen geschlachtet werden. Verteilt das Fleisch gerecht untereinander."

Gemurmel und vereinzelte Dankesrufe wurden laut. Eran klopfte erneut auf den Boden. „Geht nach Hause und seid gewiss, dass euer Tag morgen ein besserer sein wird."

## 14. Schüler

Die Tribüne rund um die Sandarena leerte sich. Die Zuschauer eilten zurück in ihr Dorf. *Die Aussicht auf Ochsenfleisch,* vermutete Eran. Ruth stand ein paar Meter entfernt und starrte auf die fünf Leichen des Familienrates.

*Ihr Vater liegt dort – und ich habe ihn getötet.* Ein säuerlicher Geruch vermischt mit dem Gestank nach Kot und Urin hatte sich bis zu Eran ausgebreitet. Fliegen brummten und krabbelten auf dem toten Fleisch. Eran würgte den Brechreiz hinunter und trat näher. Seine Schritte knirschten im Sand und Ruth fuhr herum.

„Es tut mir leid...", begann er.

„Was?", unterbrach sie ihn.

„Dass ich deine Trauer störe."

Eine Träne trocknete auf ihrer Wange. „Ich trauere nicht. Onkel Ali war der Einzige, der je nett zu mir war." Sie musterte ihn. „Ich glaube nicht, dass sich Lisal in dir getäuscht hat."

„Wie meinst du das?"

„Ich kenne ihn. Er hat dich im Kampf geschont." Sie stieß hervor: „Willst du die Ehe vollziehen?"

Eran runzelte die Stirn. „Jetzt?"

„*Idiot*", kommentierte Janina.

„Bei den Ahnen. Ich meinte überhaupt. Wo du doch schon alles besitzt." Sie warf einen kurzen Blick zu Lisal, der wie unbeteiligt, ein Dutzend Schritte entfernt wartete. Eran erinnerte sich, wie Ruth bei dem hilflosen Elitekämpfer gekniet hatte. *Sie liebt ihn.*

„Ich werde die Ehe nicht vollziehen."

Sie sah auf. „Danke."

„Ich bitte dich nur, meine Schwester und Tante in den Haushalt der Langrhins einzuführen. Dann werde ich unsere Verbindung lösen."

Ruth nickte.

„Komm mit. Ich stelle dich Ulla und Celia vor."

Auf dem Weg zum Karren sprach ihn Lisal von der Seite her an. „Wie sollen wir mit Altas verfahren?" Er deutete auf den vom Obsidian umschlossenen Kämpfer.

*Der Mörder. Soll er doch im Obsidian verrecken.* Doch Lisals gespannter Blick erinnerte ihn, wie sehr er die Langrhins für seine Pläne benötigte. *Ein neuer Test?*

Er steuerte direkt auf den Mann zu. „Bist du mein Feind, Altas?"

Der sah ihn an und antwortete mit heiserer Stimme: „Ich gehorche. Zuerst Lisal und Rikan. Jetzt Lisal und dir."

Eran wandte sich an Lisal. „Befrei ihn und gib ihm neue Kleider. Dann werden wir sehen."

Eran begleitete den Karren, auf den Arin und Bard die Leiche ihrer Mutter aufgebahrt hatten, zu dem Anwesen der Langrhins. Ruth ging voraus, der Rest seiner Familie folgte. Er selbst hielt ein wenig Abstand, um seine Gedanken zu ordnen.

*Zu viel ist zu schnell passiert. Auch wenn wir die Unterstützung der Langrhins haben – nein, Langrhin gehört uns,* korrigierte er sich. *Die Bedrohung durch Kirk bleibt.*

Es dauerte einen Moment, bis er bemerkte, dass jemand neben ihm ging. „Chrissa." Er sah zu ihr. „Was hast du?" Ihre ernste Miene deutete auf ein Problem.

„Es tut mir leid wegen deiner Mutter." Sie rieb gedankenverloren ihr Handgelenk. „Aber die Langrhins waren zu schnell."

Eran deutete auf den blauen Flecken auf ihrem Handrücken. „Du hast versucht, sie zu verteidigen. Danke."

Chrissa schüttelte den Kopf. „Ich konnte noch nicht einmal das Messer ziehen."

„Mach dir keine Vorwürfe. Das sind Elitekämpfer."

Schweigend umrundeten sie die Basis des hufeisenförmigen Hügels. Dahinter kam die Residenz der Familie Langrhin zum Vorschein – ein doppelstöckiger kastenförmiger Holzbau, etwa dreimal so groß wie ihr eigener Hof.

Chrissa schien mit sich zu kämpfen. Ein paarmal hatte er den Eindruck, dass sie gleich etwas sagen würde, doch dann schluckte sie ihre Worte wieder herunter.

Ruth steuerte mit festen Schritten und erhobenen Kopf auf das Tor in dem brusthohen Palisadenzaun zu.

„Deine Frau bewegt sich wie eine Kriegerin", brach Chrissa das Schweigen. Sie räusperte sich, um ihre belegte Stimme zu klären.

„Meine Frau? Du meinst Ruth?"

Chrissa nickte.

„Ich werde die Ehe nicht vollziehen und die Verbindung lösen."

„Ach so." Die Worte klangen, als ob eine Last von ihr gefallen war. Er erwiderte ihr Lächeln.

*Mit den Ressourcen der Langrhins sind die Verbindungen zu den anderen Familien nicht mehr so wichtig.* Chrissas leuchtende Augen ließen sein Herz schneller schlagen.

*Ich werde über ein Bündnis mit den Händlern nachdenken.*

*„Wohl besonders über eine Verbindung zu einer Tochter eines Händlers."*

*Janina, was geht das dich an?*

*„Ich muss verhindern, dass du in dein Unglück rennst."* Sie zeigte sich in ihrer verführerischen Gestalt und zwinkerte ihm zu.

*Du bist eifersüchtig?*

*„Ich? Niemals. Bilde dir nur nichts ein."*

Eran und Chrissa schritten durch das Tor. Der Karren war zur Seite gefahren und sie hatten freien Blick auf den Eingang des Anwesens. Dort standen ein gutes Dutzend Frauen und Kinder. Ruth redete auf sie ein. Als sie bemerkte, dass Eran näherkam, gab sie ein scharfes Kommando.

Die Frauen warfen sich auf den Boden und zogen ihre Kinder mit sich. Für einen Moment berührten sie mit ihrer Stirn den Boden, dann hoben sie ihre Köpfe und starrten ihn an. Nur ein etwa vierzehnjähriger Junge blieb stehen.

„Was geht hier vor?", fragte Eran.

„Sie unterwerfen sich deiner Gnade", antwortete Ruth.

Eran blickte in angstvoll geweitete Augen, einige verquollen von Tränen. *Ich habe ihre Männer und Väter getötet. Sie müssen mich hassen.*

„Bei allen eroberten Familien haben die Langrhins die Frauen entweder getötet oder ihren Kriegern gegeben", erläuterte Ruth.

Eran deutete auf den Jungen, der sich nicht zu Boden geworfen hatte. „Wer ist das?" Als einziger stand er vollkommen in Schwarz gekleidet, während die Kleider der anderen Frauen und Kinder eine graue Farbe angenommen hatten. *Gefahr von einem Jungen?*

„Das ist Leon, Rikans Enkel."

„Ich habe keine Angst vor dir." Leon verschränkte die Arme vor der Brust und starrte er Eran in die Augen. „Ich werde meine Mutter beschützen." Die zupfte an seinem Hosenbein und flüsterte: „Leon, auf den Boden."

Als er stattdessen einen Schritt auf Eran zuging, stieß sie hervor: „Bitte, Herr. Er ist noch ein Kind."

Eran schüttelte den Kopf. „Nein. Du bist kein Kind mehr. Habe ich recht?" Leon nickte zögernd.

„Brauchst du nicht eine Waffe, um deine Mutter zu verteidigen?" Leon senkte den Kopf.

„Hier hast du meine." Eran hielt ihm das Ende des Kampfstabes hin. Vorsichtig streckte Leon seine Hand aus und berührte das Holz mit den Fingern. Als nichts passierte, griff er zu. *Zeig ihm was Schönes,* forderte Eran Janina auf und ließ die Waffe los.

Leon starrte für einen Moment auf den Holzstab. Dann stieß er hervor: „Da ist eine Frau." Er riss die Augen auf und wurde rot. „Sie ist nackt!" Er ließ den Stab los, der daraufhin in der Luft schwebte.

*Janina, was soll das?*

*„Ich zeige ihm was Schönes."*

Eran schüttelte den Kopf und nahm seine Waffe zurück.

*„Vergiss es. Du siehst mich nicht nackt",* kicherte Janina.

Eran ignorierte sie und die merkwürdigen Blicke, die die Frauen ihm zuwarfen. Chrissa runzelte die Stirn. *Ich werde ihr von Janina erzählen müssen.*

Er sah Leon in die Augen. „Zauberer wandeln Feinde zu Freunden. Willst du ebenfalls Zauberer werden?" Leon nickte.

„Bist du noch mein Feind?" Leon schüttelte den Kopf.

„Gut." Eran deutete auf Leons Hemd, das sich hellgrau verfärbt hatte. „Du kannst mich nicht belügen. Der Kleiderzauber wird dich sofort verraten."

Er trat einen Schritt zurück und sprach die vor ihm Liegenden an: „Steht auf. Ich werde keinen von euch töten oder an die Krieger geben."

Langsam erhoben sie die Frauen und Kinder, als trauten sie seinen Worten nicht. „Sorgt für Ulla und Celia. Ansonsten ändert sich für euch zunächst nichts." Er sah Ruth an. „Du hast das Kommando."

Sie scheuchte die Frauen und Kinder ins Haus und half Ulla und Celia, den Karren mit dem Leichnam in den Schatten zu fahren. *Wir müssen zurück zum Hof. Hier werden wir Mutter nicht beerdigen.*

Lisal ritt durch das Tor und stieg ab. „Es gibt ein Problem mit Altas", sprach er Eran an. „Wir haben ihn aus dem Obsidian gemeißelt und neue Kleider gegeben."

„Sie haben sich schwarz gefärbt?", vermutete Eran. *Habe ich mich in ihm getäuscht?*

„Nein. Sobald er ein Kleidungsstück anzieht, verwandelt es sich in Obsidian."

Eran überlegte. *Janina, gibt es einen Weg den Zauber rückgängig zu machen?*

*„Keine Ahnung. Das ist eine Angelegenheit des Wächters. Das musst du ihn selbst fragen."*

*Der Wächter. Schon eine Weile her, dass ich mit ihm gesprochen habe.* Eran tauchte in das Grau und rief. Sofort ertönte die bekannte Stimme in seinem Kopf und sagte *„Nein."*

*Nein?*

*„So lautet die Antwort auf deine Frage."*

*Es gibt keinen Gegenzauber?*

*„Ich habe den Befehl an mein sekundäres Bewusstsein übergeben."* Die Stimme des Wächters klang genervt. *„Erst wenn ich diese Dimension verlasse, wird mein Sekundärbewusstsein nicht mehr aktiv sein."*

*Was auch immer ein Sekundärbewusstsein sein soll.*

*„Ich habe deinem Vater eintausend Jahre Schutz für seine Familie versprochen. Im Gegensatz zu anderen Wesen halte ich meine Versprechen."*

*Das bedeutet, Altas wird nie mehr Kleidung anziehen können?*

*„Nicht auf Samica, wenn sein Abstand zum Inselboden weniger als einen halben Meter beträgt."*

*Auf dem Meer oder dem Festland wirkt der Zauber nicht?*
Schweigen.
*Wächter?*
„*Die Menschen haben die Angewohnheit das Offensichtliche auszusprechen und dafür eine Bestätigung zu verlangen.*" Der Wächter seufzte. „*Das ist für Wesen meines Intellekts ermüdend. Die Antwort lautet: ja.*"

Eran wandte sich an Lisal. „Altas muss entweder einen halben Meter über dem Inselboden bleiben oder Samica verlassen." *Auch wenn er nur auf Befehl gehandelt hat. Er kommt nicht ungeschoren davon.*

Lisal nickte. „Ich werde es ihm sagen." Er zögerte. „Ich möchte dir noch danken."

„Wofür?"

„Für das, was du für meinen Neffen Luz getan hast."

„Ich habe ihm nur etwas Energie gegeben."

„Meine Schwester war über seinen Zustand verzweifelt. Wir stehen in deiner Schuld." Er schlug mit der Faust auf seine Brust. „Tae bittet dich, unsere Schuld noch zu vergrößern."

„Ich verstehe nicht."

„Luz redet die ganze Zeit von einem Licht, das ihm ein grüner Engel gegeben hat. Und dass er in dir den Engel wiedererkannt hat." Lisal holte Luft. „Er möchte unbedingt ein Zauberer werden."

*Noch ein Schüler?* Er hatte schon den Impuls bereut, mit dem er Leon das Gleiche angeboten hatte. Andererseits, *ich brauche Lisal. Und wenn es irgendwie gelingt die Schüler fest an die Familie Luzen zu binden, dann gewinnen wir zusätzliche Macht.*

„Ich überlege es mir", antwortete Eran.

## 15. Begräbnisse

Der Anblick schmerzte. Eran saß im Sattel und hielt die Leine des Packpferdes mit dem Leichnam seiner Mutter. Eine schwarze Decke verhüllte den Körper, der wie ein Gepäckstück über dem Rücken des Pferdes hing.

*Es tut mir leid, Mutter. Kirk zwingt uns dazu.*

Die aufgehende Sonne warf lange Schatten der versammelten Männer auf die Wiese. Der Morgentau schimmerte auf dem Gras.

Wenige Stunden zuvor war einer der Späher, die Lisal ausgeschickt hatte, zurückgekehrt und hatte die Nachricht von Kirks Armee überbracht. *Über fünfhundert Mann.* Eran zweifelte. *Kirk hätte alle führenden Familien auf seine Seite ziehen müssen, um eine solche Streitmacht aufzustellen.*

An Schlaf war danach nicht mehr zu denken. Zusammen mit Lisal hatten er und seine Brüder stundenlang den Plan ausgearbeitet. Auch wenn er Lisals Argumente nachvollziehen konnte und dessen Beweggründe verstand: *Unser Hof wird der Schauplatz einer blutigen Schlacht. Die Geister der Toten werden uns heimsuchen, falls wir überleben.*

Eran ließ den Blick über die Gruppe vor ihm wandern. Altas saß auf einem Pferd und führte fünfundzwanzig Bogenschützen zu Fuß an. *Gegen eine zwanzigfache Übermacht. Langhrinische Schützen. Trotzdem ist das Wahnsinn.*

Er drehte sich um. Hinter ihm saßen Arin und Chrissa auf ihren Pferden und hielten jeweils die Leine eines Packpferdes. Als Chrissa zurücklächelte, wurde ihm bewusst, dass er sie wie ein Idiot angrinste. Er hob die Hand und befahl den Aufbruch.

Die Bogenschützen folgten Altas im Laufschritt. Eran wartete, bis sich Arin und Chrissa anschlossen. Mit dem Leichnam seiner Mutter bildete er die Nachhut. Bard, Ulla und Celia standen an der Tür und starrten ihnen nach. Sie hatten sich bereits von der Toten verabschiedet und würden die Begräbnisrituale nachholen, sobald keine Gefahr mehr durch Kirk bestand.

Wenn es der Weg erlaubte, schloss Eran zu Chrissa auf und unterhielt sich mit ihr. Er genoss ihre Gegenwart, ihren Anblick und ihre warme Stimme. Sie erzählten sich unverfängliche Begebenheiten aus ihrer Kindheit, bis Chrissa die Frage stellte.

„Wer ist die Frau, von der Leon gesprochen hatte?"

Eran zuckte zusammen. *Ich wollte ihr von Janina erzählen.* Das hatte er erfolgreich verdrängt. Er zügelte sein Pferd und bedeutete Chrissa ebenfalls langsamer zu werden. *Die Langrhins brauchen die Einzelheiten des Zaubers nicht zu wissen.*

Erst als sie drei Pferdelängen Abstand hatten, begann Eran mit den Erklärungen. „Die Zauber, die wir durchführen, stammen nicht von uns. Wir rufen Wesen aus dem Grau und binden sie an einen Gegenstand." Er klopfte auf den Kampfstab, der am Sattel festgebunden war. „Diese befolgen dann unsere Befehle."

*„Aber nur, wenn ihr schön bittet."*

„Warum tun sie das?"

*Ja, warum?* Er hatte noch nie darüber nachgedacht. *Janina?*
*„Wir sind Menschen wie ihr und wir schulden dem Wächter etwas.*
*Er hat uns befohlen, euch zu helfen."*

Er gab die Information weiter, was neue Fragen über den Wächter
auslöste. Schließlich bat Chrissa: „Kann ich mit Janina sprechen?"
Eran zögerte. „Das ist keine gute Idee. Ich glaube, sie ist
eifersüchtig auf dich."

*„Das bildest du dir ein. Ich tue ihr schon nichts."* Janina gluckste.
*„Ich zeige ihr nur was Schönes."*

Er reichte Chrissa den Kampfstab. „Sie wird in deinem Kopf
erscheinen. Sie meint, sie zeigt dir etwas Schönes. Sei auf alles
gefasst."

Für einen Moment glaubte Eran, die Gegenwart des Wächters zu
spüren. Dann hielt Chrissa den Stab für einige Zeit mit geschlossenen
Augen, bis ihre Wangen anfingen zu brennen. Sie gab ihn zurück.

„Was hat dir Janina gezeigt?", fragte Eran.

„Frauensachen." Chrissa stupste ihr Pferd mit den Fersen an, um
die Lücke zu den anderen zu schließen.

*Was hast du ihr gezeigt?*
*„Frauensachen."*
*Und der Wächter?*
*„Er hat mich daran erinnert, dass er fünfhunderttausend*
*Menschen braucht. Ich soll keinem einzigen im Weg stehen."*
*Fünfhunderttausend! So viele gibt es in der ganzen Welt nicht.*
*„Eben."*

Eran schüttelte den Kopf und folgte Chrissa dem Weg in die Berge
hinein.

Das Echo der klappernden Pferdehufe brach sich an den Felsen des
Wegrandes. Grasbüschel lugten zwischen dem Gestein hervor. Am
höchsten Punkt des Weges kühlte ein frischer Wind ihre Haut, die von
den Sonnenstrahlen brannte.

Schweigend überquerten die Bogenschützen und Reiter den Pass.
Sie konzentrierten sich auf die Unebenheiten des Bodens und das
hohe Tempo. *Über eine Stunde und sie halten immer noch den
Laufschritt.* Die Männer atmeten heftig und ihre schweißnassen Haare
glänzten in der Sonne.

*Meine Männer.* Daran musste er sich gewöhnen, doch fühlte er
Stolz. *Unser erstes Ziel ist erreicht. Aber war der Preis zu hoch?* Er
vergewisserte sich, dass der Leichnam seiner Mutter auf dem

Packpferd nicht verrutscht war. *Bald wird sie neben Vater ruhen können.*

Auf der anderen Seite des Passes öffnete sich der Blick auf eine grüne Wiese und den Vulkankegel des Hrangi. Altas, der an der Spitze ritt, hob die Hand und hielt an. Die Schlange hinter ihm geriet ins Stocken. Er winkte Eran nach vorne und deutete auf eine dünne Rauchsäule, die wie ein grauer Faden seitlich des Vulkans aufstieg.

„Das kommt nicht aus dem Krater. Es könnte ein Lagerfeuer sein." Altas runzelte die Stirn. „Unsere Ausbilder hätten Peitschenhiebe verteilt für solchen Rauch."

Eran fluchte. *Kirk das wirst du bereuen.* „Dort liegt unser Hof. Ich fürchte, die Kilrhains waren bereits hier."

„Wie lautet Lisals Plan in diesem Fall?"

„Wir müssen uns noch mehr auf den Zauber verlassen." Eran holte ein Blatt getrocknete Vulkanlilie aus seiner Gürteltasche und schob es in den Mund. „Es kommt darauf an, was wir vorfinden werden." Er übergab die Leine des Packpferdes an Altas. „Ich reite voran. Wir müssen auf einen Hinterhalt gefasst sein."

Nach ein paar Minuten begann die Vulkanlilie zu wirken und Eran tauchte ins Grau. Sofort rückte die Umgebung näher heran und tausende grüner Lichtpunkte erschienen rings um ihn herum. Er suchte die charakteristische Aura, die menschliches Leben signalisierte.

*Nichts.*

Ihr Hof kam in Sichtweite. Eran schluckte. *Eine rauchende Ruine.* Mehr war nicht von ihrem Heim geblieben. Ein Teil des gemauerten Kamins ragte wie ein warnender Finger aus den verkohlten Trümmern.

Arin drängte sich nach vorne. „Gütige Ahnen." Er deutete auf die Eiche, die im ehemaligen Innenhof stand. Eran krampfte die Finger um den Kampfstab, bis sich das Weiße an den Knöcheln zeigte. *Kirk, du Schwein.* Wie übergroßer Schmuck zum Sonnwendfest baumelten vier menschliche Körper an den Ästen.

Er begab sich erneut auf die Suche in der grauen Dimension. Die Befürchtung wurde Gewissheit: In dem Baum hingen Tote. Doch ein Stück weiter erregte ein grüner Schimmer seine Aufmerksamkeit. Er konzentrierte sich. Da. Auf dem Hang zum Vulkan versteckte sich ein Mensch hinter Lavafelsen.

*Nur einer?* Eran überprüfte die Umgebung, fand aber keine weitere Aura. *Kirk rechnet nicht damit, dass wir hierher zurückkehren.* Er selbst hätte zwei Wachen postiert. Eine die meldet, sobald sie auftauchen und die andere, die weiter beobachtet.

„Wie viele sind es?", fragte Altas, der Erans Verhalten richtig interpretiert hatte.

„Einer."

„Sollen wir ihn ausschalten?"

„Wir brauchen ihn lebend. Er muss Kirk von unserer Anwesenheit berichten."

Altas nickte. Er ließ sich beschreiben, wo sich der Späher befand und schickte vier Bogenschützen los, die ihn einkreisen und fangen sollten.

Als sie vor der Eiche standen und tote Augen ihn anstarrten, erkannte er die Männer. *Hat Kirk sie in den den Vulkanhöhlen gefunden? Oder haben sie versucht, den Hof zu verteidigen?*

Chrissa schluchzte auf und wendete ihr Pferd. Eran ritt zu ihr und berührte sie an der Schulter. „Was hast du?"

Sie schüttelte den Kopf. „So viele Tote. Ich habe das Gefühl, ich bringe den Tod." Sie wischte eine Träne von ihrer Wange. „Erst die Männer am Tannsteig, die ich eigenhändig erstochen habe." Sie erschauerte. „Dann deine Mutter, die Langrhins und jetzt deine neuen Gefolgsleute. Ich ertrage den Anblick nicht mehr."

Er drückte ihre Schulter. „Es ist nicht deine Schuld. Ich bin der Auslöser des Ganzen. Meine Pläne sind nicht so gelaufen, wie ich gehofft hatte."

*„Manchmal muss man das verdorrte Gras abbrennen, damit neue Blumen wachsen können."*

„Tut mir leid, Chrissa. Ich bringe dich nach Drogira zu deiner Familie. Dort bist du in Sicherheit."

*Auch wenn ich persönlich für deine Sicherheit sorgen möchte. Im Moment ist meine Nähe zu gefährlich.*

Sie legte ihre Hand auf seine. „Tut mir leid. Ich wollte nicht wehleidig klingen." Ihre Berührung brachte ihn für einen Augenblick durcheinander, so dass er nicht antwortete. „Aber danke, Eran." Sie deutete auf die rauchende Ruine. „Ich werde nachsehen, ob ich noch etwas Nützliches finde."

Er winkte einem Bogenschützen. „Begleite sie und pass auf. Vielleicht hat Kirk weitere Leute in der Nähe."

Sie schnitten die Toten von dem Baum und legten sie in die Wiese. In der Zwischenzeit kamen die vier ausgesandten Männer mit ihrem Gefangenen zurück. „Fesselt ihn an die Eiche und verhört ihn", befahl Eran. Dann winkte er Arin zu sich.

Sie hoben den Leichnam ihrer Mutter vom Pferd und trugen ihn auf den Schultern bis zum Familienfriedhof hinter das zerstörte Hofgebäude. *Wenigstens diese Ehre können wir ihr erweisen.*

Sie holten die zwei anderen Packpferde und luden die mitgebrachten Schaufeln, Spitzhacken, Meißel, Hammer und Seile ab und verteilten sie auf der Wiese.

„Wir nehmen fünfzig Tropfen Blut."

„Fünfzig?" Arin hob eine Augenbraue. Ihr Vater hatte ihnen beigebracht, dass ein Tropfen ausreichte.

„Je mehr Blut, desto mächtiger werden die Gegenstände."

Arin nickte. Sie ritzten sich in den Unterarm und tropften ihr Blut auf die am Boden ausgebreiteten Geräte. Dann riefen sie die Wesen aus dem Grau.

Am Ende lagen eine Schaufel und ein Seil unberührt im Gras, für die kein Wesen ihrem Ruf gefolgt war.

*Machen wir etwas falsch, Janina?,* fragte Eran.

*„Es wird niemand mehr kommen",* antwortete sie. *„Von den hundert Siedlern aus dem Kältemodul sind über die Hälfte nicht im Grau aufgewacht und einige der Auren haben sich mit der Zeit aufgelöst."*

Eran nahm die übrig gebliebene Schaufel und wandte sich an Arin: „Weise die Gegenstände in den Plan ein. Sie sollen langsam arbeiten, solange Kirks Späher zusieht."

Er selbst hob ein Grab neben dem seines Vaters aus. Er stieß die Schaufel mit Wucht in die Erde und warf sie auf einen wachsenden Hügel am Rand der Grube. Er arbeitete, bis er schweißdurchnässt war und sich Blasen an den Händen bildeten – als könnte er dadurch die Schuld gegenüber seiner Mutter tilgen. *Das hätte ihr gefallen. Meiner eigenen Hände Arbeit. Sie hat dem Zauber nie richtig getraut.* Er warf die Schaufel aus der Grube und streckte seinen Rücken durch, bis die Wirbel knackten. *Ich hätte die „Besonderheiten" des Zaubers herausfinden müssen, bevor ich die Fehde mit den Kilrhains anfing.* Er kletterte aus der Grube, kniete neben dem Leichnam und schlug den Stoff über dem Kopf zurück. *Es tut mir leid, Mutter. Du hast den Preis für meine Fehler bezahlt.*

Im Tod wirkte ihr Gesicht friedlich, die Augen geschlossen, als ob sie schliefe. *Sie sieht aus, als ob sie mir verziehen hätte.* Eran schluckte. Erinnerungen sammelten sich als Träne in seinem Augenwinkel. *Wie früher. Sie konnte uns nie lange böse sein, egal, was wir angestellt hatten.*

Er rief Arin und Chrissa. Gemeinsam hielten sie die Begräbniszeremonie ab, Arin summte das Totenlied und Eran pflanzte eine Eichel in dem Grabhügel.

Anschließend begruben sie die vier Toten, für die Arin mit Hilfe der verzauberten Gegenstände Gräber unter dem Eichenbaum ausgehoben hatte. Der an den Baum gefesselte Kilrhain verfolgte die Zeremonie.

Eran sah ihn an und befahl Arin: „Lass noch ein Grab ausheben."

## 16. Verhör

„Wie lautet dein Auftrag?" Eran sah dem Gefangenen in die Augen. Der wich dem Blick aus und starrte auf die flache Grube, die neben den vier Grabhügeln lag. Seine Hände waren hinter dem Stamm der Eiche zusammengebunden. Der Kleiderzauber hatte Hose und Kittel des Kilrhains in ein dunkles Grau gewandelt.

„Er will nicht reden", ertönte eine Stimme aus dem Baum direkt über dem Mann. „Wir wollten gerade deine Erlaubnis zur Folter einholen." *Altas. Natürlich. Er darf dem Boden nicht zu nahe kommen.*

„Schneidet ihm den kleinen Finger ab", befahl Eran. Dann sprach er den Kilrhain an, dessen Gesicht die Farbe verloren hatte. „Dein Auftrag muss sehr wichtig sein, wenn du bereit bist dafür einen Finger zu opfern." Er zuckte mit den Schultern. „Offensichtlich sollst du die Ruine beobachten und melden, wenn du etwas Verdächtiges bemerkst." Er beugte sich vor. „Aber da muss mehr dahinter stecken, denn du willst furchtbare Qualen auf dich nehmen."

„Nein", krächzte der Mann mit weit aufgerissenen Augen. „Ich soll nur beobachten und melden, wenn jemand die Toten abnimmt oder sich am Gebäude zu schaffen macht."

„Wir haben die Toten begraben und holen uns die Steine aus der Ruine." Eran deutete auf das ausgebrannte Hofgebäude. Dort hatten die verzauberten Gegenstände ringsherum einen Graben ausgehoben und einen Teil der Mauern aus Lavasteinen abgetragen. „Ich nehme an, das solltest du melden."

Der Mann nickte langsam.

„Oder willst du dich lieber in die Grube dort legen?"

Kopfschütteln.

Eran fauchte ihn an. „Dann melde Kirk, dass wir mit Hilfe des Zaubers eine uneinnehmbare Festung bauen, von der aus die Familie Luzen Samica beherrschen wird." Er stampfte mit dem Ende des Kampfstabes auf den Boden. Janina ließ wieder den Gong erklingen. „Kirk muss in spätestens zwei Stunden davon erfahren."

Der Späher stöhnte auf. „Bitte, dass schaffe ich nicht. Ich brauche fast zwei Stunden zu unseren Hauptsitz. Erst dort erfahre ich, wo Kirk sich gerade befindet." Er holte Luft und schien zu überlegen. „Es dauert bestimmt eine weitere Stunde, bis ich ihn erreiche."

„Du hast drei Stunden. Schneidet ihn los." Einer der Bogenschützen durchtrennte die Fesseln. Unsicher erhob sich der Mann und sah sich um. Als sich niemand rührte, um ihn aufzuhalten, rannte er los.

„Hervorragend", lachte Altas. „Wir haben alles erfahren, was wir wissen müssen. Kirk kann diese Gefahr nicht ignorieren. Er muss kommen."

Eran antwortete nicht. Ihn bedrückte der Gedanke, dass ihr Hof zum Schauplatz einer blutigen Schlacht werden würde. Er schüttelte den Kopf. *Es hilft nichts. Hier können wir Kirk in eine Falle locken, ohne all zu viel zu zerstören. Unser Hof ist sowieso nur noch eine Ruine.*

Er wandte sich an Arin. „Die Zaubergegenstände sollen so schnell wie möglich arbeiten. Wir brauchen die Mauer mannshoch, bis Kirk kommt – und bereitet die Falle vor." Er sah zum Himmel.

Die Sonne hatte den Zenit überschritten und ein dünnes Wolkenband bedeckte den Horizont, wie ein riesiger Flügel mit tausend feiner Federn. „In ein paar Stunden gibt es ein Gewitter. Selbst wenn er es hierher schafft, wird Kirk heute nicht mehr angreifen."

Er ging zur ausgebrannten Ruine, wo Chrissa die rauchenden Trümmer des Innenraumes durchsuchte. Als sie ihn bemerkte, kletterte sie zurück in seine Richtung. Sie deutete auf einen kleinen Haufen Kochgeschirr und Besteck aus Metall. „Das ist alles, was ich gefunden habe."

„Arin und die Bogenschützen können das gebrauchen. Danke." Er sammelte die Teile auf, die er tragen konnte. „Hilfst du mir mit dem Rest? Wir brechen gleich nach Drogira auf."

Als sie auf dem Weg zur Eiche den Graben um das Hofgebäude überquerten, lag eine erste Reihe Steine darin. Die verzauberten Schaufeln, Hammer und Meißel huschten wie emsige Bienen herum und arbeiteten an der zweiten Schicht.

Eran legte die von Chrissa geretteten Gegenstände vor Arin ab. „Verteile das unter den Männern." Der sah Eran so zweifelnd an, dass Chrissa anfing zu lachen. Sie warf ihre Ladung auf den Haufen am Boden. „Lass gut sein, Arin. Eran will mir das Gefühl geben, dass ich etwas Nützliches getan habe."

„Das ist nützlich", verteidigte Eran. „Die Männer können das gut gebrauchen, nicht wahr?"

Arin nickte nur.

Eran holte ihre drei Pferde und rief in den Baum über ihnen. „Altas. Wir brechen auf. Wir müssen Drogira lange vor dem Gewitter erreichen." Altas schwang sich von einem Ast direkt auf sein Pferd, das erschrocken lospreschte.

Eran stieg in den Sattel und wandte sich an Arin: „Wenn alles gut geht, komme ich mit der Unterstützung der Händler zurück. Du weißt, was zu tun ist." Er klopfte seinem Bruder auf die Schulter. „Lisal und seine Elitekämpfer werden sich an Kirks Armee hängen. Haltet euch bedeckt, bis sie da sind."

Dann verabschiedete er sich von seinen Männern und winkte Chrissa ihm zu folgen. Sie versetzten ihre Pferde in einen schnellen Trab, um Altas' Vorsprung aufzuholen.

Immer, wenn der Weg es erlaubte, ritt Eran neben Chrissa und besprach mit ihr seinen Auftritt vor dem Rat der Händler.

„Wenn mein Vater mit den anderen Ratsmitgliedern gesprochen hat, haben sie sich oft über die willkürlichen Abgaben der Familien beklagt. Da könntest du ansetzen."

Eran nickte. „Dafür muss ich die Vorherrschaft der Familien brechen – was ich sowieso vorhabe."

Ein Stück nach der Süd-Ost-Kreuzung überholten sie einen Karren, auf dessen Kutschbock ein Mann saß, den Hut ins Gesicht gezogen. Als er den Hufschlag hinter sich hörte, sah er sich kurz um. Chrissa kam der Mann bekannt vor. Beim Vorbeireiten schaute sie genauer hin und zügelte ihr Pferd.

„Meister Rotluff. Seid gegrüßt."

Der Angesprochene fuhr herum. Für einen Moment schien er zu überlegen, dann lächelte er. „Chrissa. Was für eine hübsche Dame du geworden bist."

„Danke. Aber wie kommt es, dass du ohne Ladung unterwegs bist?" Sie deutete auf die leere Ladefläche des Karrens. Sie erinnerte sich daran, dass Rotluff bei jeder Gelegenheit gewarnt hatte, eine Leerfahrt wäre eine verlorene Fahrt.

„Verfluchte Kilrhains." Der Händler fügte eine Reihe weiterer Kraftausdrücke hinzu. „Dieser Idiot Kirk hat einen Krieg vom Zaun gebrochen und jetzt erheben seine Leute einen ‚Sonderzoll'." Sein Gesicht rötete sich. „Von wegen. Ausgeraubt haben sie mich." Er schnaufte. „Sie haben alle meine Waren ‚konfisziert' und mich gezwungen vom Karren abzusteigen."

„Absteigen? Warum das denn?", fragte Eran dazwischen.

„Es muss mit dem komischen Effekt auf die Kleidung zusammenhängen, der seit ein paar Tagen auftritt." Er klopfte auf seine hellbraune Leinenhose. „Sobald sich meine Hose grau verfärbt hatte, meinte der Anführer, dass Grau in Ordnung wäre."

„Euer Verlust tut mir leid. Mein Name ist Eran Luzen", stellte sich Eran vor. „Ich bin der Grund für den Konflikt mit den Kilrhains." Er zeigte auf den Karren. „Wenn es mir möglich ist, werde ich eure Waren ersetzen."

Der Händler nickte. „Das ist sehr großzügig."

Chrissa fragte: „Wirst du den Vorfall dem Rat melden, Meister Rotluff."

„Natürlich. Alle Händler müssen gewarnt werden. Deshalb bin ich unterwegs nach Drogira."

„Eran möchte dem Rat einen Vorschlag unterbreiten, der die Zölle der Familien abschaffen würde."

Der Mann grinste und nickte Eran zu. „Nun. Meine Unterstützung hat er. Und ich denke die aller anderen Händler auch." Er ergänzte nach einem Augenblick: „Es kommt natürlich auf den Preis an."

„Wir werden sehen, was ihr bereit seid, zu zahlen", erwiderte Eran.

Der Händler lachte. „Ich freue mich schon auf die Verhandlungen."

Sie verabschiedeten sich und schlossen zu Altas auf, der ein ganzes Stück vorausgeritten war.

„Hast du bemerkt, dass Rotluff die Abschaffung der Zölle gleich unterstützt hat? Die Frage nach dem Preis kam erst später."

Chrissas Augen leuchteten und ihre Wangen waren gerötet. Der Wind spielte mit ihren braunen Locken. *Sie ist so wunderschön.*

Eran nickte. „Du hattest Recht. Dieses Thema bewegt die Händler sehr."

Chrissa freute sich über den Zuspruch und lächelte Eran an. „Wir nähern uns Drogira." Sie deutete auf das etwa zwanzig Meter breite Flussbett, das sich von der Seite her an den Weg anschmiegte. „Die Straße verläuft von hier an direkt am Fluss Ahler entlang."

Der größte Teil des flachen Flussbettes lag trocken, nur in der Mitte gluckerte ein Bach über Kieselsteine.

„Füllt sich der gesamte Fluss nach einem Gewitter?", fragte Eran.

„Nicht immer. Vielleicht ein oder zweimal im Jahr." Sie sah in die Ferne.

*Ihr Bruder,* erinnerte er sich. *Er ist bei einem Gewitter umgekommen.*

Vor ihnen hatte Altas sein Pferd angehalten und hielt Ausschau. Er schützte mit der Hand an der Stirn die Augen vor der tief stehenden Sonne. Etwa einen Kilometer entfernt bewegte sich eine Staubwolke auf sie zu.

„Reiter", stellte er fest. „Mindestens zwanzig. Weiß und Grün. Steigt auf der Flussseite ab."

*Die Farben Kilrhains.* „Sollten wir nicht besser fliehen?"

„Dann bemerken sie uns sofort und eröffnen die Jagd. Ihre Pferde dürften frischer sein als unsere." Altas streckte seine Hand aus. „Gib mir deinen Kampfstab. Versteckt euch hinter der Uferböschung."

Eran zögerte. *Ein bisschen viel Vertrauen für den Mörder meiner Mutter. Aber ich habe kaum eine Wahl. Janina, bitte pass auf.*

Er reichte Altas seine Waffe. Im Gegenzug löste der eine graubraun gefleckte Decke vom Sattel und warf sie Eran zu. „Bleibt gebückt und werft das über euch. Eure weiße Kleidung ist zu auffällig."

Er nahm eine Ecke, Chrissa die andere. Ihre Körper berührten sich und Chrissa lächelte ihn an. Vornübergebeugt, die Decke übergeworfen, schlichen sie ein Dutzend Schritte bis zum Flussbett.

Eran fluchte. An dieser Stelle war die Böschung zu flach und bot keine Deckung.

„Dort." Chrissa zog sie ein Stück flussabwärts. Eine enge Mulde am Rand des Flussbettes versprach wenigstens etwas Sichtschutz von dem Weg her. Sie zwängten sich hinein und warfen die Decke über sich.

Dann begann das Warten.

## 17. Mulde

Eran glühte. Unter der Decke staute sich die Wärme ihrer beiden Körper. Er spürte Chrissas Herzschlag. Oder war es sein eigener? Ihre Nähe, ihr Duft, ihre Haare, die an seinem Hals kitzelten – ihm schwindelte. Die Sehnsucht, sie zu berühren, ihre nackte Haut zu streicheln, wuchs mit jeder Sekunde. Die Gefahr, die ihnen von den Kilrhains drohte, versank im Strudel seiner Gefühle.

*Luft.*

Er schob den Arm langsam nach oben, um die Decke ein Stück zurückzuziehen. Als seine Hand dabei Chrissas Brust streifte, zuckte sie zusammen. „Was machst du?", flüsterte sie mit belegter Stimme.

Statt einer Antwort lupfte er ihre Tarnung um eine Handbreit, drehte den Kopf und spähte durch das Ufergras zum Weg. Altas war etwa zweihundert Meter weiter geritten. *Was macht er?* Der Elitekämpfer saß mit freiem Oberkörper im Sattel und fummelte an seiner Hose.

*Bei den Ahnen. Er bereitet sich auf einen Kampf vor. Nackt muss er keine Bodenberührung mehr fürchten.* Altas schwang die Beine zur Seite und entledigte sich der Hose. Wie ein fernes Donnergrollen näherte sich Hufgetrappel.

Chrissa streckte sich, um ebenfalls über die Böschung zu schauen. Ihre Kleidung verrutschte. In dem Moment umringten die weiß-grünen Reiter Altas. Eine Staubwolke verhinderte die Sicht. Doch es blieb ruhig. Sie hörten keine Schreie oder Waffen klirren.

„Ist er tot?", fragte Chrissa.

„Altas ist ein Elitekämpfer. Das hätten wir gehört", flüsterte Eran. „Sie reden noch."

Gebannt starrten sie auf die entfernte Reitergruppe. Ihre Wangen berührten sich. Chrissa wich nicht zurück. Vorsichtig rieb er seine Haut an ihre. Sie drehte ihren Kopf und sah ihn mit großen Augen an. „Was ist, wenn er uns verrät?"

*Ihre Nähe macht mich verrückt. Ich kann nur daran denken, sie zu küssen.* Er stupste mit seiner Nasenspitze gegen ihre. „Ich vertraue ihm."

Sie lächelte, beugte sich vor und drückte ihre Wange an seine. „Und ich vertraue dir", flüsterte sie. *Wie meint sie das?*

Von der anderen Seite des Weges knirschten Steine unter Wagenrädern, begleitet von dem Hufschlag eines einzelnen Pferdes. *Der Händler.* Eran zog Chrissa zurück in die Deckung der Mulde und ließ die Decke auf sie beide herabsinken.

Er lauschte dem vorbeifahrenden Karren und dachte über Chrissas letzten Satz nach. *Vertraut sie mir, dass ich unsere Situation nicht ausnutze?* Ihr Kopf lehnte an seiner Schulter. Im Dunkeln spürte er, wie ihre Hand über seine Brust fuhr und auf dem Bauch kreiste. Mit jedem Kreisen wuchs seine Erregung. Er strich über ihre Haare und beugte sich vor, um ihren Hals zu küssen. Ihr Atem beschleunigte sich und die Hand kroch unter sein Hemd. Finger begannen über seine Brust zu wandern.

Er schob ihre Bluse ein Stück hoch und massierte die weiche Haut. Das Blut pochte in seinen Schläfen und die Hose wurde eng. Die Dunkelheit schirmte sie von einer Außenwelt ab, die in ihrem Bewusstsein in weite Ferne rückte.

*Chrissa.* Er atmete ihren Duft ein wie ein Ertrinkender. Jede ihrer Berührungen feuerte einen Schauer erregender Impulse ab.

*Chrissa.* Er stellte sich vor, ihre Brüste zu streicheln, wie seine Finger mit ihren Brustwarzen spielten. *Soll ich es wagen?* Er führte seine Hand über ihren Bauch und spürte den Herzschlag. Chrissa brummte. *Zustimmung?* Sein Daumen berührte ihre Brust. Ihre Finger krallten sich in seine Haut.

Hufschlag näherte sich. Sie erstarrten. *Die Kilrhains.* Der Boden vibrierte unter dem Stampfen der Pferde. Mit einem Paukenschlag meldete sich die Wirklichkeit zurück. *Sie kommen auf uns zu. Der Händler. Hat er uns verraten?* Chrissa presste sich gegen ihn. *Ihre Nippel sind hart.* Er konnte keinen klaren Gedanken mehr fassen. Er griff nach seinem Dolch. *Ich werde nicht kampflos sterben.*

Wie ein Trommelwirbel hämmerten die Hufe auf die Erde. Dann donnerten die Reiter vorbei. Eran wartete einen Moment und hob die Decke. Die Staubwolke auf dem Weg lichtete sich. Die Kilrhains verschwanden in Richtung Berge. Altas turnte in einiger Entfernung auf seinem Pferd und zog sich an.

Eran sah Chrissa in die Augen. „Sie sind weg."

„Eran", flüsterte sie. Er glaubte, die Sehnsucht in ihrer Stimme zu hören. Er nahm ihre Wangen in die Hände und küsste sie. Chrissa fuhr mit den Fingern in seine Haare und presste seinen Kopf gegen ihren. Sie saugte an seinen Lippen. Dann öffneten beide den Mund und ihre Zungenspitzen berührten sich.

Sie verloren die Kontrolle.

Ihre Zungen spielten und erforschten den anderen. Erans Hände fuhren an ihrem Hals herunter und liebkosten ihre Brüste. Er streifte die Hüften, packte ihre Pobacken und presste sie gegen seine Lenden. Chrissa stöhnte. Sie öffnete ihre Schenkel und rieb sie an seinem Körper. Dann griff sie zwischen seine Beine. Eran keuchte. Lust explodierte in ihm.

*„Das macht Spaß, nicht wahr?"*

„Janina." Er hatte den Namen laut ausgesprochen. Chrissa erstarrte und sah ihn vorwurfsvoll an.

*Was ist los?*

*„Altas ist gleich da. Wäre doch peinlich, wenn er euch beim Coitus erwischt."* Eran setzte zu einer Erwiderung an, ließ es aber bleiben.

„Altas kommt", erklärte er Chrissa. „Janina wollte uns warnen." Sie standen auf und richteten ihre Kleider. Ein Dutzend Meter entfernt wartete Altas auf dem Weg. Er hatte ihre Pferde im Schlepptau und blickte von ihnen weg in die Berge.

*Hat er etwas gemerkt?*

*„Er ist Elitekämpfer und weder taub noch blind."*

*Hast du uns die ganze Zeit belauscht?*

*„Ich bin über dein Blut mit dir verbunden. Mir bleibt gar nichts anderes übrig."*

Chrissa stapfte wortlos an Altas vorbei und stieg auf ihr Pferd. Eran begrüßte den Langrhin und fragte: „Was wollten die Kilrhains?"

„Mich rekrutieren. Kirk ist auf der Suche nach Männern." Altas spuckte aus. „Abschaum. Er hat ihnen Beute und Frauen versprochen." Er reichte Eran den Kampfstab. „Ich habe ihnen weisgemacht, dass ich dich und Chrissa getötet habe. Die zwei Pferde und das hier haben sie überzeugt."

Er hielt den Arm hoch. Ein schwarzer Ring aus Obsidian umschloss sein Handgelenk. „Die Geschichte von Kirks Sohn hat sich herumgesprochen. Als sich das Stoffband verwandelt hat, haben sie mir geglaubt."

Eran nickte. „Das sollte ihn zumindest verwirren. Er erhält widersprüchliche Meldungen von seinem Späher und den Männern." Er stieg auf sein Pferd. „Beeilen wir uns. Wir haben Zeit verloren." Er lächelte Chrissa zu, doch sie verzog keine Miene und ritt los.

*Was hat sie?*

*„Du hast meinen Namen genannt, gerade als ihr euch intensiv kennengelernt habt."*

*Das habe ich ihr doch erklärt.*

*„Nachdem ich euch unterbrochen habe, hast du dich nicht um sie gekümmert."*

*Sie ist kein Kind mehr.*

*„Du hast ihr nicht gesagt, dass du sie liebst."*

*Das muss sie doch gespürt haben.*

*„Hör mal.* Mich musst du nicht überzeugen. Sie ist sauer auf dich und ich sage jetzt nichts mehr."

Die nächste Viertelstunde verlief in bedrücktem Schweigen, bis die ersten Häuser von Drogira in Sicht kamen. Menschen begegneten ihnen zu Fuß oder auf Pferden. Chrissa rutschte unruhig in ihrem Sattel hin und her und begrüßte immer wieder jemanden mit einem Lächeln.

Eran schaute zurück. Dunkle Wolken türmten sich über den Bergen. Die Spitze des Vulkankegels verschwand hinter einer schwarzen Wand. „Das Gewitter bricht bald los. Wie lange braucht das Wasser, bis es hier ankommt?"

Chrissa hatte gerade jemanden gegrüßt und lächelte Eran an. Für ihn ging die Sonne auf. *Eine Viertelstunde und ich habe ihr Lächeln bereits vermisst.*

*„Das nennt man Liebe."*

Chrissa antwortete auf seine Frage: „Zwei Stunden."

Er lächelte zurück. „Danke."

Sie wandte sich an Altas. „Willst du gleich zum Hafen?"

Er nickte. „Ich übernachte nicht noch einmal in einem Baum oder auf einem Pferd."

„Dann musst du dich beeilen. In spätestens einer Stunde legen alle Schiffe ab." Sie schnalzte mit den Zügeln und trieb ihr Pferd an. „Ich bringe dich zum Anfang des Pfades nach unten."

Sie trabten vorbei an Holzhütten, Backsteinhäusern und Holzschuppen, bis Chrissa vor einem fünf Meter hohen Turm anhielt. Auf dessen Spitze hing an einem Querbalken eine Glocke. Hinter dem Turm endete Drogira im Nichts. Erst in der Ferne glitzerten die Wellen des Meeres in der sinkenden Sonne.

„Die Warnglocke", erklärte Chrissa.

Eran ritt an den hüfthohen Zaun heran, der den Abhang sicherte und sah hinunter. „Das sieht gar nicht so steil aus." *Eher wie riesige Treppenstufen.* Mindestens ein Dutzend Felsterrassen führten Stufe für Stufe zum etwa einhundert Meter tieferen Hafenbecken. Dort lagen fünf Segelschiffe an der Mole.

„Deswegen unterschätzen viele die Gefahr." Die Warnglocke schlug einmal. Der Ton vibrierte in ihren Ohren.

„Noch zwei Stunden. Wenn die Glocke zweimal schlägt, dann bringen sich die Schiffe in Sicherheit." Chrissa stieg ab und klopfte an der Tür des Turms. Ein alter Mann mit Bart öffnete. Als er sie erkannte, strahlte er. „Chrissa. Willkommen zurück. Was kann ich für dich tun." Die Worte sprudelten heraus ohne Punkt oder Pause.

„Meister Klaas. Wir brauchen ein Maultier für den Abstieg. Eines, das einen Reiter duldet."

„Ihr wollt jetzt noch zum Hafen?"

Sie deutete auf Altas. „Unser Freund hier muss auf ein Schiff zum Festland."

Meister Klaas schüttelte den Kopf. „Er sollte bis morgen warten." Er reckte die Nase in die Höhe und schnüffelte. „Riecht ihr es nicht? Ein Unwetter liegt in der Luft."

„Wie lange dauert der Abstieg?", fragte Altas den Alten.

„Eine halbe Stunde."

„Dann reite ich hinunter." Er wandte sich an Chrissa und Eran. „Ihr bleibt hier. Ich komme allein zurecht."

„Und wer bringt mir das Maultier zurück?", warf Meister Klaas ein.

„Ich nehme das Pferd."

„Der Pfad ist an einigen Stellen zu steil und zu schmal für Pferde", erklärte Chrissa. „Die Maultiere werden von klein auf trainiert."

„Und ihr habt Glück, dass dein Vater nicht Nicki mitgenommen hat. Sie ist die Einzige, die einen Reiter duldet." Der Alte sah Altas nachdenklich an. „Warum geht ihr nicht zu Fuß?"

„Vater ist unten?" Chrissas Stimme klang alarmiert.

„Er wollte unbedingt noch eine Lieferung für das Festland verladen. Ich habe ihn gewarnt." Er brummte: „Kein Geschäft ist ein Leben wert. Gerade er sollte es wissen."

„Hol Nicki. Ich gehe mit hinunter." Chrissa deutete auf einen Holzschuppen hinter dem Turm. „Dort können wir unsere Pferde unterstellen."

Altas stieg auf das Maultier um. Sie mussten die Steigbügel hochbinden, damit die Füße mindestens einen halben Meter über dem Boden blieben. Die neugierigen Blicke des Glockenwächters ignorierten sie.

Chrissa führte sie zu dem Gatter, das den Weg zum Hafen versperrte. Sie schaute Eran an. „Du musst nicht mitkommen. In einer Stunde bin ich wieder zurück."

Er hielt sie mit seinen Augen fest. „Ich werde dich nicht alleine lassen. Niemals." Er hoffte, sie verstand es als Versprechen.

Chrissa sah ihm einen langen Augenblick in die Augen. Dann nickte sie, drehte sich um und lächelte.

Sie öffnete das Gatter und der Abstieg begann.


## 18. Hafen

Chrissa nahm die Leine des Maultiers und führte es auf einem schulterbreiten Pfad zur ersten Felsterrasse. Eran hielt einen Moment lang an. Vor ihm erstreckte sich eine Fläche aus schwarz-grau gesprenkeltem Granitgestein. Ihr Hof hätte ein dutzend Mal darauf Platz gehabt. Ein Windstoß wirbelte eine Hand voll Staub auf und zerrte an seinen Haaren.

Chrissa hetzte weiter quer über die Ebene. Tausende Maultierhufe hatten eine Vertiefung in den harten Stein gefressen, über deren Unebenheiten Eran zweimal stolperte und fast stürzte.

Er hatte den Kampfstab auf den Rücken geschnallt und benutzte beide Arme, um das Gleichgewicht zu halten. Der Hufschlag vor ihm änderte sich. Er sah kurz auf. Das Maultier rannte über Holzbohlen, die einen rauschenden Bach überbrückten.

„Der Ahler", rief Chrissa ohne anzuhalten. Sie erreichten das vordere Ende der Terrasse, wo Felsbrocken und Spalten die ebene Fläche durchbrachen. „Siehst du die Eisenhaken auf der Felsenseite?" Sie zeigte einen steilen Pfad nach unten. Eran nickte. „Hier beginnt der gefährlichste Teil des Weges. Bei einem Unwetter schießt das Wasser herunter und reißt alles mit." Sie schluckte. *Ihr Bruder,* erinnerte sich Eran. „Wenn du Glück hast, kannst du dich an den Haken festhalten."

Sie nickte Altas zu. „Setz dich mit den Beinen auf die Meerseite, sonst kommst du zu nah an die Felsen." Dann führte sie das Maultier mit sicheren Schritten auf den Pfad.

Eran bewunderte ihre Selbstsicherheit. Er musste sich einen Stoß geben, um zu folgen. „Wie oft bist du diese Strecke schon gegangen?"

„Hunderte Male", antwortete Chrissa. „Konzentrier dich auf den Weg vor dir. Dieser Teil heißt nicht umsonst ‚Todesrutsche'." Nicki, das Maultier schlitterte an zwei Stellen meterweit über die glatt geschliffenen Steine. Sie mussten eine Pause einlegen, bis sich das heftig schnaufende Tier erholt hatte.

Sie benötigten zehn Minuten für die etwa hundert Meter Wegstrecke, die sie aber an drei Terrassenstufen vorbeiführte. Danach wurde es einfacher. Sie liefen über die jeweilige Felsterrasse bis an die vordere Kante. Dort führte entweder ein kurzer Pfad oder eine Rampe aus Holzbohlen nach unten auf die nächste Stufe.

Zweimal begegneten ihnen Händler, die jeweils ein halbes Dutzend bepackte Maultiere nach oben trieben. Chrissa begrüßte die Männer, eilte aber sofort weiter. Beim dritten hielt sie an und fragte: „Meister Hilt. Wisst ihr etwas über meinen Vater?"

Der Angesprochene hob seine Hände. „Du kennst deinen Vater. Er setzt darauf, dass ihm die Kapitäne kurz vor dem Zweiglockenschlag bessere Konditionen bieten." Er schüttelte den Kopf. „Da helfen alle Warnungen nichts."

„Fährt eines der Schiffe zum Festland?", fragte Altas.

„Die Sandkröte. Sie ankert am Anfang des Kais."

Sie bedankten sich und eilten weiter. Nach zwei ‚Stufen' erreichten sie den Hafen von Drogira.

Eine Windbö peitschte eine Welle gegen die Felsen. Gischt spritzte hoch und salziger Schaum benetzte ihre Haut. Chrissa blickte nach oben. Tieffliegende Wolkenfetzen jagten über den Himmel. Darüber türmten sich dunkle Wolken und drohten die Sonne zu verdecken. Eines der Schiffe hatte bereits Segel gesetzt und entfernte sich von der Kaimauer.

„Das sieht nicht gut aus. Meister Klaas könnte recht behalten." Sie drückte Eran die Leine des Maultiers in die Hand und deutete auf einen Zweimaster. „Bring Altas zur Sandkröte. Ich suche meinen Vater."

Bevor er etwas entgegnen konnte, rannte sie an der Hafenkante entlang in die andere Richtung. Eran eilte mit dem Maultier und Altas im Schlepptau zum Schiff. Die Mannschaft turnte in der Takelage und begann die Segel zu setzen. Eine einzelne Planke führte von dem Kai zur Reling des Zweimasters.

Altas sah Eran in die Augen. „Ich danke dir Eran Luzen. Nur wahrhaft große Menschen verzichten auf ihre Rache." Er senkte den Kopf. „Auch wenn wir uns nie wiedersehen, stehe ich für immer in deiner Schuld." Dann sprang er vom Rücken des Maultiers direkt auf die Planke, balancierte zur Schiffsreling und hüpfte an Deck.

Eran blickte ihm nach – und erstarrte. An der Reling war ein Gesicht aufgetaucht, das er kannte. *Tania!* Ohne nachzudenken folgte er Altas an Bord. Seine Schwester hatte ihn ebenfalls gesehen. Sie wartete mit verschränkten Armen vor der Brust.

„Du kannst mich nicht umstimmen, Eran." Er wollte sie umarmen oder zumindest berühren, aber sie wich zurück.

„Ich gehe aufs Festland. Du wirst mich nicht verheiraten."

Er senkte den Kopf. „Es tut mir leid, Tania. Mutter ist tot."

„Was?" Sie stützte sich auf die Reling.

„Wir haben sie heute Morgen auf dem Hof begraben."

„Nein." Sie schüttelte den Kopf. „Was ist passiert?"

„Die Langrhins haben sie getötet." Zwei Glockenschläge übertönten das Knattern der Segel. Für einen Moment hielten alle Matrosen in ihrer Arbeit inne. Eran flüsterte: „Ich war nicht gut genug." Das letzte Wort ging in den Rufen der Mannschaft unter.

Wut verzerrte Tanias Gesicht. Tränen liefen an ihren Wangen herunter. „Du und dein verfluchter Ehrgeiz." Sie hämmerte mit den Fäusten gegen seine Brust. „Hätte Vater doch nie den Zauber entdeckt. Er wird uns alle töten."

Eran hielt sie an den Handgelenken fest. „Bitte Tania. Wir brauchen dich."

Sie riss sich los und gab ihm eine Ohrfeige. „Hast du immer noch nicht genug." Ihre Stimme ätzte wie Säure. „Brauchst du jetzt einen Ersatz für deine Heiratspläne, nachdem Mutter tot ist." Sie schrie ihn an: „Hau endlich ab, Eran."

Das Schiff ruckte und schaukelte. Tania warf einen Blick auf den Hafen und lachte bitter. „Es ist sowieso zu spät." Die Sandkröte hatte abgelegt und entfernte sich jede Sekunde weiter vom Land. Tania sank auf Deck und begann zu weinen.

Eran beugte sich über die Reling und sah zurück. *Chrissa!* Sie stand auf dem Kai und winkte und rief. *Ich kann sie nicht alleine lassen. Arin, Bard und Ulla. Sie brauchen mich.* Doch als er Tania zusammengekauert schluchzen sah, zerrissen ihn die Gefühle. *Ich habe Mutter versprochen, mich um Tania zu kümmern. Ich habe es an ihrem Grab geschworen.*

Altas kam vom Bug zurück, wo er mit dem Kapitän seine Überfahrt verhandelt hatte. Er sah Eran erstaunt an. Der eilte auf ihn zu und packte ihn am Arm. „Altas. Du kannst deine Schulden tilgen." Er zeigte auf Tania. „Beschütze meine Schwester bei deinem Leben." Der Elitekämpfer nickte.

Eran schnallte den Kampfstab von seinem Rücken. *Janina, bitte hilf mir.*

*„Verstanden. Spring einfach."*

Er hielt den Stab wie ein Speerwerfer, nahm Anlauf und sprang hoch. An der Reling stieß er sich noch einmal ab. Der Kai lag über eine Schiffsbreite entfernt. Auf der Hälfte der Strecke stürzte er den Wellen entgegen.

*„Festhalten."* Er klammerte sich mit beiden Händen an die Waffe. Sein ganzes Gewicht zerrte an den Fingern. Schaumspritzer der aufgewühlten See klatschten auf seine Stiefel. Janina steuerte den Stab nach oben. Er hob die Beine, als seine Knie gegen die Kaimauer zu schlagen drohten.

Sobald er festen Boden unter sich hatte, ließ Eran los und rannte zu Chrissa. Der Kampfstab schwebte hinter ihm her.

Er hielt kurz vor ihr an, als er ihre verquollenen Augen sah. Tränen liefen über ihre Wangen. *Weint sie wegen mir?*

Chrissa warf sich an seine Brust und schlang ihre Arme um ihn. „Oh Eran. Ich habe mit meinem Vater gestritten", schluchzte sie. „Er will mich nicht mehr sehen."

*Wie bei Tania und mir.* Er drückte sie fest und hielt Ausschau nach der Sandkröte, die auf die Hafenausfahrt von Drogira zusteuerte. *Ich werde meine Schwester niemals wiedersehen.* Er schluckte. *Und sie wird mich bis an ihr Lebensende hassen und verachten.* Er wünschte, er hätte mehr Zeit gehabt, ihr alles zu erklären. *Vielleicht hätte ich sie überzeugen können zu bleiben.*

Regentropfen platschten auf den Boden neben ihm. Einer traf Erans Hals und das kalte Wasser lief seinen Nacken hinunter. Ein anderer erwischte Chrissas Nasenspitze, als sie aufsah. Sie blinzelte.

Ein Regenschauer prasselte auf sie herunter. Eran ignorierte das Rinnsal, das an den Haaren entlang in den Kragen floss. Er wollte Chrissa nicht mehr loslassen. Er wollte sie trösten und ihre Nähe spüren.

Der Wind pfiff, Wellen schlugen gegen die Kaimauer, der Schauer ließ nach und es regneten einzelne Tropfen herab. Dann drang ein neues Geräusch in sein Bewusstsein.

*Die Glocke.*

Sie läutete Sturm.

## 19. Wasser

Chrissa fluchte und löste sich aus Erans Umarmung. Sie packte seine Hand und zog ihn hinter sich her. „Schnell. Wir haben nur ein paar Minuten."

„Die Glocke?"

„Ja. Das Wasser kommt." Er erinnerte sich an ihre Schilderung, als der Fluss den gesamten Abhang überspülte. „Wo willst du hin?"

„Zu den Rampen. Einige haben Unterstellmöglichkeiten." Sie band das Maultier Nicki los, das ihr ohne zu zögern folgte, und rannte den Pfad auf die erste Stufe hinauf. *Es weiß, was auf dem Spiel steht.* Eran hetzte hinterher.

Auf der dritten Felsterrasse lenkte Chrissa das Tier unter die Rampe, die zur vierten Stufe führte. Dort öffnete sich ein schmaler Hohlraum im Felsen. Eran konnte gerade aufrecht stehen und es passten höchstens fünf Maultiere hinein. An der Innenwand waren Eisenhaken in den Stein geschlagen. Chrissa band Nicki an einem davon fest.

Dann rannte sie zum Anfang der hölzernen Rampe und sah nach oben. Der Regen und die dunklen Wolken begrenzten ihre Sichtweite. Sie fluchte und ballte die Fäuste.

„Was hast du?", fragte Eran.

„Mein Vater. Er hätte sich unterstellen sollen." Sie presste die Hände gegen ihre Schläfen. „Er ist so ein Dickkopf. Nur wegen der Ratsversammlung heute Abend." Sie sah Eran an. „Mist. Ich glaube, ich habe deinen Auftritt vor dem Rat vermasselt."

Sie begann im Regen hin und her zu wandern.

„Du willst ihm hinterher?"

„Ja", stieß sie hervor. „Doch das ist gefährlich." Sie sah wieder nach oben. „Es gibt noch zwei weitere Hohlräume zum Unterstellen. Ich hoffe, er ist in einem von ihnen, aber ich brauche Gewissheit."

„Einverstanden."

„Danke, Eran." Sie gab ihm einen Kuss auf die Wange und sprang zur Rampe.

„Warte. Wir gehen nicht ohne Sicherung." Er holte das Seil, das an Nickis Sattel befestigt war und band es um Chrissas Hüfte. Er gab ihr ein Blatt Vulkanlilie aus seiner Gürteltasche und nahm selbst eines in den Mund. „Du kennst das. Damit finden wir uns leichter."

„Beeil dich." Sie hüpfte von einen Fuß auf den anderen.

Eran schnürte das Seil um die eigene Hüfte und verknotete das Ende um den Kampfstab.

*Kannst du im Notfall zwei Personen heben?*, fragte er Janina.

*„Das kostet mehr Energie, aber es sollte funktionieren. Das Problem ist eher das Seil."*

*Das muss halten. Besser als nichts.*

Chrissa kletterte die Rampe hoch und zerrte ihn mit sich. Auf dem nassen Holz mussten sie sich auf allen vieren an den Querhölzern hochziehen, um nicht abzurutschen.

Auf nächsten Stufe hatten sich die Vertiefungen im Fels mit Regenwasser gefüllt. Ihre Füße quietschten in den Stiefeln, als sie durch die Pfützen platschen. Die durchnässte Kleidung klebte am Körper. Sie liefen an dem Bach vorbei, der zu einem tosenden Gewässer angeschwollen war und drohte über die Ufer zu schwappen.

Sie erreichten den Unterstand auf der siebten Stufe.

*Leer.*

Chrissa ließ sich keuchend auf den Boden fallen. Eran beugte sich vor und stützte seine Arme auf die Oberschenkel. Ihr beider Atem hallte in dem Hohlraum, das Blut rauschte in den Ohren. Sie genossen die Abwesenheit des Regens.

Nach einer Weile beruhigte sich ihr Puls und Chrissa murmelte leise Flüche. Eran konzentrierte sich und sank ins Grau. Er dehnte seine Wahrnehmung aus. Alles erschien viel näher und kleiner, als wäre er selbst ein Riese, der die Treppenstufen in den Fels hinaufstieg.

Dann ‚sah' er, was er erhofft hatte. Er wandte sich an Chrissa. „Drei Stufen über uns." Sie unterbrach ihr Gemurmel und blickte auf. „Fünf Tiere und eine Aura von einem Menschen. Sie bewegen sich auf den Rand des Abhangs zu."

„Vater mit seinen Maultieren. Das muss er sein." Sie nickte. „Dort befindet sich der letzte Unterschlupf." Sie stand auf. „Bitte Eran. Wir können das schaffen."

„Lass mich vorangehen. Janina kann uns halten."

„Janina. Natürlich", murmelte Chrissa. „Geh voraus."

Eran übernahm die Führung. Für jeden Aufstieg benötigten sie Janinas Unterstützung. Die Holzbalken der Rampen waren so glitschig, dass sie ohne Hilfe keinen Schritt vorankamen.

„Halt dich am Seil fest", warnte er. Sie schlitterten bäuchlings die Balken hinauf, als Janina anzog.

Den Pfad zur zehnten Stufe schoss das Wasser herunter. Eran versuchte einen Schritt hinein, doch die Strömung riss ihm die Füße weg. Hustend zog er sich am Seil wieder hoch und schüttelte den Kopf. „Keine Chance."

*„Wenn ihr euch am Stab festhaltet, fliege ich euch zum Unterstand."*

Sie stellten sich nebeneinander und umklammerten den hölzernen Griff des Kampfstabes, der langsam in die Höhe stieg. Ihre Arme streckten sich, dann hing Chrissa in der Luft. Einen Moment später verließen Erans Füße den Boden. Als sie über die Kante der Felsterrasse schwebten und Janina beschleunigte, jauchzte Chrissa auf. „Wie ein Vogel."

Unter ihnen brodelte das Wasser auf der gesamten Fläche der Stufe. Sie schossen auf den riesigen Wasserfall zu, der sich von der darüberliegenden Terrasse nach unten ergoss. Kurz bevor sie hindurchflogen hielt Eran den Atem an. Die Wucht des Wassers wirkte wie ein Hammerschlag und presste sie herunter. Die Kälte ließ sie nach Luft schnappen.

Dann setzte Janina sie vor dem Unterstand ab. Ihre Stiefel tauchten in weißen Schaum, der beim Aufprall des Wassers auf den Felsen entstand und meterweit spritzte. In der kleinen Höhle standen fünf Maultiere und stampften unruhig mit den Hufen. Chrissa löste das Seil von ihrem Körper, rannte hinein und kontrollierte einen der Packen, mit denen die Tiere beladen waren. Sie musste nah herangehen, um in dem Halbdunkel etwas zu erkennen.

„Unser Zeichen. Das sind Vaters Maultiere." Sie sah sich um. „Aber wo ist er?" Sie lief um die Tiere herum und rief „Papa?"

Eran suchte im Grau. Fünfzig Meter bergauf fand er eine menschliche Aura, die sich nicht bewegte. *Leuchtet sie schwächer als vorhin?* Er war sich nicht sicher. *Besser beeilen.*

„Ich denke, ich habe ihn." Er wickelte das Seil um den Arm und packte den Kampfstab. „Warte hier."

*Janina, bitte bring mich zur Aura.*

„Sei vorsichtig", rief Chrissa ihm nach, bevor die Wasserwand alle weiteren Worte verschluckte. Eine Eisdusche rauschte über ihn hinweg und raubte seine Körperwärme. Er musste sich konzentrieren, damit seine klammen Finger nicht den Stab losließen.

Janina flog entlang des schmalen Pfades, den Chrissa ‚Todesrutsche' genannt hatte. Unter ihm schoss das Wasser über die Felsen und stürzte auf der Meerseite in die Tiefe.

In der hereinbrechenden Dunkelheit hätte er den fahlen Fleck an der Felswand übersehen. Die grauen Sinne zeigten ihm die schwache Aura eines Menschen.

*Bring mich neben ihn. Bitte. Ich brauche beide Hände frei.*

Aus der Nähe erkannte er Einzelheiten. *Ein Mann.* Bart und Statur verrieten ihn. Er hatte die Augen geschlossen und klammerte sich an einen Eisenhaken im Fels. Finger und Knöchel hatten sich weiß verfärbt. Die Strömung auf dem Pfad zerrte an seinen Beinen.

Eran ruckte kurz an dem Seil, das ihn mit seiner Waffe verband. *Hält.* Er ließ los. Sein eigenes Gewicht zog den Strang um die Hüften so eng, dass es schmerzte. Er wickelte das andere Ende des Seils vom Arm. Ein Windstoß drückte ihn gegen die Felsen. Er schob das Seilende unter der Schulter des Mannes hindurch und griff über den Rücken, um es mit der anderen Hand aufzunehmen.

Bei der Berührung öffneten sich langsam die Augen, als ob der Händler gerade aufwachte. Er blinzelte und flüsterte „Wer?"

„Mein Name ist Eran Luzen. Ich hole euch hier raus." Eran verknotete das Seil und band es zur Sicherheit noch einmal an dem Kampfstab fest. „Ihr könnt jetzt loslassen."

„Kann nicht." Eran beugte sich vor, um das Gemurmel besser zu verstehen. „Finger ... spüre nicht ..."

Er versuchte, die Finger des Mannes von dem Haken zu lösen. *Zwecklos. Wie festgefroren. Ich müsste sie aufbrechen.*

*„Energie aus dem Grau", riet Janina.*

Er konzentrierte sich auf die Vorstellung eines glühenden Kohlebrockens und schob die grüne Energiekugel in die blutleeren Finger des Mannes. Die färbten sich ein paar Sekunden später erst rosa, dann rot.

Der Händler stieß einen Schrei aus und ließ los. „Es brennt."

*Bring ihn zum Glockenturm, Janina. Bitte. Er braucht dringend Wärme.*

*„Sigma 11 Shuttleservice zu Diensten."* Eran verstand kein Wort, aber sie schwebten nach oben, Richtung Drogira. Als sie über den Sicherungszaun flogen, ertönten erstaunte Rufe. Trotz des Regens

hatten sich Zuschauer eingefunden, die mit ausgestreckten Armen auf sie zeigten.

Janina setzte sie direkt vor dem Turm ab. Eran band zuerst sich und dann den Händler los. Er musste ihn stützen, damit er nicht zu Boden sackte.

*Bitte hol Chrissa aus dem Unterstand. Ich kann sie nicht alleine dort lassen.*

*„Sofort. Fast wie in alten Zeiten",* freute sich Janina. Der Kampfstab schoss durch die Luft.

Eran hämmerte an die Tür, bis Meister Klaas öffnete. Er sah sie einen Moment an, als er den Händler erkannte. „Han. Was ist mit dir passiert."

„Er braucht Wärme und trockene Kleider", unterbrach Eran das Gemurmel, mit dem Han auf die Frage antwortete. Der Turmwächter führte sie in die Wohnstube, wobei sie eine nasse Spur auf den Holzdielen hinterließen. Sie hatten Han ausgezogen, in eine Decke gehüllt und auf einen Stuhl vor den Kamin gesetzt, als es klopfte. *Chrissa.* Bevor Meister Klaas reagieren konnte, sprang Eran zur Tür und riss sie auf.

Ihre Haare hingen in Strähnen herunter und tropften auf die durchnässten Kleider. Zu ihren Füßen hatte sich eine Pfütze gebildet. Ihr Gesicht hatte alle Farbe verloren, als hätte jemand es mit Mehl bestäubt. Die Hand mit dem Kampfstab zitterte.

Doch Erans Blick suchte die feinen Linien ihrer Wangen, die Konturen ihrer Lippen und die blitzenden Augen. Sein Herz pochte schneller, als er fand, was er so – liebte. *Gütige Ahnen,* erkannte er, *ich bin hoffnungslos verliebt.*


## 20. Rat

„Eran." Chrissa fiel ihm um den Hals. „Ich bin so froh, dass alles gut gegangen ist." Er ignorierte ihre nasse, kalte Kleidung und drückte sie fest an sich. „Es tut mir leid, dass ich dich in Gefahr gebracht habe."

Eran schüttelte den Kopf. „Nein, es war gut so. Dein Vater hätte nicht viel länger durchgehalten."

Sie sah auf. „Wie geht es ihm?"

„Komm mit. Ich bringe dich zu ihm."

„Warte." Sie schob den Kampfstab, der neben ihr in der Luft schwebte zu Eran. „Danke Janina. Ohne dich hätten wir es nicht geschafft."

*„Vielleicht ist sie doch nicht so verkehrt"*, bemerkte Janina.

Als sich seine Hand um das Holz des Stabes schloss, fühlte er eine Vertrautheit, als ob er nach langer Zeit heimkehrte. *Ist das mein neues Zuhause – nachdem unser Hof zerstört ist? Eine Waffe?*

*„Vielleicht liegt es nicht allein an der Waffe?"* In seinen Gedanken lächelte sie ihm zu.

*Vielleicht,* lächelte er zurück und empfand Dankbarkeit, auch wenn er ihr Wesen nicht wirklich verstand.

Er nahm Chrissas Hand und führte sie in die Wohnstube.

Meister Klaas hatte Holz im Kamin nachgelegt, so dass die lodernden Flammen eine sengende Hitze ausstrahlten.

„Vater." Chrissa kniete vor dem Stuhl, auf dem Han in eine Decke gehüllt saß. „Es tut mir leid, dass wir gestritten haben."

Han murmelte in seinen Bart.

„Chrissa hat darauf gedrängt, euch zu suchen. Sie hat sich selbst dafür in Gefahr gebracht", ergänzte Eran.

Han beugte sich vor und strich über Chrissas Haare. „Was ich zu dir gesagt habe. Es tut mir leid", flüsterte er. „Ich werde alt. Ich wünschte nur, du könntest mein Geschäft übernehmen." Ein feuchter Film legte sich über seine Augen.

Chrissa nahm seine Hand und sah ihn an. „Vielleicht gibt es eine Möglichkeit."

„Die Familien verhandeln nicht mit Frauen. Das verweigern sie unmissverständlich."

„Eran wird die Vorherrschaft der Familien brechen. Wenn die Händler ihn dabei unterstützen."

„Auch wenn sie untereinander zerstritten sind, sobald es gegen ihre Macht geht, halten sie zusammen."

„Die Langrhins gehören mir", mischte sich Eran ein.

Han schwieg.

„Kirk vereint alle Familien, um gegen Eran in die Schlacht zu ziehen", ergänzte Chrissa.

„Wir haben einen Plan und es stehen uns die Zauberkräfte der Ahnen zur Verfügung", fügte Eran hinzu.

Er konnte die Rädchen in Hans Kopf klicken hören. Der nickte und reichte ihm die Hand. „Ich bin Han. Wir müssen sofort zur Ratsversammlung."

„Vater! Du bist gerade dem Tod entkommen. Du solltest dich ausruhen."

„Unsinn. Mir geht es gut. Dank Meister Klaas, der so vortrefflich eingeheizt hat." Er winkte dem Angesprochenen zu. „Kannst du mir trockene Anziehsachen besorgen?" Er sah zu Chrissa und Eran, deren feuchte Kleidung in der Hitze des Kamins dampfte. „Für die beiden ebenfalls, wenn du etwas hast."

Meister Klaas runzelte die Stirn. „Du hast ungefähr meine Größe, Han. Aber für Eran habe ich nichts Passendes, geschweige denn für Chrissa."

„Wir können uns am Feuer aufwärmen und trocknen", meinte Chrissa. „Im Regen werden wir sowieso wieder nass."

Eine Viertelstunde später verließen sie den Glockenturm. Es nieselte. Han warf sich den ledernen Poncho von Meister Klaas über Kopf und Schultern. Eran und Chrissa dampften noch von der Wärme der Wohnstube und empfanden die Tröpfchen als Abkühlung auf ihren glühenden Gesichtern.

Sie durchquerten ein Dutzend Pfützen, bogen zweimal um die Ecke und standen vor dem Haus, in dem die Ratsversammlungen der Händler abgehalten wurden. Von außen sah es aus wie ein Lagerschuppen – eine schmucklose Holzbaracke ohne Fenster.

Nach mehrmaligem Klopfen öffnete sich die Tür.

„Han, du kommst spät", empfing sie ein junger Mann. „Niemand hat mehr mit dir gerechnet."

„Keine Sorge, Tir. Ich werde Grom nicht das Feld überlassen."

„Die Versammlung hat schon begonnen." Tir ließ sie ein, begrüßte Chrissa und musterte Eran. „Du verbürgst dich für deinen Gast?", fragte er Han.

„Selbstverständlich. Sein Name ist Eran Luzen."

Tir zuckte zusammen. Dann grinste er. „Ah. Das wird eine Überraschung für Grom." Er führte sie durch eine Reihe von Regalen, auf denen Leder und Stoffe gestapelt waren, bis zu einem etwa fünf mal fünf Meter großen freien Bereich. In der Mitte standen zwei Öllampen auf einer Holzkiste, die flackerten und knisterten. Der Geruch verbrannten Pflanzenöls überlagerte den des Leders, der ihnen beim Betreten des Lagerhauses entgegengeschlagen war.

Rings um die Lichtquelle saßen acht Männer auf Kisten und hörten einem neunten zu, der während seiner Rede mit den Armen gestikulierte. Der Mann hatte seine Glatze mit Öl eingerieben, so dass sein Schädel im Schein der Lampen glänzte. Der Kleiderzauber ließ

Kittel und Hose grau erscheinen, doch an Schnitt und Stoff erkannte Eran, dass ihr Träger viel Geld in sie investiert hatte.

„Deshalb sollten wir Kirks Angebot annehmen und ihn gegen die Gefahr dieser fremden Zauberer unterstützen." Der Sprecher unterbrach seine Rede, als Han zwischen die Kisten trat. Alle Augen richteten sich auf sie.

„Was hat dir Kirk für deine Fürsprache gezahlt, Grom? Du machst doch nichts umsonst."

Der Angesprochene verzog den Mund. „Han. Niemand hat dich hier vermisst."

„Du hast meine Frage nicht beantwortet."

„Was tut das zur Sache? Wenn wir nicht unter die Knute der fremden Zauberer fallen wollen, müssen wir Kirk unterstützen." Grom blickte in die Runde. „Es bleibt uns gar nichts anderes übrig."

„Warum hören wir nicht die andere Seite?" Han deutete auf Eran. „Hier steht Eran Luzen. Einer der sogenannten fremden Zauberer."

Eine Bewegung in der Ecke hinter Grom erregte Erans Aufmerksamkeit. Für einen Moment spiegelte sich das Licht in einem Augenpaar. Der Mann trug dunkle Kleidung und stand außerhalb des Lampenscheins, so dass er ihn vorher nicht bemerkt hatte.

Han fuhr fort. „Er hat mir und meiner Tochter Chrissa mit seinem Zauber das Leben gerettet."

Eran konzentrierte sich auf die Gruppe Händler vor ihm. „Ich habe gehört, Kirks Männer erheben einen Sonderzoll auf eure Waren." Er blickte nach rechts, wo Meister Rotluff saß. Der sprang sofort auf.

„Sonderzoll. Das ich nicht lache. Beraubt haben sie mich." Er hob die Faust gegen Grom. „Sieht so die Zusammenarbeit mit Kirk aus? Er nimmt sich, was er will, ohne dafür zu zahlen?" Er schüttelte den Kopf und setzte sich. „Da höre ich mir lieber Erans Angebot an."

„Bevor ich das mache, solltet ihr wissen, mit wem ihr es bei Kirk zu tun habt." Er schilderte den Verrat Rigans an seinem Vater Natan und den Kampf am Tannsteig. „Fünfzig gegen vier. So viel zu Kirks Mut. Wir mussten all unsere Trümpfe einsetzen, um ihn zu besiegen."

Die dunkle Gestalt kam aus der Ecke. Die schwarze Kleidung verschluckte den schwachen Schein der Öllampen. Der Mann schüttelte seinen schmalen Kopf, so dass die langen schwarzen Haare vor dem Gesicht hin und her flogen. „Nein. Nein. Allein dein verfluchter Zauber konnte Kirk aufhalten."

*Ist das der wahre Gegner?* Eran hatte noch nie ein so tiefes Schwarz gesehen. Aber er ließ sich nicht beirren. „Wir haben ihn in die Flucht geschlagen und er hat seine verletzten Männer zurückgelassen. Sie haben sich mir freiwillig angeschlossen."

„Verzaubert hast du sie. Sie haben Kirk verehrt."

Han reichte es. „Wer ist das? Warum ist er hier?"

„Das ist Ulf, Groms Gast", antwortete der Händler neben ihm. „Ulf, wenn du Eran noch einmal unterbrichst, bitte ich Grom, dich aus der Versammlung zu entfernen."

„Er hat sie verzaubert", murmelte Ulf und schwieg.

„Als wir nach der Übernahme der Langrhins zu unserem Hof zurückkehrten", setzte Eran seine Erzählung fort. „Fanden wir die Leichen dieser Männer aufgehängt in den Ästen eines Baumes. Kirk hat die eigenen Männer ermordet." Die Händler redeten durcheinander. Eran hörte Empörung und Unglauben.

„Niemand übernimmt die Langhrins einfach so", behauptete Grom.

„Wenn ihr mir nicht glaubt, dann fragt Chrissa. Sie kann es bezeugen", rief Eran laut genug, um das Stimmengewirr zu übertönen.

„Eran spricht die Wahrheit." Chrissas helle Stimme ließ die Händler schweigen. „Kirk ist ein Schwein. Er hat Erans Tante geschlagen und seine Männer wollten mich vergewaltigen."

„Verzaubert. Er hat auch sie verzaubert." Ulf sah mit weit aufgerissenen Augen um sich. Sein Kopf ruckte zwischen Eran und Chrissa hin und her. „Merkt ihr nicht, wie er euch verzaubert?" Er riss das Schwert aus der Scheide. „Ich muss das ein für alle Mal beenden."

Eran ließ den Kampfstab los und hob die Hände. *Das Schwert ist zu lang, kürze es bitte Janina.*

Mit einem blitzschnellen Hieb durchtrennte die Monoklinge das Schwert knapp über dem Griff. Funken sprühten, dann polterte die abgetrennte Stahlklinge auf den Holzboden.

Die Händler sprangen auf und griffen zu ihren Dolchen.

„Grom!", brüllte Han. „Du hast für deinen Gast gebürgt. Sein Angriff geht auf dein Konto." Er deutete auf den Ausgang. „Wirf ihn sofort hinaus."

Ulf starrte auf den Schwertstumpf in seiner Hand. „Wie Kirks Axt. Ich hätte es wissen müssen." Grom packte ihn am Arm und zog ihn aus dem Versammlungsraum. Ulf schüttelte die Hand ab und rief: „Ihr werdet es noch bereuen. Der verfluchte Zauberer wird euch ins Verderben führen." Er drehte sich um und stapfte zur Tür hinaus.

Han wandte sich an die Runde. „Fassen wir zusammen: Kirks Männer berauben uns. Sie versuchen, unsere Frauen zu vergewaltigen. Kirk tötet seine eigenen Männer. Sein Abgesandter greift in unserer Ratsversammlung zum Schwert." Er sah sich um. „Ist noch irgendjemand für Groms Vorschlag?"

Nicht einmal Grom selbst meldete sich.

„Dann lasst uns Erans Angebot anhören. Ich werde mich dabei der Stimme enthalten." Als mehrere Händler die Augenbrauen hochzogen, erklärte er. „Ich schulde ihm mein Leben. Egal was er vorschlägt, ich würde zustimmen."

„Ich werde die Vorherrschaft der Familien brechen", begann Eran. „Das bedeutet für euch, dass es keine Zölle mehr geben wird. Freier Handel für ganz Samica." Die Händler fingen an zu grinsen. „Eure Schäden durch Kirks Sonderzölle werde ich ersetzen." Rotluff klatschte. „Als Bonus biete ich euch an, meinen Zauber einzusetzen, um den Fluss Ahler zu zähmen." Das brachte die Männer zum Schweigen. Sie hingen an seinen Lippen. „Es soll keine Überschwemmungen wie heute mehr geben und ihr werdet ungehinderten Zugang zum Hafen bekommen."

Die Händler starrten Eran an. *Habe ich zu viel versprochen?*

„Und der Preis?", fragte Grom mit rauer Stimme.

„Eure Unterstützung. Ich brauche mindestens einhundert Bewaffnete bis morgen früh am Hrangi Vulkan."

„Unmöglich." Grom schüttelte den Kopf. „Wir müssten sofort mobilisieren und in der Nacht marschieren."

„Dann lass uns genau das tun", rief Han. „Meine zwanzig Leute bekommst du, Eran. Das ist eine einmalige Gelegenheit."

„Eher Wahnsinn. Kirk hat fünfhundert Mann. Wir schicken unsere Leute in den Tod."

„Ihr müsst nicht kämpfen", erklärte Eran. „Wir haben einen Plan und fünfzig langrhinische Elitekämpfer und Bogenschützen. Ihr müsst nur die Fluchtwege abriegeln. Kirk darf auf keinen Fall entkommen."

Er lächelte Chrissa zu. „Um die Bindungen der Familie Luzen mit der Händlergilde zu vertiefen, bin ich bereit eine Verbindung mit Hans Tochter Chrissa einzugehen."

Chrissas Mundwinkel fielen herab. Sie starrte ihn mit zusammengekniffenen Augen an. *Sie sieht nicht glücklich aus. Ich war mir sicher, dass sie das auch will.*

*„Du bist ein Idiot, Eran. Vielleicht wollte sie es, aber bestimmt nicht so."*

Han nickte begeistert. „Eine hervorragende Idee. Wir müssten nur ein paar Einzelheiten klären."

Chrissa öffnete den Mund – und verschloss ihn zu einem dünnen Strich. Sie drehte sich um und stampfte aus dem Lagerraum. Als sie die Tür zuknallte, wackelten die Regale und die Öllampen flackerten.

## 21. Abschied

Eran setzte an, um Chrissa hinterherzulaufen. Han hielt ihn am Arm fest. „Lass sie. Sie beruhigt sich schon wieder." Er wandte sich an Tir. „Sorge dafür, dass sie wohlbehalten bei meinem Haus ankommt." Der junge Mann eilte aus dem Raum.

„Wir müssen über Erans Angebot abstimmen. Ich werde noch einmal zusammenfassen, wenn es dir recht ist." Eran nickte.

Han wiederholte Erans Vorschläge und seine Forderung nach Unterstützung. Anschließend ergänzte er: „Wir haben keine Zeit, alle Einzelheiten festzulegen oder einen schriftlichen Vertrag aufzusetzen. Ich schlage vor, einen Schiedsrichter zu benennen, der für eine faire Vertragserfüllung von beiden Seiten sorgt."

Die Händler sahen sich gegenseitig an. Schließlich fragte Grom: „Wer könnte das sein? Wir brauchen jemanden, der unabhängig, neutral und nicht beeinflussbar ist."

„Wäre nicht jemand geeigneter, der das Beste für beide Seiten will?"

Grom runzelte die Stirn. „Willst du dich selbst als Schiedsrichter vorschlagen?"

„Nein. Ich dachte an Chrissa."

„Eine Frau?" Empörung schwang in Groms Stimme.

„Auch wenn sie im Moment verärgert ist. Sobald sie die Verbindung mit Eran eingeht, gehört sie sowohl zu den Händlern als auch zur Familie Luzen." Er sah Eran an. „Ich hoffe, du hast nichts dagegen, dass deine zukünftige Frau einen so wichtigen Posten einnimmt."

*„So ein Fuchs",* kicherte Janina. *„Siehst du, wie er euch manipuliert?"*

*Wie meinst du das?*

*„Den Händlern reibt er unter die Nase, dass die Verbindung möglicherweise nicht zustande kommt. Dann wären sie im Vorteil. Dir bietet er eine Möglichkeit, Chrissas Verärgerung zu besänftigen."*

Eran ‚hörte' nur den letzten Satz und antworte Han: „Ich akzeptiere Chrissa als Schiedsrichter."

Die Händler stimmten ebenfalls zu.

„Gut, dann lasst uns der Form halber über Erans Angebot abstimmen. Wer ist dafür?"

Nur Han und Grom enthielten sich der Stimme. Alle anderen hoben ihre Hand als Zeichen der Zustimmung.

„Mobilisieren wir unsere Leute und treffen uns in einer Stunde am Stadtrand. An der Straße in die Berge", schlug Han vor. „Eran, du kommst mit mir. Ich stelle dich meiner Familie vor."

Die Männer verließen das Lagerhaus. Einen Moment, nachdem die ersten Händler auf die Straße traten, begannen sie nach Hilfe zu rufen. Han und Eran drängten durch die Tür.

Ein Dutzend Meter vor dem Schuppen lag eine zusammengekrümmte Gestalt auf dem Weg. Zwei Männer knieten neben ihr. Die Nacht war bereits angebrochen und der Mond schimmerte durch die sich auflösende Wolkenschicht. Der Regen hatte sich gelegt und die Luft stand still, als hielte die Welt den Atem an.

*Chrissa,* war Erans erster Gedanke. Er schubste rücksichtslos die Händler aus dem Weg, bis er vor dem regungslosen Körper stand und in die gebrochenen Augen sah.

*Tir. Nicht Chrissa.* Sein Herzschlag beruhigte sich. Er stieß den angehaltenen Atem aus. Im nächsten Moment schämte er sich. *Tir ist tot. Wie kann ich da erleichtert sein.*

Einer der Händler, die bei Tir knieten, sah zu Han auf. „Seine letzten Worte waren ‚Ulf' und ‚Chrissa'."

Han ballte die Faust, ging in die Knie und senkte den Kopf zu dem Toten. Die anderen Händler taten ihm gleich. Eran folgte dem Beispiel. Han sah auf und sprach in die Stille. „Kirk erklärt uns den Krieg. Lasst uns seinem Treiben ein für alle Mal ein Ende bereiten." Er fixierte jeden einzelnen mit seinem Blick. „Ich erwarte euch mit allen verfügbaren Männern am Stadtrand. Bewaffnet und gerüstet. Das sind wir Tir schuldig."

Sie standen auf. Eran wandte sich an Han. „Ich verfolge Ulf. Ich vermute, er hat Chrissa entführt." *Sie lebt noch. Nur damit kann Kirk versuchen, die Händler unter Druck zu setzen.*

Han packte ihn am Arm. „Brauchst du irgendetwas? Pferde? Männer?"

„Die würden mich nur behindern. Ich vertraue auf meinen Zauber." Er reckte den Kampfstab in die Höhe. „Marschiert Richtung Hrangi, sobald ihr euch versammelt habt. Ich treffe euch auf dem Weg."

Eran holte ein Stück Vulkanlilie aus seiner Gürteltasche und steckte es in den Mund. *Bitte Janina. Bring uns zur Straße in die Berge.*

„Festhalten. *Gib Bescheid, wenn du dich nicht mehr halten kannst.*"

Eran umklammerte den Holzgriff des Stabes. Mit einem Ruck schossen sie in die Höhe. Sein Gewicht zog an den Fingern. Die Kleider flatterten im Fahrtwind. Nach einer halben Minute huschten unter ihm die letzten Dächer Drogiras vorbei. Bei der Rettungsaktion am Hafen waren sie nur ein paar Meter über dem Boden geschwebt. Jetzt schienen die Wolken greifbar nahe.

*Ich fliege! Wie ein Vogel.* Er schrie seine Freude hinaus. *Danke Janina.* Auch wenn seine Finger und Armmuskeln schmerzten, das Gefühl der unendlichen Freiheit in allen Richtungen drängte den Schmerz in den Hintergrund.

Die Vulkanlilie begann zu wirken. Eran tauchte in die graue Dimension und suchte nach Chrissas Aura. *Ich habe ihre Nähe oft genug gespürt. Ich muss sie erkennen.*

Nichts. Er dehnte die graue Wahrnehmung soweit aus, bis ihn ein stechender Kopfschmerz warnte. *Chrissa, wo bist du?*

Die Wolken rissen auf. Wie eine silberne Schlange glitzerte der Fluss Ahler im Mondlicht. Das Wasser füllte das gesamte Flussbett. Ein hellerer Streifen entlang des Ufers markierte den Weg. Doch soweit seine Wahrnehmung reichte, fand er niemanden, der ihn benutzte.

*Flieht Ulf nicht in die Berge? Hält er Chrissa irgendwo in Drogira gefangen? Hat er sie überhaupt entführt?* Erans Gedanken rasten. *Vielleicht suche ich in einer völlig falschen Richtung und sie wartet verzweifelt auf Rettung.*

Unsicher, was er tun sollte, tauchte er erneut in die graue Dimension und suchte nach Chrissas Aura. Er hatte gelernt, die abertausenden schwachen Lichtpunkte zu ignorieren, die andere Lebewesen ausstrahlten. Doch direkt unter ihm leuchtete eine intensiv grüne Aura, die sich im exakt dem gleichen Tempo wie er selbst bewegte.

*Das Leuchten kenne ich.*

*„Der Wächter.“*

*Warum verfolgt uns der Wächter?*

*„Wir könnten in Schwierigkeiten sein.“* In dem Moment tauchte am Horizont endlich das auf, nachdem er gesucht hatte. *Chrissa! Das ist ihre Aura. Bitte Janina, flieg schneller.* Mit einem Ruck beschleunigte der Kampfstab. Eran biss die Zähne zusammen, um nicht vor Schmerzen aufzuschreien. Die Finger und Arme verkrampften. Der Fahrtwind presste seinen Körper fast waagrecht in die Luft.

Vier helle Punkte - zwei Pferde, zwei Menschen – näherten sich im rasenden Tempo. *Ulf und Chrissa. Ganz sicher.*

Die Aura des Wächters hatte sich ihrer Geschwindigkeit angepasst. Ein dünner Faden schoss daraus hervor, schlängelte sich durch das Grau und schlug in den Kampfstab ein.

Eran bekam nur einen Widerhall eines hitzigen Streits zwischen Janina und dem Wächter mit. Der Stab verlor Geschwindigkeit und sank dem Erdboden entgegen.

*Janina. Was ist los. Bitte. Wir hätten sie fast gehabt.*

Sie gab keine Antwort, sondern setzte ihn sanft auf dem Weg ab. Als er seine starren Finger von dem Holz löste, fiel der Stab zu Boden.

*Janina?*

*„Sie hat den erlaubten Energievorrat weit überschritten und du bist nicht in unmittelbarer Gefahr.“*

*Ich muss Chrissa befreien.*

*„Dann tu das. Aber ohne Janinas Hilfe.“*

*Was passiert mit ihr?*

*„Sie geht zurück in die graue Dimension – für die nächsten zweihundert Jahre.“*

*Aber warum?*

*„Ihr müsst lernen, Regeln einzuhalten. Die Energiemenge, die aus dem Grau transferiert werden darf, hängt von der Menge Blut ab, das die Menschen opfern.“*

Eran zog seinen Dolch. *Ich bin bereit, die erforderliche Menge zu opfern.*

*„Zu spät. Die Regel ist gebrochen. Das einzige, das ich gewähre, sind einige Worte des Abschieds.“*

Die Aura des Wächters verschwand.

*„Eran. Es tut mir leid, dass wir Chrissa nicht befreit haben."*

*Wusstest du von der Regel des Wächters?*

*„Ja. Aber hör zu. Die Monoklinge. Da ich sie nicht mehr schärfen kann, wird sie nach dem nächsten Schnitt durch Stahl oder Stein stumpf."*

*Wenn du die Regel kanntest, warum hast du nichts gesagt?*

*„Wir mussten doch Chrissa befreien. Ich hatte gehofft der Wächter bemerkt den Energieverbrauch nicht so schnell."*

*Und du kanntest die Strafe?*

*„Der Wächter hatte das einmal angedeutet."* Bevor Eran etwas erwiderte, fuhr sie fort. *„Wenn du Chrissa wiedersiehst, sage ihr, dass du sie liebst. Vergiss das nicht, sonst ist es vielleicht zu spät."*

*Warum hast du die Strafe auf dich genommen?*

*„Grüble nicht. Ich will, dass du glücklich bist."*

*„Aber warum?"* Etwas nagte an ihm, er wollte unbedingt Janinas Beweggründe kennen.

*„Eran. Verstehst du das wirklich nicht? Auch wenn ich nicht aus Fleisch und Blut bin, ich liebe dich."*

Für einen Moment hörte er auf zu denken. Das Wunder, geliebt zu werden, verschlug ihm die Sprache.

*„Wir werden uns nie wiedersehen. Lebe wohl, Eran."*

*Janina.* Er schrie in das Grau.

Niemand antwortete.

## 22. Finsternis

*Janina. Ich werde dich vermissen.* Eran konnte kaum glauben, dass er sie erst seit zwei Tagen kannte. Vieles an ihr hatte er als merkwürdig empfunden. Beispielsweise ihr Beharren auf das Wort ‚bitte'.

*Sie wollte verhindern, dass ich ihren Gehorsam als selbstverständlich ansehe. Und es hat funktioniert.* Er hatte sie zuletzt eher als Partner wahrgenommen, denn als Wesen aus dem Grau, das seinen Befehlen gehorchen musste.

Sie hatte ihn verändert, erkannte er. *Sie hat mir Dinge gezeigt, die kein Mensch vorher erlebt hat.* Den rasanten Flug über die nächtliche Flusslandschaft würde er nie vergessen.

Und dennoch war sie nicht perfekt, was sie sehr menschlich machte. Im Nachhinein schmunzelte er, als er sich daran erinnerte, wie sie beim Kampf gegen Lisal zugegeben hatte, keine Meisterkämpferin zu sein, sondern nur Schülerin.

Zuletzt hatte sie ihre Liebe zu ihm gestanden. *Trotzdem hat sie Chrissa aus dem Unterstand geholt.* Er schüttelte den Kopf. *Sie hat zweihundert Jahre Verbannung ins Grau auf sich genommen, um mir bei der Suche nach Chrissa zu helfen.* Er seufzte. *Janina, ich werde nie so selbstlos lieben können, wie du.*

Ein Ausspruch seiner Mutter kam ihm in den Sinn – angeblich eine uralte Weisheit der Ahnen: Für die Liebe brauchst du Mut, aber geliebt zu werden macht dich stark.

*Ich hoffe, ich bin jetzt mutig genug, um Chrissa zu sagen, dass ich sie liebe. Chrissa!*

Er hob den Kampfstab auf und rannte los. *Ulfs Vorsprung wächst mit jeder Minute. Wenn ich Glück habe, macht er eine Pause.* In Gedanken ging er den Weg bis zum Hof durch. *Der Tannsteig. Der ist zu steil zum Reiten. Dort müsste ich sie zumindest sehen.*

Der Weg lag deutlich vor ihm, aber er hatte Mühe, sein Tempo zu halten. Alle paar Meter spiegelte sich der Mond in einer Pfütze. Wie bei einem Hindernislauf sprang er von einer Seite zur anderen und rutschte auf dem glitschigen Boden aus.

*Wenigstens sind die Hufspuren gut zu erkennen.* Sie hatten sich teilweise mit Wasser gefüllt und glitzerten im Mondlicht. Die Kälte der Nacht sank herab und verwandelte Erans Atem in weißen Dunst, der durch die Luft wirbelte und sich nach ein paar Augenblicken wieder auflöste. Der Fluss Ahler und der Weg trennten sich. Die Schatten der Berge rückten näher.

*Nicht mehr weit bis zur Süd-Ost-Kreuzung.*

Mit jedem Schritt verschwand der Mond ein Stück hinter den Berggipfeln, bis nur noch das Sternenlicht einen Schimmer auf die Landschaft warf. Er orientierte sich an den Pfützen, die sich in den von Wagenrädern gebildeten Vertiefungen gesammelt hatten.

Die Kreuzung überquerte er, ohne anzuhalten. *Ulf ist geradeaus geritten. Die anderen Richtungen machen keinen Sinn.* Für eine Spurensuche reichte der schwache Lichtschein nicht aus. *Er wird Chrissa zu Kirk bringen. Und der ist entweder bei den Kilrhains oder unterwegs zu den Langrhins oder er belagert unseren Hof.*

In allen drei Fällen führte der Weg geradeaus. Erst an der Abzweigung zu den Kilrhains würde er sich entscheiden müssen.

Die Büsche am Wegrand wichen Laubbäumen, deren Blätter den Himmel verdeckten. Er ahnte den Boden unter seinen Füßen mehr, als dass er ihn sah. Er atmete heftig, sein Herz pochte. In der Dunkelheit und Stille des Waldes erschien jedes Geräusch doppelt so laut.

Er glitt in das Grau - nur ein wenig. Sein Geist verharrte in dem Raum zwischen den Dimensionen und überlagerte die Wahrnehmung aus beiden. Plötzlich spürte er jede Unebenheit des Bodens und die Umgebung schien in helles Mondlicht getaucht. Kein Lebewesen konnte sich vor ihm verbergen. Die Baumstämme traten klar hervor, er ‚sah' die Käfer unter der Rinde und die Maus, die sich zwischen den Wurzeln versteckte.

*Warum habe ich diese Art der Wahrnehmung nicht früher entdeckt?* Bisher war er sofort tiefer in das Grau eingedrungen. Dabei traten die Auren aller Lebewesen als grüne Punkte hervor und die Umgebung blieb im Hintergrund.

Im ersten Moment hielt er die dumpfen Klopfgeräusche für seinen eigenen Herzschlag. Als sie lauter wurden, sah er auf.

*Ein Reiter.*

Er sprang zur Seite und versteckte sich hinter einem Baum. Der Reiter trug einen Umhang und hatte die Kapuze über den Kopf gezogen. *Ulf?* Er konnte nur ein Pferd erkennen. *Was hat er mit Chrissa gemacht?* Er schlug mit dem Kampfstab gegen den Baum und rief „Halt!"

Das Pferd scheute. Der Mann zuckte zusammen und sah zu ihm. Dann stieß er die Hacken in die Seite seines Tieres und galoppierte davon.

Eran ließ ihn reiten. *Das war nicht Ulf.* Ein Blick mit der neuen Wahrnehmung hatte genügt. Er rannte weiter. Seine Füße fanden automatisch die richtigen Tritte. Scheinbar mühelos wich er Pfützen, Matsch und Unebenheiten aus. *Wie ein Tanz.*

Er erreichte die Abzweigung zu den Kilrhains.

*Verflucht. Was war hier los?* Huf- und Stiefelabdrücke übersäten den aufgeweichten Boden. Nur am Wegrand konnte er die Spuren deutlich genug erkennen. Sie führten von den Kilrhains in Richtung Berge. *Kirk marschiert gegen uns. Der Plan geht auf.*

Doch Ulf und Chrissas Spuren würde er in dem Durcheinander niemals finden. *Hat er sie zu dem Sitz der Kilrhains oder zu Kirk gebracht.* Er beschloss, seinem ursprünglichen Instinkt zu folgen. *Unser Hof. Kirk braucht Chrissa als Druckmittel gegen mich und die Händler.*

Er rannte – so schnell wie er glaubte, auf Dauer durchhalten zu können. *Meine einzige Chance Ulf aufzuhalten ist der Tannsteig. Der Aufstieg ist zum Reiten zu steil.*

Der Weg führte ständig bergauf. An seinen Stiefel klebte der Matsch, den hunderte Füße vor ihm weich getreten hatten. Bald meinte er, mit jedem Schritt Bleiklumpen heben zu müssen. Keuchend hielt er kurz an, um Atem und Kraft zu schöpfen. Anschließend fiel es ihm schwer, sich wieder in Bewegung zu setzen. *Ich muss weiter! Ich werde Chrissa nicht im Stich lassen.*

Die Schärfe seiner neuen Wahrnehmung schwand. *Die Wirkung der Vulkanlilie lässt nach.* Jeder Meter kostete Willenskraft, die schmerzenden Muskeln zu bewegen. Der Riemen, mit dem er den Kampfstab über den Rücken geschnallt hatte, drückte auf die Schulter. Er presste eine Hand seitlich gegen den Bauch, um das Stechen dort zu lindern.

Am Fuß des Tannsteigs sah er nach oben. Auf dem letzten Drittel des Anstiegs glaubte er, zwei dunkle Schatten zu erkennen. *Ulf und Chrissa.* Die Hoffnung gab ihm neue Energie. *Ich komme näher.* Er holte schnell auf.

Dann versagten seine Muskeln. Die Beine sackten unter ihm weg. Er fand keine Kraft mehr, um sich abzustützen, und stürzte in den Matsch des Weges. Der Kopf schlug auf den Boden. Sein eigenes Gewicht presste die Luft aus den Lungen. Er hustete und keuchte. Der metallische Geschmack von Blut füllte seinen Mund. Der Riemen an dem Kampfstab riss und die Waffe rollte vom Rücken.

*Chrissa. Es tut mir leid.* Er glaubte, sterben zu müssen, dass sein Herz zu schwach war, um weiter zu schlagen. *Vater. Ich kann deine Vision nicht verwirklichen. Dein Zauber der Ahnen hat nicht geholfen.*

Der Gedanke an den Zauber und der Blutgeschmack weckten seine Lebensgeister. *Ein letzter Versuch.* Er wälzte sich zur Seite, schob die Hand zum Kopf und spuckte auf den dreckverschmierten Ärmel seines Kittels.

Er versuchte, in die graue Dimension zu tauchen. Aber die Nebelschlieren schienen vor ihm zu fliehen. Die graue Grenze war weit entfernt. *Ich brauche eine neue Vulkanlilie.* Die Wirkung würde jedoch erst in einigen Minuten eintreten.

Er konzentrierte sich. Auch wenn er nur am Rand des Graus stand, rief er: *Kommt!* Nichts. Er wiederholte seinen Ruf, drängender. Doch keines der Wesen erschien. Beim fünften Versuch schlich sich Verzweiflung in sein Herz.

*„Es wird niemand kommen."* Die Stimme des Wächters. *„Alle Wesen befinden sich in Gegenständen in dieser Dimension und Janina ist es verboten."*

*Geht es ihr gut?*

*„Sie existiert. Mehr ist im Grau nicht möglich."*

*Kannst du mir helfen?*

*„Wozu?"*

*Ich muss Chrissa befreien und Kirk besiegen.*

*„Ich habe deinem Vater versprochen seine Familie zu beschützen. Von Verfolgungsjagden und dem Anzetteln von Kriegen war nie die Rede."*

*Kirk hat mit dem Krieg angefangen.*

*„Wirklich?"* Die Stimme klang bitter. *„Ich bereue bereits, dass ich das Versprechen gegeben habe. Eure Spezies scheint auf Krieg und Zerstörung fokussiert."*

Eran schwieg. *Der Wächter hat recht. Ich habe Kirk provoziert.*

*Und deine Spezies?,* wagte er zu fragen. *Oder gibt es nur einen Wächter.*

*„Wir erfüllen ein Versprechen unserer Ältesten gegenüber den Fünf."* Nach einem Moment fuhr der Wächter fort. *„Als Sühne für einen Verrat."*

*Die Fünf?*

*„Du wirst ihnen nie begegnen. Sie rechnen die Zeit in Äonen. Ein Menschenleben ist für sie wie ein Fingerschnippen."* Mit jedem Wort klang der Wächter weiter entfernt bis er ganz verstummte.

Zurück in der eigenen Welt krochen die Schmerzen, die feuchte Kälte und eine tiefe Erschöpfung in Erans Körper. Sein Gaumen brannte und er konnte nicht genug Speichel sammeln, um den Blutgeschmack herunter zu schlucken.

*Wasser.* Er krächzte. *Ich Idiot, bin losgerannt ohne Wasser oder Proviant.*

Seine Gedanken zogen sich so zäh, wie der Matsch, in dem er lag. *Ich habe Chrissa verloren. Janina hat mich verlassen. Selbst der Wächter ist verschwunden.*

Als er die Augen öffnete, sah er nur Dunkelheit. Er schloss sie wieder. Die Verzweiflung wich einer tiefen Resignation. *Könnte ich nur schlafen und nie mehr aufwachen.*

Die Finsternis verschluckte sein Bewusstsein.

## 23. Lisal

Jemand hob Erans Kopf und schlug ihm ins Gesicht. Wasser benetzte seine aufgesprungenen Lippen. Er öffnete den Mund. Aus einer metallenen Flaschenöffnung floss die klare Flüssigkeit in den Gaumen und löste die festgeklebte Zunge. Er schluckte zu hastig und hustete.

Lichtschein drang durch seine Lider. Er blinzelte. Ein Schatten hatte sich über ihn gebeugt. Ein anderer hielt eine flackernde Öllampe.

„Bist du verletzt?" *Lisals Stimme.* Eran antwortete mit einem Krächzen, dann schüttelte er den Kopf. Lisal gab ein Handzeichen und die Lampe erlosch. „Langsam", mahnte er, als er Eran die Wasserflasche an die Lippen hielt.

Eran hätte sie in einem Zug geleert, wenn Lisal sie nicht nach der Hälfte abgesetzt und ein Stück Brot gereicht hätte. Er richtete sich auf. Jeder Muskel schmerzte. *Ich bin kein Kleinkind, das man füttern muss.* Er griff nach dem Brot und riss Brocken davon ab.

„Danke, Lisal." Er spülte die trockenen Krumen mit dem angebotenen Wasser herunter. Er tastete nach dem Kampfstab, der von seinem Rücken gerollt war. Als seine Finger das harte Holz spürten, atmete er tief ein. Mit der Waffe kehrte etwas Selbstsicherheit zurück. Er wollte nicht glauben, dass er Janina nie wiedersehen würde. Jeden Moment wartete er auf einen Kommentar von ihr.

Beim Aufstehen stützte er sich auf den Stab. *Wie ein alter Mann.* Als er stand, begannen seine Knie zu zittern.

„Kannst du das, was du für Luz getan hast, nicht für dich selbst tun?"

*Luz?* Er erinnerte sich. *Lisals Neffe.* Er hatte ihm Energie aus dem Grau gegeben. Danach konnte der völlig entkräftete Junge wieder laufen. *Warum bin ich nicht selbst darauf gekommen?*

Er griff in die Gürteltasche und kramte ein getrocknetes Blatt Vulkanlilie heraus, das er sofort in den Mund steckte.

„Es wird ein paar Minuten dauern, bis es wirkt." Er kaute kurz und stellte die Frage, die ihn am meisten bewegte: „Seid ihr Chrissa begegnet? Ein Kilrhain hat sie entführt und hierher gebracht."

113

„In der letzten Stunde ist ein Reiter mit einem Gefangenen in Kirks Lager eingetroffen." Lisal rief einen seiner Kämpfer herbei. „Könnte der Gefangene eine Frau gewesen sein?"

„Ich habe nur den Schatten gesehen." Der Mann überlegte. „Aber der Statur nach wäre das möglich."

*Chrissa ist bei Kirk. Sie aus dem Lager zu befreien wird schwer.* „Wie viele Männer hat Kirk?"

„Fast sechshundert", antwortete Lisal. „Eine Unterstützung durch die Händler wäre hilfreich. Wir wollten ihnen entgegengehen, als wir dich gefunden haben."

„Sie werden kommen", beantwortete Eran die unausgesprochene Frage. „Ich bin nur vorausgegangen." Er rechnete. „Ich denke, dass sie innerhalb der nächsten Stunde hier eintreffen."

Lisal wandte sich an den Kämpfer, den er gerufen hatte. „Jal. Du wartest auf die Händler und bringst sie zu unserem Sammelpunkt." Zu Eran sagte er: „Wir marschieren zurück. Dein Bruder wehrt Kirks Männer im Moment noch ab, aber nur, weil sie keinen ernsthaften Angriff versucht haben."

Eran kaute auf der Vulkanlilie. „Gib mir fünf Minuten. Dann sollte der Zauber wirken."

Lisal befahl den Männern, sich vor dem Rückmarsch zu erleichtern. Als sie bereit waren, presste Eran dreimal stoßartig die Luft aus den Lungen und erweiterte sein Bewusstsein auf die graue Ebene. Er stellte sich eine helle Flamme vor, die von den grauen Schlieren gefüttert wurde. *Und jetzt?*

Bei Luz und später bei Hal hatte er die Energie einfach in deren Aura übertragen. Aber sie befand sich doch schon in seiner – oder nicht? Er zog sich aus dem Grau zurück und nahm die Flamme in seinem Inneren mit. Für einen Sekundenbruchteil blitzte ein grüner Lichtschein auf. Sein Brustkorb schien zu explodieren. Er keuchte. Ein Kribbeln breitete sich aus, als ob tausende Ameisen durch die Adern rannten.

Er richtete sich auf und streckte seinen Körper. Die Schmerzen in den Muskeln und Gelenken waren verschwunden. Er fühlte sich frisch und voller Energie. *Bei den Ahnen. Warum habe ich das nicht vorher ausprobiert. Vielleicht hätte ich Ulf einholen können.*

„Gehen wir. Ich bin soweit." Eran verknotete den gerissenen Riemen seines Kampfstabes und schnallte ihn auf den Rücken. Er schloss sich der Reihe aus zehn Langrhins an, die sich zum Abmarsch bereit hielten. Auch wenn er in der Dunkelheit ihre Gesichter nicht erkannte, erschien ihre Kleidung als weiße Flecken in der Nacht.

Lisal ging voraus. Sie stampften den steilen Tannstieg hinauf. Als sie oben angekommen waren, atmeten die Elitekämpfer vor ihm heftig, während Eran die Anstrengung kaum spürte. Lisal schlug einen leichten Trab ein. Nach einer Viertelstunde hielt er an und führte sie seitwärts zwischen die Felsen hindurch.

„Leise", flüsterte der Mann vor ihm. „Kirk hat Wegposten aufgestellt." Sie schlichen in einem großen Bogen zurück zum Weg. Nach ein paar Minuten erhellte der Widerschein flackernder Feuer den Nachthimmel. Der Geruch von Rauch verunreinigte die klare Bergluft. *Kirks Lager.*

Lisal bog erneut vom Weg ab. Sie kletterten ein Dutzend Meter nach oben auf ein Felsplateau, das dicht mit Bergkiefern bewachsen war. Er legte sein Schwert in einer Felsspalte ab.

„Mit dem Kampfstab kommst du nicht durch das Dickicht. Lass ihn in der Spalte. Zwei Männer bewachen die Waffen."

Sie zwängten sich durch die Stämme bis zu einer Lichtung mitten auf dem Plateau. Dort lagerten weitere Langhrins. Eran zählte zwanzig weiße Flecken. *Dreißig gegen sechshundert. Wir brauchen die Händler.*

„Lagebericht", flüsterte Lisal. Eran drängte sich vor, um die Informationen mitzubekommen.

„Kirks Männer haben aufgegeben, sich an Arins Stellung anzuschleichen. Er hat einen Zauber gewirkt, der jeden, der zu nahe kommt, mit einem Licht markiert." *Das müssen die verzauberten Gegenstände sein.* „Unsere Bogenschützen haben dann die Kilrhains ausgeschaltet." Eran hörte den Stolz in der Stimme.

Der Mann fuhr fort. „Vor Kurzem ist Arin dazu übergegangen, Chaos im Lager anzurichten. Von hier oben haben wir nur eine Welle der Unruhe beobachtet."

Lisal nickte. „Er will verhindern, dass sich Kirks Armee ausruht. In einer Stunde wird er wieder zuschlagen. Dann holt er sie aus dem Tiefschlaf." Er erhob sich. „Eran. Sehen wir uns Kirks Lager an. Anschließend planen wir."

Eran folgte Lisal durch das Dickicht der Kiefernstämme bis an den Rand des Plateaus. In einen Kilometer Entfernung glimmten über ein Dutzend rote Punkte. *Die Lagerfeuer.* Er erweiterte seine Wahrnehmung. Dicht an dicht übersäten grüne Flecken die

Bergwiese. Er versuchte Chrissas Aura herauszufiltern, aber die Punkte waren zu eng beieinander und die Entfernung zu groß. Sein Blick wanderte hoch zu dem Vulkankegel des Hrangi, der sich als schwarzer Schatten vor dem Nachthimmel abzeichnete. Dort am Fuß musste ihr Hof liegen – oder das, was Arin mit Hilfe der verzauberten Gegenstände daraus gebaut hatte. Es war zu dunkel, um irgendetwas erkennen zu können.

Er schätzte die Entfernung zwischen den Lagerfeuern und dem Fuß des Hrangi auf etwa einen halben Kilometer. *Gut außerhalb der Reichweite der Bogenschützen. Aber nah genug, um jederzeit einen Überraschungsangriff starten zu können.*

Lisal tippte ihn an der Schulter an und sie krochen zurück zur Lichtung.

„Bei der nächsten Störung wird Kirk realisieren, dass es keinen Sinn macht, mit einem Angriff zu warten. Gegen sechshundert Angreifer können Arin und die Bogenschützen nicht lange standhalten", erläuterte Lisal. „Kannst du über deinen Zauber Kontakt mit Arin aufnehmen?"

„Warte." Er ging ins Grau und rief nach seinem Bruder. Keine Antwort. Er holte Luft und legte noch mehr Energie in den Ruf. Nichts. „Die Entfernung ist zu groß." *Oder Arin ist momentan nicht im Grau.*

„Dann müssen wir warten, bis dein Bruder erneut Chaos sät. Wir brauchen die Ablenkung. Wir werden von der entgegengesetzten Seite mitten durch die Armee schneiden und dabei so viele töten, wie wir können."

*Der Boden wird mit Blut getränkt. Ist das der Preis, weil wir Kirk und seine Männer am Tannsteig geschont haben?* Eran schüttelte sich, als wollte er damit seine Skrupel loswerden. *Es ist notwendig. Unser Sieg muss vollständig sein und die Familien schwächen. Janina würde das genauso sehen.*

„Können wir Chrissa befreien?", fragte er.

„Nein." Lisal hatte keinen Moment mit der Antwort gezögert. „Wenn wir uns aufhalten, sind wir erledigt. Sobald wir das Lager hinter uns haben, laufen wir zu Arin." Er klopfte auf seinen weißen Kittel. „Er wird uns sehen und den Weg hinein öffnen."

Eran nahm sich vor, trotzdem nach Chrissa Ausschau zu halten. *Vielleicht ergibt sich eine Gelegenheit.*

„Zusammen mit den Bogenschützen können wir uns gegen Kirks Männer verteidigen, bis die Händler kommen. Vor allem wenn unser

Überfall sie schwer genug trifft." Lisal bückte sich und hob eine Wolldecke hoch. „Legt euch die Decken über, sobald ihr in Sichtweite des Lagers seid."

*Er klagt nicht über den Kleiderzauber. Er akzeptiert ihn und handelt danach. Ich muss von ihm lernen.*

„Eran. Wir haben keine Reservedecke. Du bleibst dicht hinter uns." Vor dem Abstieg nach unten, holten sie ihre Waffen aus der Felsspalte. Sobald sie den Weg erreicht hatten, warfen die Langrhins die Decken über ihre Kleidung und nahmen Eran in die Mitte. Kurz bevor die zerklüftete Felslandschaft in die Bergwiese vor Erans Hof überging, suchten sie Deckung in den Felsen. In der Stille der Nacht trug der Wind die Geräusche und Gerüche des Lagers bis zu ihnen.

Lisal flüsterte seine Anweisungen. Zwei Kämpfer entkleideten sich und robbten mit einem Messer zwischen den Zähnen durch das hohe Gras der Bergwiese. In etwa einhundert Metern Entfernung stand ein Wachposten. Die dunkle Silhouette zeichnete sich gegen den Nachthimmel ab.

Die Männer verschwanden aus der Sicht. Sie schlängelten sich im Einklang mit den natürlichen Bewegungen durch das Gras. Bei jedem Windstoß ging es ein Stück vorwärts. Eran verfolgte ihren den Fortschritt im Grau. Sie hielten sich in der Mitte zwischen zwei Wachposten und teilten sich auf, als sie auf gleicher Höhe waren. Nach einer Viertelstunde hatten sie sich direkt hinter die Posten geschlichen.

Jeweils zwei der grünen Punkte verschmolzen miteinander und leuchteten für einen Sekundenbruchteil heller. Eran blinzelte. Die Silhouetten der Wächter standen genauso wie vorher. *Kein Alarm. Niemand hat den Austausch bemerkt.*

Lisal gab ein Zeichen. Er reichte Eran eine Decke. *Von einem der falschen Posten,* vermutete er. Sie warfen sich die Wolldecken über und robbten durch das Gras, bis sie den Punkt zwischen den beiden ausgetauschten Wachposten erreicht hatten. Eran versuchte, so leise wie möglich zu schnaufen. Er schwitzte.

Jemand stupste ihn an. Er sah auf und erschrak. Ein grinsender Totenschädel starrte ihm entgegen. Erst auf dem zweiten Blick erkannte er, dass Lisal weiße Farbe im Gesicht aufgetragen hatte. Der tauchte den Finger in ein Farbtöpfchen und bemalte damit Erans Stirn, Wangen und Kinn. Als er mit dem Ergebnis zufrieden war, nickte er und wandte sich dem nächsten Kämpfer zu. *Wir werden der Albtraum für Kirks Männer.*

Sie warteten.

Auf der entgegengesetzten Seite des Lagers schepperte Metall. Flammen loderten auf. Ein Fluch ertönte.

Das Blut pochte in Erans Schläfen. Er schluckte. *Es geht los.*

## 24. Überfall

Lisal warf die Decke ab und ging in die Hocke. „Haltet die Pfeilformation und kein Kampfschrei." Er drehte sich um. Bei dem Anblick des aufgemalten Totenschädels schauderte Eran. *Ein Zeichen der Ahnen? Wir bringen den Tod, aber einige von uns werden sterben.*

„Eran, du bleibst hinter mir in der Mitte. Wir brauchen deine Wunderklinge für den Notfall. Dann musst du uns den Weg freiräumen."

Die ersten hundert Meter bis zum Rand des Lagers rannten sie gebückt. Einige von Kirks Männern hatten sich aufgesetzt und sahen in die entgegengesetzte Richtung. *Die Ablenkung funktioniert.* Die Kilrhains und ihre Verbündeten stuften die Störung durch die von Arin geschickten Gegenstände nicht als echte Gefahr ein, denn sie gaben keinen Alarm.

*Sie haben mitbekommen, dass die Zaubergegenstände niemanden verletzen.*

Lisal hielt mit schnellem Schritt auf die Mitte des Lagers zu. Der Überfall der Langrhins traf die Armee unvorbereitet. Jeder, der im Weg lag oder sich gerade aufrichtete, erhielt einen Schwertstoß ins Herz oder in den Hals. Gegner, die Lisal nicht erreichen konnte, überließ er den anderen Elitekämpfern. Die folgten ihm schräg nach außen versetzt in der Form eines V.

Eran stolperte immer wieder über tote oder stöhnende Körper.

*Meine Stiefel müssen getränkt vom Blut sein.* Doch der Kleiderzauber ließ sie in unschuldigem Weiß erscheinen. Diejenigen Kilrhains, die die Elitekämpfer bemerkten, starrten sie mit weit aufgerissenen Augen an. *Als ob wir Geister sind.*

Einige hielten die Hände vor das Gesicht oder warfen sich zu Boden. Nur zwei oder drei griffen nach ihrer Waffe. Sie hatten Bereich des ersten Lagerfeuers ohne nennenswerten Widerstand durchquert, als von den zwei gegenüberliegenden Seiten des Lagers Alarmrufe ertönten.

*Noch ein Angriff? Sind die Händler gekommen?* Eran versuchte, über den Köpfen der anderen Kämpfer etwas zu erkennen. Aber auch im Grau fand er keine Anzeichen von Angreifern.

„Unsere Wachposten haben den Alarm ausgelöst", erklärte Lisal. „Sie sollen die Armee auseinanderziehen, damit wir es durch die Mitte schaffen." Er schritt auf eine Gruppe Männer zu, die in ihrem Weg stand. Die sahen sich nach Verstärkung um und flohen, als sie sich allein den dreißig Langrhins gegenübersahen.

Eran suchte nach Chrissas Aura. *Sie sollte in der Mitte des Lagers sein. Dort wo ich Kirk vermute.* Doch die grünen Punkte im Grau waren zu dicht beieinander. *Aussichtslos.* Rund um sie herum bildeten sich Gruppen von Männern, deren Auren fast miteinander verschmolzen. Eine davon folgte ihnen und holte auf. Eran informierte Lisal.

„Sie sind aufgewacht." Er beschleunigte seine Schritte alle paar Meter, bis er anfing zu rennen. „Zusammenbleiben." Die Elitekämpfer verkürzten die Abstände zwischen sich. Eran blieb dicht hinter Lisal.

Noch stellte sich ihnen kein Widerstand entgegen. Diejenigen, die nicht rechtzeitig fliehen konnten, fielen den Schwertern der Langrhins zum Opfer. Sie hatten fast die Hälfte des Lagers durchquert. Östlich des zentralen Lagerfeuers entdeckte Eran drei Zelte. Er untersuchte die Insassen.

*Chrissa! Das ist ihre Aura.* Er war sich sicher. Sie lag am Boden und schien zu schlafen.

„Chrissa ist im mittleren Zelt", rief er Lisal zu.

„Keine Zeit. Wir müssen hier raus. Sonst sind wir erledigt."

Sie rannten zwanzig Meter an den Zelten vorbei. Eran zögerte. *Soll ich Chrissa auf eigene Faust befreien?*

Sein Herz schrie: *Chrissa!* Es lenkte seinen Schritt in Richtung Zelte. Er sah ihr Gesicht vor sich, ihre strahlenden Augen. *Ich könnte es nicht ertragen, sie nie wiederzusehen, nie wieder ihre Stimme zu hören.* Seine Sicht verschwamm. *Ich vermisse ihr Lächeln.* Er stolperte über eine zurückgelassene Decke. *Bei den Ahnen. Was tue ich?*

Er schüttelte den Kopf. *Das ist Wahnsinn. Ich würde uns beide töten. Allein gegen die ganze Armee hätten wir keine Chance.* Sehnsüchtig blickte er zu dem Zelt, in dem er Chrissa vermutete. *Ich werde dich befreien – irgendwie.*

Er war ein Stück hinter den Langrhins zurückgeblieben. Füße trappelten und Waffen klirrten. Er sah sich um. Männer stürzten mit erhobenen Schwertern auf ihn zu. *Verflucht.* Er sprintete hinter Lisal her.

Doch die Elitekämpfer standen vor einer Wand aus eisenbeschlagenen Holzschildern. Ein Dutzend Krieger in schwerer Lederrüstung mit Schild und Schwert versperrten den Weg. Von allen Seiten rückten Kirks Männer auf sie zu. Hinter ihnen brüllte jemand Befehle. *Kirks Stimme. Er kommt näher.* Für einen Moment überlegte er, ob er versuchen sollte, seinen ursprünglichen Fehler zu korrigieren. *Ohne Kirk ist die Armee führerlos.*

„Eran! Jetzt", schrie Lisal. *Die Langrhins brauchen mich. Keine Zeit zum Träumen.* Im Laufen hob Eran den Kampfstab. Die Anspannung erweiterte seine Wahrnehmung. Die Beine sprangen wie von selbst über liegengebliebene Bündel. Aus seinem Mund löste sich ein Schrei. Die Monoklinge spiegelte den roten Schein des Lagerfeuers, als ob sie nach Blut gierte.

„Runter!", brüllte Eran und setzte die Waffe zum Schwung an. Die Langrhins warfen sich zu Boden. *Ich kann nicht rechtzeitig stoppen.* Er ließ sich hinter Lisal fallen. Im Flug führte er den Kampfstab in einem Bogen knapp unter den Schilden hindurch. Die Klinge schnitt knisternd durch Leder, Muskeln und Knochen, als bestünden die Männer vor ihm aus Luft.

Nach dem Aufprall rollte er sich herum, packte den Stab mit beiden Händen und schwang ihn gegen die Beine der restlichen Gegner. Er musste mehr Kraft aufwenden und die Klinge blieb im letzten Unterschenkel stecken.

Die Schreie der Verstümmelten übertönten die Geräusche und Rufe des Lagers. Blut spritzte aus den amputierten Beinen, als die Männer zu Boden stürzten. Eran ruckte an dem Kampfstab, bis die Klinge aus dem Knochen freikam. Er biss die Zähne zusammen und ignorierte das Geheul des Verletzten.

*Hoffentlich verbluten sie. Ein Leben ohne Füße.* Ihn fröstelte beim Aufstehen. *Unvorstellbar.*

Die Langrhins sprangen über die Gefallenen und formierten sich neu. Eran reihte sich hinter Lisal ein.

„Danke. Aber wir haben zu viel Zeit verloren." Lisal stieß einen Kampfschrei aus und stürzte vorwärts. Die ersten Dutzend Meter kamen sie gut voran. Kirks Männer schienen in einer Schockstarre nach Erans Gemetzel. Lisal führte sie durch die größte Lücke. Die zwei Elitekämpfer am äußeren Flügel mussten ihre Waffen einsetzen. Sie hatten dreiviertel des Lagers durchquert.

„Kreis", befahl Lisal. Eine Gruppe von über fünfzig Männern versperrte ihnen mit gezogenen Schwertern den Weg. Von den Seiten und von hinten rückten weitere Teile der Armee heran. Die Elitekämpfer bewaffneten sich zusätzlich mit ihren langen Dolchen. *Vorbereitung für den Nahkampf.*

„Was kann ich tun?", fragte er Lisal.

„Es sind zu viele und sie sind zu nah für deine Waffe." Lisal schritt voran, schlug das Schwert des Mannes vor ihm zur Seite und tötete ihn mit einem Dolchstoß ins Herz. Dabei musste der Langrhin neben ihm den Angriff eines anderen Gegners abwehren. „Es ist Zeit für einen Zauber."

*Ich muss es zumindest versuchen.* Er tauchte ins Grau und rief. Doch keines der Wesen erschien. Er wagte sich so tief hinein, wie noch nie zuvor. Niemand kam.

„Eran. Wir brauchen den Zauber!" Lisal klang verzweifelt. Zurück in der normalen Dimension sah Eran ihn aus mehreren Schnitten bluten. Drei Elitekämpfer lagen im Kreis und rührten sich nicht.

*Verflucht. Wir sterben hier.* Lisals Männer wehrten nur die Angriffe der auf sie eindrängenden Armee ab. Sie kamen keinen Schritt vorwärts. *Fünfhundert Meter bis zum Hof.* Er schätzte die Entfernung aufgrund seiner Ortskenntnisse. Das schwarze Lavagestein des dahinterliegenden Vulkankegels verschluckte sämtliche Konturen.

Im vor ihm liegenden Teil des Lagers richteten die verzauberten Gegenstände Chaos an, doch niemand kümmerte sich darum. Die glühende Holzkohle der Lagerfeuer flog in alle Richtungen und entzündete kleine Brände in liegengebliebenen Decken.

*Kommt!* Er rief nicht über das Grau, sondern über die Verbindung mit seinem Blut – so wie er mit Janina kommuniziert hatte. Die Hälfte der Gegenstände änderte ihren Kurs und flog auf ihn zu. *Es funktioniert.*

„Hilfe kommt", rief er Lisal zu.

*Beschützt die Männer in Weiß,* befahl er. Hämmer, Spitzhacken und Schaufeln schossen über die Köpfe der Angreifer, schoben sich zwischen die Kämpfenden und blockierten die Waffen von Kirks Männern.

Die Elitekämpfer wechselten wieder in den Angriffsmodus und pflügten sich durch die Masse. Nach einer Minute lag eine freie

Fläche vor ihnen – der Rand des Lagers und eine Bergwiese, die sich bis zu ihrem Hof zog.

„Kannst du uns den Rücken decken?", fragte Lisal.

Eran bestätigte und gab den Befehl an die Gegenstände weiter. „Wir rennen in Dreierreihen." Lisal lief los. Seine Männer und Eran folgten dicht auf, jeweils zu dritt nebeneinander.

„Bogenschützen!", brüllte Kirk hinter ihnen.

Erans Rücken kribbelte, als die Bogensehnen surrten. Dann hörte er ein Stakkato kurzer Schläge. Er sah sich im Laufen um. Die verzauberten Werkzeuge, abgebrochene Pfeile und Holzsplitter wirbelten durch die Luft. *Keiner durchgekommen.* Ihre Reihen schienen vollzählig.

Die Bogenschützen versuchten es mit zwei weiteren Salven. Ein Pfeil kam durch, schoss aber harmlos vorbei.

Noch dreihundert Meter. Hinter ihnen brüllten Kirks Männer. Das Stampfen der Füße vibrierte in der Nacht. Jemand schlug den Rhythmus mit dem Schwert auf ein Holzschild. Andere fielen ein – schneller und schneller.

*Sie stürmen. Arin, ich hoffe, du hast alles vorbereitet.*

## 25. Ansturm

An Erans Füße hingen Bleiklumpen. Alle fünf Sekunden wechselte er die Hand, die den Kampfstab hielt. Sein Herzschlag dröhnte in den Ohren. Nach fast fünfhundert Meter im Eiltempo bergaufwärts keuchten auch die Elitekämpfer um ihn herum.

Ihre Verfolger waren zurückgefallen. *Sie schonen sich für den Kampf.* Kirks Armee stimmte eine Art Marschgesang an. Das rhythmische Schlagen der Waffen zerrte an seinen Nerven.

*Fünfzig Meter.* Die Umrisse der Mauer aus schwarzen Lavasteinen schälten sich aus der Dunkelheit. Dahinter erhob sich ein baumhoher Turm, von dessen Spitze einzelne Pfeile über sie hinwegschossen. *Keine Salven. Arin will sie näher heranlocken.*

Sie hielten auf eine schmale Tür in der Mauer zu. *Arin muss uns sehen. Warum öffnet er nicht?* Ihre weiße Kleidung wies sie als Freunde der Familie Luzen aus. Der Kopf seines Bruders tauchte über der Mauer auf. Er ließ drei Stricke mit Knoten nach unten.

„Die Tür!", rief Eran.

„Eine Attrappe. Ihr müsst die Seile benutzen."

Jeweils drei Elitekämpfer kletterten gleichzeitig die Mauer hinauf. Lisal stand daneben und hielt Ausschau nach ihren Verfolgern. Reihe für Reihe der Langrhins verschwand über die Mauerkrone. Das Gegröle in ihrem Rücken schwoll an. Erans Puls pochte an seinen Schläfen. *Wir brauchen zu lange. Sie erwischen uns.* Dann stand er vor den schwarzen Lavasteinen und übergab Lisal seinen Kampfstab. Er griff nach dem Seil und stemmte die Füße gegen die Mauer, wie er es bei den anderen gesehen hatte. Er rutschte ab. Durch den feuchten Untergrund griffen seine Stiefel nicht auf dem glatten Stein.

„Versuch es waagrecht zur Wand", riet Lisal.

*Es funktioniert.* Erst auf dem letzten Stück, als er den Winkel verkürzen musste, glitten die Stiefel erneut ab. Die zwei Kämpfer, die neben ihm geklettert waren, packten ihn an den Handgelenken und hievten ihn hoch. Bevor er sich bedanken konnte, sprangen sie auf der anderen Seite herunter. Für einen Moment verlor er das Gleichgewicht, als ob die Mauer schwankte. Er fing sich wieder. *Verflucht. Das sah so einfach aus.*

Lisal reichte ihm seine Waffe. „Los. Weiter."

Er sprang. Seine Füße sanken bis zum Knöchel in den weichen Untergrund. Er steckte in der Mitte des ein Meter breiten Streifens fest, der die Innenmauer von einem Wassergraben trennte. Vor ihm führte ein schmaler Steg über das Wasser in den Innenbereich mit den Überresten ihres Hofes. Mitten darin erhob sich der Turm.

Die Stiefel schmatzen im Matsch, als er sich zum Steg kämpfte. Er rannte hinüber. Arin wartete bereits auf ihn. Sie umarmten sich.

„Du hast es geschafft." Eran umfasste mit der Hand die Mauer und den Graben. „Die Falle für Kirk ist bereit."

Arin schüttelte den Kopf. „Hast du die Händler für uns gewinnen können?"

„Sie werden kommen."

„Wir werden sie brauchen. Die Falle wird nicht funktionieren, wie geplant."

„Wo ist das Problem?"

„Wir sind zu früh auf Fels gestoßen. Der Graben ist nicht tief genug." Arin hielt die Hand auf die Höhe seines Bauchnabels. „Tiefer ging nicht. Dann kam das Unwetter und hat den Graben mit Wasser gefüllt."

Lisal kam als Letzter über den Steg gerannt. Er hielt die Kletterseile in der Hand. Sie packten die Holzplanken und zogen sie auf ihre Seite des Grabens.

„In Richtung Tal weicht das Wasser den Untergrund auf", fuhr Arin fort. „Dort wird die Mauer einem Ansturm nicht lange standhalten."

„Sie hat bereits geschwankt", erinnerte sich Eran an den Moment, in dem er das Gleichgewicht verloren hatte.

„Der Graben behindert ihren Angriff", mischte sich Lisal ein. „Wir müssen ihnen so hohe Verluste zufügen, dass sie den Mut verlieren." Er grinste Eran an. „Hier kannst du deine Waffe hervorragend einsetzen."

*Bei den Ahnen.* Eran stellte sich vor, wie er den Angreifern mit einem Hieb die Köpfe abschlug. *Der Graben wird sich mit Blut füllen.* Er biss die Zähne zusammen und packte den Schaft seines Kampfstabes. *Sie oder wir. Kirk wird nicht aufgeben.*

Schläge donnerten gegen Holz.

„Die Steine hinter der Türattrappe sind extra dick", erklärte Arin. „Da kommen sie nicht durch."

Auf der gesamten vorderen Breite warfen Kirks Männer Haken über die Mauer.

„Feuer. Schnell." Arin schickte die verzauberten Gegenstände zu den vorbereiteten Fackeln auf dem Seitenstreifen. Knisternd erwachten die Flammen und verbreiteten flackernde Helligkeit.

Die ersten Köpfe tauchten auf – und fielen mit einem Pfeil in der Stirn zurück. Ein paar hatten es über die Mauer geschafft und starrten auf das Hindernis vor ihnen. Die Bogenschützen auf der Turmspitze erledigten sie alle.

Befehle und Fußgetrappel. Die Angreifer pressten sich ringsherum dicht an die Außenmauer, die ihnen Deckung gegen die langhrinischen Pfeile bot. Im Grau sah Eran den grünen Ring der menschlichen Auren. *Immer noch so viele. Der Überfall auf das Lager muss Kirk doch fast hundert Männer gekostet haben.*

Lisal verteilte seine Kämpfer am Graben entlang. Jeder verteidigte ein etwa drei Meter breites Stück.

„Wenn sie alle gleichzeitig stürmen, wird es eng", warnte er.

Arin konzentrierte sich. Die verzauberten Hämmer, Schaufeln und Hacken bezogen Stellung über dem Wassergraben. „Die Gegenstände werden helfen, aber sie dürfen niemanden verletzen", erläuterte er.

Der Teil der Mauer, über den sie geklettert waren, schwankte sichtbar. Jemand gab die Befehle und Eran ahnte, wie sich die Männer im Rhythmus der Kommandos gegen die Steine warfen.

„Arin, die Mauer. Schick die Gegenstände."

Sein Bruder schloss die Augen und ein halbes Dutzend verzauberter Werkzeuge stützte die Innenseite der Mauer. Es half. Dann wurde das rhythmische Gebrüll lauter. Holzbalken donnerten auf die Steine. *Sie haben Rammen dabei.* Die Gegenstände hielten dagegen, bis einer nach dem anderen wie leblos zu Boden fiel. *Bei den Ahnen. Ihnen geht die Energie aus.*

Die Schwankungen wurden wieder größer, erste Risse erschienen. Es knirschte.

Mit einem Knall barsten an zwei Stellen die Verbindungen zu dem Rest der Mauer. Ein zehn Meter breites Teilstück kippte um und und stürzte in den Graben. Wasser spritzte auf und die Flutwelle spülte über Erans Stiefel. Der Wasserschwall löschte zusätzlich einige der angrenzenden Fackeln.

*Verflucht. Die Mauerreste schütten den Graben zu. Mit Anlauf kommen die rüber.* Er schwang den Kampfstab durch die Luft. Die Monoklinge knisterte schwach, nur wenige Funken blitzten in der Dunkelheit. *Janinas Schärfezauber ist fast verbraucht.*

Brüllend stürmten die Angreifer durch die Lücke. Die erste Reihe fiel unter dem Pfeilhagel der Bogenschützen. Doch die nachfolgenden Männer trampelten auf den Toten und Verletzten und sprangen über den Wassergraben.

Eran und die Langrhins konnten sie abwehren, aber Kirk heizte seine Männer an. „Attacke!", tobte er. „Macht sie nieder!"

Auf allen Seiten kletterten die Angreifer über die Mauer und wateten durch den Graben. Kirks Bogenschützen standen auf dem Seitenstreifen und gaben Deckung. Pfeile prasselten auf die Elitekämpfer ein. Die restlichen Gegenstände konnten nicht alle abfangen. Vier Langrhins sanken verletzt oder tot zu Boden.

„In den Turm!", schrie Lisal. „Sie überrennen uns."

Ihre eigenen Schützen deckten den Rückzug von der Turmspitze aus. Arin riss die Tür auf und sie stürzten in die absolute Dunkelheit des Turminneren. Lisal zählte durch und wartete, bis die ersten Gegner auftauchten, bevor er die Tür zuschlug.

„Licht."

Arin entzündete eine Fackel. Sie verrammelten die Tür mit den bereitgestellten Balken. „Wir müssen hoch. Dort kommen sie nie hinauf."

Eran sah sich im Fackellicht um. Der Turm schien bis auf die Außenwände vollständig leer. In der Mitte stand eine schmale Leiter und verschwand aus dem Lichtkreis der Fackel. *Wenn sie bis ganz nach oben führt, sind das mindestens zehn Meter.*

Die ersten Elitekämpfer kletterten die Sprossen hoch. Eran betrachtete zweifelnd seinen Kampfstab. *Damit kann ich nicht klettern. Aber ich kann ihn nicht zurücklassen.*

Arin holte ein Stück Schnur aus seiner Tasche. „Binde den Stab am Holm fest. Sobald alle oben sind, ziehen wir die Leiter hoch."

Die Wucht der Schläge gegen die Tür nahm zu. Der erste Balken splitterte. Eran zurrte den Knoten um seine Waffe fest und stieg als letzter die Leiter hoch. Ein weiterer Balken brach. Er kletterte schneller – und rutschte ab. Seine Hände krallten sich an die Holme. Er presste den Körper an die Sprossen. Das Blut pochte in seinen Schläfen. *Nicht nach unten sehen.*

Er setzte seinen Aufstieg fort. Die Tür barst auf. Ein Windstoß löschte die Fackel, die Arin auf dem Boden gelegt hatte. Rufe ertönten unter ihm. Die Leiter begann zu wackeln. *Verflucht. Sie kommen nach.* Er kletterte durch eine enge Öffnung ins Freie. Auf der etwa sechs Meter breiten quadratischen Plattform hatten sich die Langhrins verteilt. Die Bogenschützen standen an der Brüstung und verschossen Pfeile oder warfen Steinbrocken herunter. Die Elitekämpfer schleppten die Steine von einem Haufen in der Mitte nach außen.

„Sie sind schon auf der Leiter", warnte Eran.

„Kein Problem." Arin bugsierte einen schweren Lavabrocken zur Öffnung und ließ ihn genau über den Sprossen fallen - die er auf dem Weg in die Tiefe durchschlug. Jemand schrie langgezogen, wie bei einem Sturz und krachte auf den Boden.

„Noch einen. Zur Sicherheit." Arin holte einen zweiten aus dem Vorrat und warf ihn durch die Öffnung. Diesmal hörten sie ein dumpfes Klatschen und wütende Rufe.

„Wie kommen wir wieder herunter?", frage Eran.

Arin deutete auf ein zusammengerolltes Seil, das neben dem Steinhaufen lag. „Wir haben immer eines hier oben. Ist nicht so einfach wie die Leiter, aber besser als springen."

Die zwei losen Holme verschwanden durch die Öffnung. Arin fluchte. „Tut mir leid. Wir hätten sie gleich hochziehen sollen. Jetzt haben sie deine Waffe."

„Hier oben nützt sie sowieso nichts." Eran zuckte mit den Schultern. „Sobald die Pfeile verschossen und die Steine verbraucht sind, können wir nur warten."

„Nicht ganz." Arin schloss die Augen und erteilte einen Befehl. Eine halbe Minute später flogen verzauberte Gegenstände über die Brüstung und luden jeweils einen Steinbrocken auf dem inzwischen leeren Platz in der Mitte ab.

Zwei Schaufeln und drei Spitzhacken fielen anschließend wie tot auf den Holzboden. „Irgendetwas stimmt nicht." Arin schüttelte den Kopf. „Das sehe ich zum dritten Mal heute."

„Stoppe sofort die restlichen Gegenstände. Vielleicht brauchen wir sie noch." Eran kannte den Grund. „Der Wächter erlaubt den Wesen nur eine bestimmte Menge Energie aus dem Grau abzuzapfen." *Janina, warum hast du mich nicht vorher gewarnt?*

Sie warfen die neuen Steine auf Kirks Männer, die versuchten den Turm zu beschädigen. Die Bogenschützen verschossen die letzten Pfeile. Alarmrufe ertönten und Befehle wurden gebrüllt. Die Armee zog sich vor die eingestürzten Mauern zurück.

Eran beugte sich über die Brüstung, um zu sehen, was geschah.

Die Nacht wurde still. Unter ihnen wimmerten die Verletzten und stöhnten die Verwundeten. *Warum versorgen sie die Männer nicht? Soll das eine Falle sein?*

Der Wind wehte fernen Trommelwirbel heran. Die Schlacht war noch nicht vorbei. Entlang des Horizonts warfen sieben Glutpunkte ihren blutroten Schein auf Schatten, die auf sie zu marschierten.

## 26. Zweikampf

*Weiße Schatten.* Eran jubelte innerlich. „Die Händler kommen."

An der Glut entzündeten sich Lichtpunkte, die sich ausbreiteten, als ob jemand Feuerstaub über die Bergwiese streute.

Arin pfiff eine Melodie der Bewunderung. „Das müssen fast fünfhundert Mann sein."

„Die Händler können niemals so viele mobilisieren. Schau in die graue Dimension." *Han, du Schlitzohr.* Die grünen Lichtpunkte im Grau standen weiter auseinander, als die Fackeln vermuten ließen.

Eran schätzte die Anzahl der menschlichen Auren auf etwa zweihundert – immerhin doppelt so viele, wie vereinbart. Angesichts der Bedrohung rückten Kirks Männer zusammen. *Er muss ein Drittel seiner Armee verloren haben. Sie haben bestimmt keine Lust auf einen Kampf gegen eine vermeintliche Übermacht.* Die Händler marschierten an Kirks verlassenen Lager vorbei. Dabei zogen sich die Fackeln zusammen, reihten sich hinter eine etwa dreißig Meter breite Frontlinie ein und erloschen.

Nach kurzer Zeit standen sich beide Armeen in zweihundert Meter Entfernung gegenüber. Ein Reiter trabte in die Mitte. Vor ihm saß eine Frau im Sattel.

*Chrissa.* Eran hatte ihre Aura sofort erkannt.

„Arin, das Seil." Er tat einen Schritt auf das zusammengerollte Seil zu. „Ich muss zu Chrissa."

Arin hielt ihn am Ärmel fest. „Das ist Wahnsinn. Du kommst niemals durch Kirks Armee durch."

Eran riss sich los. „Ich werde sie nicht wieder in Stich lassen."

„Bis du dort ankommst, ist alles vorbei – was immer da passiert." Arin schüttelte den Kopf. „Du müsstest schon fliegen können, um sie rechtzeitig zu erreichen."

*Aber – ich kann fliegen.* Er gab einen Befehl an zwei Gegenstände, die einen Augenblick später vor ihm schwebten. Mit einer Hand packte er den Griff des Hammers und mit der anderen den Schaft der Schaufel.

„Folge mit so vielen Männern wie möglich", rief er Arin zu, während ihn die zwei Gegenstände über die Turmbrüstung hoben und in Richtung der Armeen schwebten. *Wie viel Energie steht euch noch zur Verfügung?,* versuchte er zu erfragen. Doch er bekam keine Antwort. *Reichen fünfzig Tropfen Blut nicht, damit sie antworten?* Er vermisste Janina.

Auch wenn er an zwei Gegenständen hing, befahl er ihnen einen Bogen um Kirks Männer zu fliegen. *Sie werden mich nicht fallen lassen. Aber wenn sie genau dort landen, werde ich mich nicht alleine zu Chrissa durchkämpfen können.*

Ein Dutzend Meter von Chrissa und Ulf entfernt setzten ihn Hammer und Schaufel ab, sanken zu Boden und rührten sich nicht mehr.

Die Händler hatten sich auf Rufweite genähert und Ulf rief ihnen zu: „Halt. Zieht euch zurück oder Hans Tochter stirbt."

Chrissas Hände waren an dem Sattelknauf festgebunden und Ulf hielt ihr ein Messer an den Hals.

„Was soll das, Ulf", antwortete Han. „Wenn du meiner Tochter ein Haar krümmst, dann werden wir dich und Kirks Armee vernichten." Er hielt eine Fackel hoch, so dass sich ihr Licht auf den blaugrünen Schuppen seines Brustpanzers spiegelte.

Eran schnappte nach Luft. *Ein Rhinathon-Schuppenpanzer.* Er hatte davon gehört. Weder Pfeile noch Klingen durchdrangen die leichte und extrem widerstandsfähige Haut der Rhinathon-Echsen. Angeblich war es bisher niemanden gelungen eine zu erlegen. Die Schuppen mussten von Tieren stammen, die eines natürlichen Todes gestorben waren.

Han schwenkte die Fackel. Auch die Oberkörper der Männer neben ihm schimmerten blaugrün. *Woher haben die Händler diesen Reichtum?*

Ulf hatte es für den Moment die Sprache verschlagen. Arin und Lisal landeten neben Eran. Ihre Gegenstände fielen ebenfalls kraftlos zu Boden. „Das waren die letzten." Arin griff nach seinem Dolch. „Wir müssen mit normalen Waffen kämpfen."

„Lass Chrissa frei, dann können wir verhandeln", forderte Han. Ulfs Blicke zuckten zwischen Han und Eran hin und her. *Er weiß nicht, was er tun soll.* Ulf drehte sich um und sah zu Kirk, der mit einem Teil seiner Armee herangerückt war.

Der trat vor und rief: „Ich fordere einen Zweikampf mit Eran Luzen."

„Wozu soll das gut sein?", fragte Han irritiert.

„Er schuldet mir das Leben meines Sohnes. Wenn er stirbt, rotte ich die Wurzel allen Übels aus. Falls er mich besiegt." Kirk hob die Hände. „Interessiert mich das Ganze nicht mehr."

Kirk fuhr fort: „Bekomme ich den Zweikampf, befehle ich Ulf, Chrissa freizulassen, egal wie der Kampf ausgeht."

„Warum sollten wir deinem Wort trauen?" Han zeigte auf Ulf. „Deine Männer berauben uns, töten Unschuldige und entführen unsere Frauen."

„Entweder der Zweikampf, Chrissa lebt und wir verhandeln oder kein Zweikampf, Ulf tötet Chrissa und wir kämpfen. Ihr habt die Wahl."

Eran interessierte nur der eine Punkt. *Chrissa wird leben.* Er trat vor. „Du bekommst deinen Zweikampf, Kirk."

Der nickte. „Ich sehe, du hast die Zauberwaffe verloren. Vielleicht solltest du dir eine andere besorgen." Er winkte seinen Gefolgsleuten. Ein Mann rannte zu ihm, in der Hand einen Stab mit einer Klinge an der Spitze.

*Mein Kampfstab.*

„Mal sehen, wie du gegen deine eigene Waffe kämpfen kannst, Zauberer." Kirk spuckte das letzte Wort aus. Er schwang den Stab durch die Luft. Ein paar schwache Funken knisterten und reflektierten auf der Klinge.

Lisal trat zu Eran und reichte ihm sein Schwert. „Nimm es. Die Schneide ist scharf und das Blut seiner Männer klebt daran. Vielleicht irritiert ihn das."

Zögernd griff Eran danach. „Ich bin kein Schwertkämpfer, Lisal. Der Kampfstab ist die einzige Waffe, mit der ich vertraut bin."

„Du musst schnell an ihn herankommen, damit er seine Reichweite nicht nutzen kann. Nimm einen Dolch in die andere Hand für den Nahkampf."

Eran führte ein paar Probeschläge aus und zog seinen Dolch. Er sah zu Chrissa und lächelte sie an – zuversichtlich, wie er hoffte. Sie starrte mit großen Augen zurück, machte eine übertriebene Kaubewegung und schloss für eine Sekunde ihre Lider.

*Meint sie die Vulkanlilie mit dem Kauen? Soll ich zaubern?* Er schüttelte den Kopf und wandte sich seinem Gegner zu. *Sie weiß nicht, dass keine Wesen mehr verfügbar sind und die anderen keine Energie haben.*

*Dennoch. Ich kann die erweiterte Wahrnehmung nutzen. Sie wird mir im Kampf helfen.* Er konzentrierte sich und verschob seine Sicht ein Stück weit ins Grau. Die Nacht erschien auf einmal so hell, als ob der Vollmond aufgegangen war.

Er bemerkte Einzelheiten an Kirks Gestalt, die ihm vorher nicht aufgefallen waren. Die Ausbeulung an seinem rechten Ellbogen deutete auf ein verstecktes Messer hin. Der lederne Brustharnisch sah merkwürdig aus, aber er konnte nicht sagen, was ihn daran störte.

„Bist du soweit?", forderte ihn Kirk auf.

„Was ist mit dem Befehl?"

„Ulf, sobald der Kampf beendet ist, lässt du Chrissa frei. Egal wie er ausgeht." Ulf bestätigte mit einem knappen „Ja, Kirk."

„Warum nicht gleich?", fragte Eran.

Kirk grinste ihn an. „Hast du Angst, dass du das nicht mehr erlebst?" Er schüttelte den Kopf. „Erst wenn der Kampf vorbei ist. Nicht dass du mir davonläufst."

*Er provoziert mich.* Das Blut rauschte in seinen Ohren. *Ein Fehler und ich bin tot.* Der distanzierte Blickwinkel aus dem Grau ließ ihn klarer denken. „Das hoffst du. Aber ich bin nicht Rigan. Ich lasse nicht die Drecksarbeit von anderen erledigen."

„Genug. Du stirbst jetzt." Kirk senkte den Kampfstab und rannte auf Eran zu, als wollte er ihn aufspießen. Der wich zur Seite aus. Kirk schwang den Stab herum. Eran hielt den Holzstab mit der flachen Klinge des Schwertes auf. Die Wucht des Schlages prellte ihm fast den Griff aus der Hand. Er drehte sich blitzschnell um die eigene Achse und stieß die Schwertspitze in Richtung Gegner. Er verfehlte ihn um Zentimeter. Kirk ging zwei Schritte auf Abstand, hob den Stab über seinen Kopf und ließ ihn herabsausen. Eran hechtete zur Seite. Die Klinge zischte an ihm vorbei.

Nach dem ersten Schlagabtausch umkreisten sie sich und lauerten auf einen Fehler des anderen. Sie hantierten beide ungeschickt mit den ihnen ungewohnten Waffen.

„Lenk ihn ab", zischte Kirk, als er in die Nähe von Ulf gelangte, und täuschte einen Angriff vor. Doch er wechselte nur die Seiten, so dass Eran mit dem Rücken zu Ulf stand.

„Gib auf Zauberer", rief dieser. „Oder Hans Tochter stirbt." Eran hörte Chrissa stöhnen und drehte sich um. Ulf presste sein Messer an ihren Hals. Aus einem dünnen Schnitt quoll Blut und lief über die Klinge. *Elender Lügner.* Wut brodelte in Eran. Chrissa riss die Augen auf und öffnete den Mund zu einem Schrei.

Doch seine graue Wahrnehmung hatte ihn schon vor Kirks Angriff in seinem Rücken gewarnt. Er wartete einen Sekundenbruchteil und duckte sich unter dem Hieb weg. Dann legte er seine ganze Kraft in den Schwertstoß auf Kirks Herz.

Die Klinge durchbohrte den ledernen Harnisch – und rutschte ab. Unter dem Leder schimmerte es blaugrün. *Ein Rhinathon Panzer?* Eran verlor das Gleichgewicht. Er stürzte. Das Holz des Kampfstabes traf ihn am Hinterkopf. Benommen blieb er liegen.

*Ich bin tot.* Ein Grashalm kitzelte in seiner Nase. Er versuchte, sich zu bewegen, aber seine Muskeln reagierten zu träge. *Chrissa. Ein letztes Mal ihr Gesicht sehen.* Er drehte seinen Kopf in ihre Richtung. Sie hatte die Augen geschlossen.

Ihr Anblick erinnerte ihn an Janinas Mahnung. „Ich liebe dich", versuchte er zu rufen. Aus seiner Kehle kam nur ein unverständliches Krächzen.

„Stirb Zauberer." Kirk stand über ihm und hob den Kampfstab zum tödlichen Stoß.

Das Messer an Chrissas Kehle schien ihr Blut aufzusaugen. Die vorher blutige Klinge glänzte im Sternenlicht. Vor Erans Augen flimmerte es. Im nächsten Moment waren Chrissas Hände frei und ihre Finger lagen um dem Messergriff. Sie stieß die Waffe über ihren Kopf in Ulfs rechtes Auge, zog sie heraus und schleuderte sie in Richtung Kirk.

Kreischend schnitt die Klinge durch die Luft. Funken sprühten daraus hervor. Sie durchbohrte Leder und Rhinathon-Schuppen. Der Aufprall warf Kirk einen Meter zurück, wo er tot zusammenbrach.

*Eine Monoklinge? Janina?*

Ulf kippte aus dem Sattel. Das Blut aus seiner Wunde lief über Chrissas Haare und tropfte auf Gesicht und Bluse.

Kirks Männer schrien auf. Sie griffen nach ihren Waffen. Auf der anderen Seite trommelten die Händler und reckten mit einem Kriegsruf ihre Schwerter in die Höhe.

Da stellte sich Chrissa in die Steigbügel und hob ihre Hand. Blitze schossen daraus hervor und ein gewaltiger Gong ertönte. Erans Bauchdecke vibrierte unter den Schwingungen. *Janina. Kein Zweifel.*

„Genug!" Chrissas Stimme hallte über die Bergflanke und kam als hundertfaches Echo zurück. „Genug. Enug. Nug."

Hinter ihr bildete sich weißer Nebel, der sich zu dem Gesicht eines alten Mannes verdichtete. Die Menschen zu beiden Seiten fielen auf die Knie. Die Erscheinung sprach zu ihnen: „Ich bin der Wächter der Welt. Für eintausend Jahre übergebe ich die Herrschaft über Samica an die Familie Luzen."

*Die Stimme klingt fast wie der Wächter.*

„Zieht euch zurück!" Die Augen begannen golden zu leuchten. „Und beginnt mit den Verhandlungen."

Die Männer beider Seiten sahen sich unsicher an.

„Sofort!", donnerte die Erscheinung des Wächters.

Da setzten sich die Armeen in Bewegung und entfernten sich voneinander.

Chrissa sprang vom Pferd und rannte zu Eran. Er richtete sich auf.

„Eran." Sie umarmte ihn und legte ihren Kopf an seine Brust.

„Chrissa. Ich." Er räusperte sich. „Ich liebe dich."

Sie sah ihm in die Augen. „Ich liebe dich auch, Eran." Sie zog seinen Kopf herunter und küsste ihn auf den Mund.

Plötzlich begann sie zu kichern und löste sich von ihm. „Was ist?"

„Janina. Sie hat einen unmöglichen Vorschlag gemacht." Sie wurde wieder ernst. „Sie hofft, die Vorstellung hat dir gefallen und sie wünscht uns alles Gute." Chrissa schloss die Augen und flüsterte. „Danke Janina. Du hast uns gerettet." Nach einer Pause zuckte sie mit den Schultern. „Sie ist weg."

Eine Träne lief über ihre Wange.

Eran wischte vorsichtig mit seinem Finger über die feuchte Spur in Chrissas Gesicht. „Janina war für mich wie eine gute Freundin." *Sie hat mich geliebt. Aber das soll ein Geheimnis zwischen ihr und mir bleiben.*

Er sah sich um. Arin und Lisal warteten in drei Metern Abstand. Han, Grom und zwei weitere Händler lösten sich aus der Menge und schritten auf sie zu. Auf der anderen Seite näherten sich vier Männer aus Kirks Armee.

Eran nahm Chrissas Hand. „Ich glaube, wir müssen Frieden stiften."


## 27. Janagan

Elf Männer und eine Frau standen zwischen den zwei Armeen. Die mitgebrachten Fackeln staken im Boden und flackerten im Wind. Sie waren halb heruntergebrannt. Seit zehn Minuten feilschten die vier Vertreter der führenden Familien mit den vier Händlern um Details.

Eran nutzte die Zeit für ein Zwiegespräch mit dem Wächter.

*Danke, dass du Janina erlaubt hast einzugreifen.*

*„Ich habe deinem Vater Schutz für seine Familie versprochen. Da kann ich schlecht zulassen, dass sein Sohn getötet wird – auch wenn das weitere Menschenleben gekostet hat."*

*Wenn Janina nicht geholfen hätte, wären jetzt Chrissa und ich tot.*

*„Richtig. Beende das Töten und besiedle mit deiner Spezies den gesamten Planeten."*

*Warum? Was hast du davon?*

*„Deine Ahnen haben den Nexusstein zerstört. Genügend Menschen an einem Ort können einen lebenden Nexus bilden."* Er fügte hinzu: *„Wir haben einen Auftrag der Fünf."* Eran erinnerte sich. Der

Wächter hatte am Tannstieg von den Fünf gesprochen, kurz bevor er das Bewusstsein verloren hatte.

Die Stimmen der Streitenden wurden lauter. Eran seufzte.

*„Warum herrschst du nicht? Janinas Erscheinung hat behauptet, ich hätte dir die Herrschaft über Samica übertragen. In diesem Moment schienen die Menschen das geglaubt zu haben. "*

*Du hast Recht.*

„Genug!" Erans Stimme schnitt durch den Streit. Er wandte sich an die Vertreter der Familien. „Kirk und Ulf sind tot. Eure Armee hat ein Drittel seiner Männer verloren und ist führerlos. Kapituliert oder ihr werdet vernichtet." *Zeit für etwas Nachdruck.* Im Grau hatte er bemerkt, wie sich Lisals Männer durch das hohe Gras angeschlichen hatten.

Er hob die Hand. „Lisal. Sind die Langhrins bereit?"

Der antwortete: „Ein Wort und meine Elitekämpfer fahren durch deine Gegner wie Sensen durch das Korn." Er klatschte. Rings um sie erhoben sich weiße Gestalten.

Die vier Unterhändler sahen sich nervös um.

„Statt einer bedingungslosen Kapitulation, die euch meiner Gnade unterwirft, biete ich einen Vertrag zur Zusammenarbeit an. Dessen Einzelheiten wird ein Schiedsrichter bestimmen."

„Wer wird das sein?"

„Der gleiche, der auch die Einhaltung meiner Vereinbarung mit den Händlern überwacht. Entscheidet euch jetzt."

Die Männer stimmten zu. *Alles ist besser als eine Kapitulation.*

„Chrissa wird euch im Laufe einer Woche den ausgearbeiteten Vertrag überreichen."

„Eine Frau?", riefen die Unterhändler.

„Ich rate euch, sie nicht zu verärgern." Er zeigte auf den toten Kirk, aus dessen blaugrün schimmernder Brust der Messergriff ragte. „Sonst hilft euch nicht einmal ein Rhinathon-Panzer."

Eine Woche später, standen sie fast an der gleichen Stelle. Die Sonne heizte die schwarzen Lavasteine der neuen Mauer auf, die ein Dutzend Meter hinter ihnen verlief. Dort, wo zuerst ihr Hof und dann der Turm gestanden waren, legten die verzauberten Gegenstände die Grundmauern für ein gewaltiges Schloss.

Arin stand neben Eran und pfiff eine leise Melodie, während sie auf die Teilnehmer des Festaktes warteten. Er verstummte und fragte:

„Hast du bei der Größe der Mauer und des Gebäudes nicht etwas übertrieben?"

„Burg Janagan ist ein Symbol unserer Macht. Sie soll größer als alle anderen Gebäude auf der Welt sein." Er grinste Arin an. „Außerdem plane ich für tausend Jahre. Bis dahin wird sie unserer Familie gerade so reichen."

Auf dem Bergpass aus Richtung der Langrhins zeigten sich Reiter und Fuhrwerke. „Bard und Ulla kommen", bemerkte Arin.

Eran deutete auf die andere Seite der Bergwiese. „Und dort die Händler und die Vertreter der Familien. Sie trauen einander nicht." Zwischen beiden Gruppen lagen mindestens zweihundert Meter Abstand.

Sie gingen ihren Geschwistern ein Stück entgegen. „Ulla, Bard. Schön euch zu sehen." Sie umarmten sich gegenseitig.

Eran begrüßte Ruth, Lisal und seine Schwester Tae. „Bist du sicher, dass du das tun willst?", fragte er sie.

„Luz redet von nichts anderem", antwortete sie. „Und ich bleibe doch seine Mutter?"

„Ja. Aber er wird rechtmäßiges Mitglied der Familie Luzen. Hat Leons Mutter ebenfalls ihr Einverständnis gegeben?"

„Es blieb ihr nichts anderes übrig. Leon hätte ihr die Hölle heiß gemacht."

Er reichte Luz und Leon die Hand und lächelte sie an. „Willkommen, Schüler."

Er deutete auf das Tor in der Mauer. „Wartet dort. In wenigen Minuten beginnen wir. Ich werde die anderen Teilnehmer begrüßen."

Er drehte sich um und ging den Händlern entgegen. Arin hatte Mühe, ihm zu folgen. Als er die Person erkannte, die er gesucht hatte, tat sein Herz einen Sprung. *Chrissa.* Er lächelte breit. *Endlich.* Sie hatte die letzten Tage bei ihrer Familie in Drogira verbracht, um sich zu verabschieden.

Er wollte losrennen, sie umarmen und küssen. Aber wegen ihrer Rolle als Schiedsrichter hatten sie vereinbart, ihre Beziehung nicht allzu offen zu zeigen. So musste er sich mit einem Händedruck und einem Blick in ihre leuchtenden Augen zufriedengeben. *Sie ist noch schöner geworden.*

„Eran." *Ich habe ihre Stimme so vermisst.* Sie klopfte auf die Satteltasche ihres Pferdes. „Es ist alles bereit."

Er musste sich von ihrem Anblick lösen, um sich auf ihre Bemerkung zu konzentrieren. „Die Verträge?"

„Ausgearbeitet und vorbereitet für die Siegel der Beteiligten."
Sie flüsterte: „Vater hat mir geholfen."
Er grinste sie an. „Egal. Du wirst in die Geschichte Samicas eingehen – als die erste Schiedsrichterin."
Sie lächelte versonnen. „O ja. Der heutige Tag wird in die Geschichte eingehen." *Das hört sich nach einer Überraschung an.*
„Wartet am Tor. Dort findet die Übergabe statt. Ich werde die Vertreter der Familien begrüßen." Eran ging der letzten Gruppe entgegen, die den Händlern gefolgt war, und führte sie zum Tor der Lavasteinmauer. Er trat in die Mitte des Halbkreises, den die drei Gruppen gebildet hatten.

„Heute ist ein historischer Tag", begann er seine Rede. „Wir haben den Grundstein für das größte Bauwerk der Welt gelegt. Aber Burg Janagan soll nicht nur eine Festung sein. Wir werden dort eine Akademie errichten, die Schüler aus ganz Samica aufnehmen wird."

Er winkte Luz und Leon zu sich. „Ihr seid die ersten Schüler dieser Akademie. Doch um das Geheimnis des Zauberns zu lernen, müsst ihr Mitglieder der Familie Luzen werden. Seid ihr dafür bereit?" Er wartete, bis beide laut „Ja" gesagt hatten. „Dann entbinde ich euch von euren früheren Familien und adoptiere euch in die Familie Luzen." Er umarmte die Jungen und schickte sie zu Arin. *Das zeigt allen, dass sie Zauberer werden können – aber wir behalten die Kontrolle.*

Er wandte sich an die Händler und Vertreter der Familien.

„Chrissa hat die Vereinbarungen für den Friedensvertrag vorbereitet. Wir haben sie als Schiedsrichterin akzeptiert. Die Besiegelung der Urkunden sollte nur eine Formsache sein."

Chrissa reichte allen ein Dokument, das sie sofort zu lesen begannen. Eran hielt sein Exemplar nur in der Hand.

„Willst du nicht lesen?, fragte sie ihn.

„Ich vertraue dir." Er lächelte ihr zu. „Was immer du geschrieben hast, werde ich unterzeichnen."

„Auch wenn es Samica verändern wird?"

Eran nickte. „Ich erwarte nichts anderes."

Chrissa erhob ihre Stimme. „Wie ihr feststellen werdet, sind die Bedingungen äußerst vorteilhaft für euch. Obwohl die Familie Luzen als Sieger aus dem Konflikt hervorgeht, wird sie euch ihre Zauberkraft zur Verfügung stellen – in einem begrenzten Rahmen." Die Männer um sie herum nickten. Anscheinend hatten sie diesen Teil bereits gelesen.

Chrissa fuhr fort: „Es gibt nur eine einzige Bedingung. Ihr findet sie im letzten Absatz. Erfüllt ihr diese nicht, verliert ihr sämtliche Ansprüche aus dem ersten Teil."

Die Männer murmelten und überflogen den Vertrag. Dann wurden Protestrufe laut. „Niemals" oder „Nicht akzeptabel."

Eran schritt ein. „Ihr habt Chrissa gehört. Entweder alles oder gar nichts." Er deutete auf doppelt mannshohe Mauer hinter sich. „Eine Woche hat der Bau gedauert. Ohne Zauberkraft hätten wir Jahre dafür benötigt, selbst wenn alle Einwohner Drogiras geholfen hätten. Denkt darüber nach." Sie brauchten nicht lange.

Während die Händler und die Vertreter der Familien ihre Siegel unter den Vertrag setzten, las Eran den letzten Absatz.

„Keine Frau oder Mädchen darf gezwungen werden eine Ehe mit einem Mann einzugehen. Deshalb wird eine solche nur gültig, wenn die Freiwilligkeit von einer unabhängigen dritten Person bestätigt wurde."

*Kein Wunder, dass die Männer protestieren. Wir verlieren einen Teil unserer Macht über die Frauen.* Er grinste. *Zukünftig werden wir uns anstrengen müssen, um ihnen zu gefallen.* Er dachte an seine Schwester. *Tania, ich wünschte, du könntest das miterleben.*

Tania starrte über die Reling. Das schmutziggelbe Wasser eines Flusses mischte sich mit dem Meerwasser. Der Bug des Segelschiffes pflügte durch die trübe Brühe. Auf der rechten Seite zog eine kahle Felseninsel vorbei, die mitten in der Flussmündung saß. Sie steuerten auf einen schmalen Steg zu – der „Hafen" von Dalrha. Die Anlegestelle lag direkt vor einer steilen Felswand. Eine Holzleiter führte nach oben. Dort standen einige Hütten, windschief und eine davon halb zerfallen.

Das waren die einzigen Zeichen einer Besiedlung. Den Rest der etwa ein Kilometer langen Felsenfront säumte eine grüne Wand aus Büschen, Bäumen und Urwaldriesen. *Dalrha, die größte Siedlung auf dem Festland. Bei den Ahnen, wo bin ich hineingeraten?*

Eine Regenwolke entlud sich über dem Schiff. Tania lachte bitter. *Wie warme Pisse. Ich hasse den Dschungel schon jetzt.* Ihr durchnässtes Kleid klebte an der Haut und offenbarte jede Wölbung ihres Körpers. Sie drehte sich zu ihrem Schatten um. Die blauen Augen starrten sie an. Das winzige Zucken seiner Mundwinkel verbuchte sie als Triumph.

Altas hieß er. So viel hatte sie herausgefunden. Eran hat ihn auf sie gehetzt. Er hatte irgendetwas zu ihm gesagt und seitdem hatte Altas sie nicht mehr aus den Augen gelassen. *Ich brauche keinen Aufpasser.* Aus dem Urwald drang eine Kakophonie aus Schreien, brechenden Zweigen und kreischenden Vogelstimmen.

Das Schiff legte an. Holz knirschte auf Holz und Tania musste sich an der Reling festhalten. Als sie die Leiter an dem Felsen hinaufstieg, klopfte ihr Herz. Auch wenn sie es nie zugeben würde – sie war froh, Altas hinter sich zu wissen. *Ein neuer Abschnitt in meinem Leben beginnt – und ich weiß nicht, ob es die richtige Entscheidung war.*

\*\*\* ENDE \*\*\*


Die bisher erschienenen Bücher aus der Omega-Reihe (in chronologischer Reihenfolge):

Omega – Die Zauberer (Vorgeschichte)
     → dieses Buch
--------- ca. 1000 Jahre -------
Omega – Dschungel (Kurzgeschichte)
     → dieses Buch im Bonusbereich
Omega – Der Engel Gottes (Leseprobe im Anhang)


## Falls euch das Buch gefallen hat,...

Liebe Leser,
    Stellt euch Folgendes vor: Ihr redet mit jemanden, doch der reagiert nicht. Ihr wisst nicht, ob er das, was ihr ihm erzählt gut oder schlecht findet. Ich wisst noch nicht einmal, ob er euch überhaupt zuhört. Ist das nicht frustrierend?
    Ein Buch zu schreiben ist extrem aufwändig. Ich stecke ein Jahr lang jeden Tag ein bis zwei Stunden in die Geschichte (neben meiner Arbeit) und dann noch mehrmaliges Korrekturlesen. Zugegeben, es macht auch Spaß. Aber wenn nicht wenigstens ein paar Leser die Geschichte gut finden, dann hat sie ihren Zweck verfehlt und ich könnte meine Zeit anders nutzen.

Falls euch das vorliegende Buch gefallen hat, dann bewertet es bitte bei Amazon oder gebt mir wenigstens ein Feedback auf https://omega-chroniken.de oder direkt per Email an mark.bannstorm@omega-chroniken.de.

# Bonusgeschichte: Omega – Dschungel

Die Geschichte führt in den Dschungel von Carthe ein und beleuchtet den Hintergrund Zalthars. Sie spielt etwa 1000 Jahre nach Omega – Die Zauberer und zwei Wochen vor Omega – Der Engel Gottes.

## Der Dschungel

Der Todesschrei eines Wasserschweins zerriss die Stille. Ein Quieken und Platschen, dann erstarben für wenige Augenblicke die Geräusche des Dschungels – als ob die Natur dem ersten Tod des Tages Respekt zollte, denn viele weitere sollten folgen.

Die Sonne versteckte sich noch hinter dem Horizont. Unter dem Blätterdickicht schoben vier Männer ihr Boot mit hölzernen Stangen gegen die Strömung flussaufwärts. Fahles Mondlicht schimmerte durch die Blätter. Karthan suchte die Anlegestelle, die den Beginn des Pfades nach Izrhen markierte.

Pfeilkraut und Schilfrohr verdeckten morsche Balken. Der phosphoreszierende Pilzbewuchs erregte seine Aufmerksamkeit.

„Halt."

Schatten plumpsten ins Wasser, ein Vogel flatterte davon.

Karthan deutete auf die Holzreste. „Wir legen an."

Seine drei Begleiter drückten das Boot an den Flussrand.

Mit der Mahagonistange vertrieb Karthan etwaige Bewohner des Uferbewuchses und sprang an Land.

Das in die Rinde geritzte Zeichen an einem Baum neben der Anlegestelle ließ keinen Zweifel. Der Weg nach Izrhen lag vor ihnen, auch wenn ihn seit langer Zeit niemand betreten hatte.

*Wir finden heraus warum. Einer von uns wird die Information zurück nach Jairha bringen.* Er erinnerte sich an den roten Kopf des obersten Beamten Jairhas, als dieser ihm ein Schreiben zeigte, das vom Kaiser, dem Hohepriester und Laithan unterzeichnet war. Der Beamte hatte sich vor Ehrfurcht fast in die Hosen gemacht. Ihn hatte es geärgert, dass er so unter Druck gesetzt wurde. *Ich bin der erste Jäger des Ostens. Natürlich kenne ich das Geheimnis der Dschungelsiedlungen Izrhen und Okrhen.*

Sie befestigten das Boot an zwei Bäumen und überprüften ihre Ausrüstung, bevor sie die grüne Hölle des Kaiserreichs Carthe betraten.

Isak führte mit seiner Machete drei blitzschnelle Schläge gegen einen imaginären Gegner. „Werden wir auf der Mission jemanden töten?"

*Isak, der Krieger.* Karthan hatte geahnt, dass diese Frage von ihm kommen würde. „Nein. Wir sammeln Informationen – und kehren damit zurück."

Die drei Anwärter sahen sich an. Ihre Mundwinkel fielen herab.

„Wenn wir diese Mission erfolgreich beenden, werde ich dafür sorgen, dass ihr einen Auftrag zum Töten bekommt", versprach Karthan. Ein solcher würde die Anwärter zu dem Kurthuan, dem Initiierungsritual der kaiserlichen Assassine berechtigen.

„Wir hatten auf mehr gehofft." Isak stampfte mit dem Mahagonistab in seiner anderen Hand auf den Boden.

Nach dem Verschwinden zweier Jäger vor einigen Monaten, hatten Gerüchte über eine Vergeltungsmission die Runde gemacht. Deshalb hatten sich alle Anwärter freiwillig gemeldet, als Karthan eine Mission in den Dschungel ankündigte.

„Informationen sind mehr wert, als der Tod eines Menschen." Er deutete auf eine Kerbe in der Baumrinde, deren Spitze in das Dickicht zeigte. „Folgt den Markierungen. Heute Abend erfahrt ihr Einzelheiten."

Karthan teilte sich selbst als Nachhut ein. Er wollte das Verhalten der drei Anwärter im Dschungel beobachten.

Sie konzentrierten sich auf ihre Aufgabe und durchquerten die Wildnis, wie sie es in den Übungsmärschen gelernt hatten. Er registrierte die unterschiedlichen Stile. Jeren und Hazan bewegten sich vorsichtig und wichen bei gefährlichen Stellen zur Seite. Isak hackte sich dagegen mit seiner Machete durch das Buschwerk, sobald es zu dicht wurde.

Respekt vor den Gefahren des Dschungels und Vertrauen auf die eigene Reaktion und Waffe. *Sie werden beides brauchen. Aber nur mit dem richtigen Gefühl für den Dschungel werden sie überleben.*

Karthan wusste, dass man den Dschungelinstinkt nur durch Erfahrung entwickelte. *Ich muss sie schützen, so gut es geht. Der Rest ist Glück.*

Sie trugen alle die Standardbewaffnung für Dschungelmärsche: einen Stab aus Mahagoniholz und eine Machete. Der Führende klopfte mit dem Stab auf den mit Farnen und Efeu bewachsenen Boden, um das giftige Ungeziefer, wie Spinnen, Tausendfüßler und Schlangen zu vertreiben.

Auf die gleiche Art kämpften sich sich durch Gebüsch. Bevor die Machete zum Einsatz kam, wurden etwaige Bewohner des Grüns mit dem Mahagonistab in die Flucht geschlagen.

Die Anwärter wechselten sich an der Führungsposition ab. Sie folgten den Einkerbungen an den Bäumen, die alle fünfzig bis hundert Meter die Wegrichtung markierten. Als Nachhut versah Karthan einen der benachbarten Bäume mit einer Kerbe, die in die gleiche Richtung zeigte. Auf diese Weise konnten nachfolgende Reisende den Weg umso leichter finden, je öfter er benutzt wurde.

Die ersten Stunden ihres Marsches verliefen ereignislos. Jeren stöberte eine Wanderspinne auf, die ihm mit erhobenen Vorderbeinen drohte. Ein Biss der aggressiven Tiere führte häufig zu einem schmerzhaften Tod. Ein Kick mit dem Stab schleuderte sie zur Seite.

Isak hatte vor einem Gebüsch nicht kräftig genug dagegen geschlagen. Als er mit der Machete eine Bresche schlug, ringelte sich eine grüne Baumnatter um seinen Unterarm. Er packte blitzschnell den Kopf und trat zurück. Er löste die Schlange vom Arm und warf sie seitlich in die Büsche. Das Gift der Baumnatter war zwar schmerzhaft, aber für Menschen ungefährlich.

Am Abend beauftragte Karthan die drei Anwärter, einen geeigneten Platz für die Nacht zu suchen.

„Wir übernachten in den Bäumen", bestimmte er. „So, wie ihr es gelernt habt."

Das dafür notwendige Netz für eine Hängematte gehörte zur Ausrüstung aller Jäger. Isak schlug vor das Netz an den herabhängenden Lianen zu befestigen, die von den Baumkronen bis zum Waldboden reichten und dort wurzelten.

„Das Aufspannen des Netzes zwischen Lianen bietet den besten Schutz vor den großen Raubkatzen", erläuterte Karthan. „Aber ihr müsst mindestens drei oder vier im richtigen Abstand finden und manchmal sind sie der Belastung durch euer Gewicht nicht gewachsen."

Karthan ließ sie ein paar Lianen emporklettern. Bei einer riss die Verbindung zur Baumkrone und Jeren sank langsam herab, während der Rest der Liane umkippte.

Hazan klopfte mit seinem Stab gegen eine mit Moos bedeckte Kletterpflanze, bevor er versuchte, sich daran hochzuziehen. Das Geräusch weckte Karthans Instinkt.

„Halt!", warnte er.

Hazan stieß einen Schrei aus und sprang zurück. Er starrte auf seine Handflächen. Ein Muster aus roten Blutstropfen quoll aus der Haut hervor.

„Feuersalbe, sofort", befahl Karthan und fluchte innerlich. *Nicht mal einen Tag unterwegs und wir haben das erste Opfer. Vielleicht hat Hazan Glück.*

Der biss die Zähne zusammen und verschmierte die Salbe auf den Handflächen. Schweißtropfen bildeten sich auf seiner Stirn. Sie alle nutzen Feuersalbe, um Insektenstiche und Kratzer zu behandeln, aber niemals auf einer so großen Fläche.

„Du musst die Salbe tief in die Stiche einreiben, sonst entzünden sie sich und du verlierst deine Hände."

Hazan stöhnte, rubbelte aber wie ein Verrückter an seinen Handflächen.

„Was war das?", fragte Jeren betroffen.

„Eine Dornenliane. Die Liane ist nicht das Problem. Aber das Moos verbirgt die Dornen und verursacht schwere Entzündungen, wenn es in die Stichwunden gelangt." Karthan schüttelte den Kopf. „Haben eure Ausbilder euch nicht davor gewarnt?"

Isak und Jeren verneinten. Hazan presste seine Handflächen gegeneinander und starrte auf die Dornenliane, als könnte er sie mit Blicken abschneiden.

„Niemand kann euch alle Gefahren des Dschungels zeigen."

*Einer von uns muss überleben. Und ein sicherer Platz in der Nacht ist der Schlüssel dazu.* Er kannte nur einen Menschen, der sich nachts durch den Dschungel gewagt hatte. *Aber Zalthar lebt schon lange nicht mehr.*

Sie suchten weiter. Kurz vor Anbruch der Dämmerung fanden sie die ideale Stelle für das Nachtlager: Einen Schleimapfelbaum, der von den Luftwurzeln einer Würgefeige eingeschlossen war. Zwischen den Wurzeln, die einen schützenden Käfig bildeten, und dem dicken Stamm blieb genug Platz, um die Netze aufzuspannen. Diese bestanden aus Jutefasern, die in Niembaumöl getränkt waren, um Insekten von dem Schlafenden fernzuhalten.

Die letzten Tropfen des allabendlichen Regenschauers fielen auf ihre nassen Haare. Sie wrangen ihre Kleidung aus und entfernten alle Blutegel, die während ihrer Wanderung den Weg darunter gefunden hatten. Anschließend verrichteten sie nacheinander ihre Notdurft.

„Neben dem Schlaf ist das die zweite Situation, in der ihr verwundbar seid", wiederholte Karthan die Lektionen aus der

Ausbildung. „Sucht immer rechtzeitig eine geeignete Stelle. Am sichersten auf einem Baum. Dort findet ihr auch Blätter und Wasser aus Bromelien zum Säubern."

Sie ernteten die reifen Früchte vom Schleimapfelbaum. Eine aßen sie sofort, die anderen legten sie als Wegzehrung für morgen zur Seite. Die ungenießbaren Samen würden sie entlang des Weges verteilen. Sie kletterten in den Käfig aus Luftwurzeln und bereiteten sich für die Nacht vor.

## Die Mission

„Die Mission", erinnerte ihn Isak.

„Was vermutet ihr?"

„Wir suchen nach Merthan und Hogthan." Jeren räusperte sich. „Und nach dem, was sie gesucht haben."

*Jeren, der Scharfsichtige.* „Sie hatten den Auftrag Kontakt mit Izrhen und Okrhen aufzunehmen. Wir haben über ein Jahr nichts mehr von den Siedlungen gehört."

Karthans schlechtes Gewissen regte sich. *Warum habe ich Izrhen nicht schon lange besucht? Jetzt könnte es zu spät sein.* Der Dschungelpfad wuchs an einigen Stellen zu und er hatte keine frische Kerbe an den Bäumen gefunden.

„Zwei ausgebildete Jäger sollten mit allem fertig werden, das der Dschungel aufbieten kann."

„Eine Seuche", vermutete Hazan.

„Dann hätten sie Warnschilder aufgestellt und eine Nachricht den Fluss herunter geschickt.". Ab und zu blieb eine solche Flaschenpost in Ästen oder an Felsen hängen. Aber bei ihrer Reise flussaufwärts hatten sie keinen der orangenen Behälter gesehen.

„Samica." Isak spuckte das Wort aus.

„Du stammst aus Dalrha?", hakte Karthan nach.

Isak nickte.

„Auch wenn es im Westen so erscheinen mag. Samica ist nicht an allem schuld. Die Händler würden sich nie in den Dschungel wagen."

„Ein Rätsel", stellte Jeren fest.

„Das wir lösen sollen. Das ist das erste Ziel unserer Mission. Das zweite Ziel ist es, die Lösung nach Jairha zurückzubringen."

„Wenn es sich doch um eine Seuche handelt. Wie verhindern wir, dass wir uns anstecken und später die Bevölkerung von Jairha gefährden?" Hazan biss die Zähne zusammen.

*Die Hände schmerzen noch. Kein gutes Zeichen.* „In eineinhalb Tagen werden wir Izrhen erreichen. Arbeitet bis dahin einen Plan aus, wie wir vorgehen."

„Warum trägst du deine Rhinathon-Rüstung?", wollte Isak wissen. „Rechnest du mit einem Kampf?"

„Zwei Jäger werden vermisst. Wir haben keinerlei Informationen. Ich will für alle Eventualitäten gerüstet sein." Nach einer Pause fuhr er fort: „Legt euren Halsschutz an und beginnt mit den Atemübungen zum Einschlafen."

*Gut. Keiner hat die Frage gestellt, warum die zwei Siedlungen so wichtig sind.* Erleichtert, dass er nicht lügen musste, teilte er die Wachen ein. Er selbst übernahm die erste.

Unter dem Blätterdach legte sich die Dunkelheit wie eine Decke über den Wald. Mit geschlossenen Augen startete er seinen Rundgang per Gehör. Er konzentrierte sich auf die Geräusche in der unmittelbaren Nähe, dann auf die entfernteren.

Jede Richtung besaß ihr eigenes Muster: Blätter rauschten im Wind, Zikaden zirpten, nachtaktive Vögel und Fledermäuse riefen und flatterten zwischen den Ästen. Vor dieser Kulisse spielte sich ein Kampf um Leben und Tod ab.

Das verzweifelte Röhren einer Hirschantilope wehte durch die Bäume. Es raschelte und quiekte auf dem Boden unter ihm: Eine Jagdspinne hatte ihr Opfer erwischt. Auf einen Flügelschlag einer Eule folgte kein Todesschrei. Die Beute des Raubvogels konnte entkommen.

Das Seil auf der Kopfseite des Schlafnetzes vibrierte. Etwas war lautlos darauf gelandet und hangelte sich auf ihn zu. Er roch einen Hauch Guano. *Eine Vampirfledermaus.* Als sie nahe genug heran war, schlug er nach ihr. *Hau ab, du Biest.* Seine Hände streiften lederne Flügel. Die Fledermaus quiekte und flatterte davon.

Er erinnerte sich an seine Zeit als Anwärter:

*„Kar, komm her!" Sein Ausbilder rief ihn zum zweiten toten Arbeiter in dieser Woche. „Finde heraus, woran er gestorben ist."*

*Er drehte die Leiche auf den Rücken. Ein blutleeres Gesicht starrte ihn an. Der dunkelrote Fleck an der Halsschlagader verriet die Todesursache.*

*„Der Idiot hat seinen Halsschutz nicht angelegt." Sein Ausbilder wandte sich kopfschüttelnd ab. Sie stellten ein paar Fallen für die Vampirfledermäuse auf. Aber ein ledernes Halsband, das jeder*

*Dschungelreisende bei sich trug, bot ausreichend Schutz – wenn man es benutzte. Die Fledermäuse bissen niemals in andere Körperstellen.* Über einhundert Tote hatte der Bau der Großen Straße damals gekostet. Sie verband die Flüsse Daishan und Garshan mit einer für Transportkarren tauglichen Straße durch den Dschungel. Doch die Hoffnung auf eine Landverbindung zwischen Ost- und West-Carthe erfüllte sich nicht. Die Händlerschiffe der Samicaner transportierten die Waren schneller und günstiger über den Seeweg. *Der Dschungel wird sich alles zurückgeholt haben. Die Toten sind umsonst gestorben.*

Gegen Ende der Wache ließ Karthans Konzentration nach. Immer öfter schweiften die Gedanken zu ihrer gegenwärtigen Mission ab. Er suchte Erklärungen, warum jegliche Nachricht von den ausgesandten Jägern fehlte.

Er wusste, dass die zwei Vermissten den gleichen Weg genommen hatten. Jede zehnte Einkerbung war mit ihrem Zeichen versehen. Die Markierung saß jeweils in der Mitte der Kerbe, was bedeutete, dass alles in Ordnung war.

Hazan bewegte sich im Netz und brachte die Luftwurzeln der Feige zum Schwanken. Er wimmerte und stöhnte.

*Das rote Moos. Hoffentlich brennt die Feuersalbe die Entzündung aus. Sonst...* Er brach den Gedanken ab. *Am Morgen sehen wir weiter.* Das Moos hieß nicht wegen seines Aussehens so, sondern weil es rote Flecken verursachte, wenn es in Wunden oder unter die Haut gelangte. Äußerlich unterschied es sich kaum von gewöhnlichem Moos.

Am Ende seiner Wache stupste er Jeren mit dem Stab an und schlief sofort ein.

### Die Knochen

Als ihn Isak weckte, überprüfte er bewusst jeden Teil seines Körpers. Schmerzte etwas? Funktionierten die Muskeln? Spürte er an einer Stelle gar nichts mehr? Alles schien in Ordnung.

„Allwissender Gott. Danke für den neuen Tag", sprach Karthan, nachdem sich alle gerührt hatten. Auch das Aufstellen einer Wache garantierte nicht, dass sie die Nacht unbeschadet überstanden.

Die ersten Sonnenstrahlen tasteten sich über den Horizont. Sie konnten die Nebelschwaden des erwachenden Regenwaldes noch nicht durchdringen. Er schickte Jeren in die obere Baumregion, um

Regenwasser aus den Bromelien dort abzuschöpfen. Dazu aßen sie die gestern geernteten Früchte. Sie bauten die Schlafnetze ab und verrichteten ihre Notdurft. Die aufsteigende Sonne verdampfte den Dunstschleier aus den Baumwipfeln und heizte die Luft auf.

„Zeig deine Hände", forderte er Hazan auf. Die linke wies nur eine leichte Rötung auf, aber die rechte Handfläche hatte sich knallrot verfärbt. Aus den Einstichen der Dornen sickerte Eiter.

„Du hast eine Heilerausbildung." Das war der Hauptgrund, warum er Hazan für die Mission ausgewählt hatte. „Behandle die Verletzung."

Der sah Jeren an. „Holst du mir Regenwasser zum Reinigen?"

Jeren warf einen Blick auf Hazans Hände und runzelte die Stirn. Er hatte die Ausbildung zum Heiler abgebrochen, nachdem ein Rhinathon seine Heimatsiedlung angegriffen und die Hälfte der Einwohner getötet hatte. Danach ist er zu den kaiserlichen Jägern gegangen, denn nur sie hatten eine Chance die gepanzerten Tiere zu erlegen.

Er wandte seinen Blick schnell ab und kletterte zurück auf den Baum.

Hazan holte eine Glaslinse und ein Stück Stoff aus dem Rucksack. Er erhitzte die Spitze seines Dolches in dem Brennpunkt der Linse, die er in einen Flecken Sonnenlicht hielt. Er zischte durch die zusammengebissenen Zähne, als er in die eitrigen Einstiche schnitt. Er spülte die Wunden mit Regenwasser, schmierte Feuersalbe darauf und verband sie mit dem Stück Stoff. Dann brachen sie auf. Karthan hielt sich in Hazans Nähe. Die Verletzung schwächte den Anwärter und der Dschungel verzieh keine Schwäche.

Mittags fanden sie frische Spuren einer Pekari-Herde. Die etwa einen Meter großen Allesfresser waren beliebte Beutetiere von Großkatzen. Sie erhöhten ihre Aufmerksamkeit.

Trotzdem blieben Karthan nur Sekundenbruchteile, um zu reagieren. Aus dem Gebüsch schoss ein schwarzer Schatten auf Hazan zu. Karthan warf sich dazwischen. Der Panther prallte auf seine Rüstung und schleuderte ihn gegen Hazan. Zusammen gingen sie zu Boden. Die Raubkatze hatte seinen Arm gepackt und biss zu. Ihre Krallen kratzen auf dem Schuppenpanzer. Die Rüstung unter den Eckzähnen knackte. Er schlug auf die Nase des Angreifers. Der Panther fuhr herum, fauchte und griff den Stab an, den Isak in seine Rippen gestoßen hatte. Als auch Jeren den Stab einsetzte, flüchtete das Raubtier.

Karthan zog das Oberteil der Rüstung aus und untersuchte seinen Arm. Zwei dunkelblaue Blutergüsse zeigten ihm, wo die Raubkatze zugebissen hatte. Obwohl die Haut unverletzt schien, behandelte er die Stellen mit Feuersalbe.

Hazan wusch seine Hand mit Wasser aus der Trinkflasche. Der Sturz hatte den Stoffverband verschoben und feuchte Erde auf die Wunden gerieben.

*Kaum zwei Tage unterwegs und schon zwei Verletzte. Kein guter Beginn.* Karthan schwang die Machete mit dem lädierten Arm. Schmerz zuckte durch seine Muskeln. Er würde nicht mit voller Kraft zuschlagen können.

„War das ein Panther?", fragte Isak.

„Ja. Ein schwarzer Jaguar", antwortete Karthan.

Er hatte Glück gehabt. Der Jaguar konnte als einziges Tier einen Rhinathon-Panzer durchbeißen. „Das war ein Jungtier. Normalerweise greifen sie keine Gruppe von Menschen an. Er muss Hazans Verletzung gespürt haben."

Kurze Zeit später fand Jeren den Knochen. Das etwa zwanzig Zentimeter lange Stück lag etwas abseits ihres Weges und er konnte nicht genau sagen, warum es ihm aufgefallen war. Er stupste das Teil mit seinem Stab an, um die herabgefallenen Blätter zu entfernen.

„Ein menschlicher Oberschenkelknochen!" Jeren ging in die Hocke und betrachtete das Knochenstück, ohne es zu berühren. „Es wurde am unteren Ende zersplittert und der Rest fehlt."

„Wir sind eine Tagesreise von der ersten Siedlung entfernt. Wir investieren Zeit in eine Untersuchung", bestimmte Karthan.

Vorsichtig durchkämmten sie, immer in Sichtweite zueinander, die Umgebung.

„Ein Skelett!", meldete Hazan einen Fund. Er und Jeren untersuchten die von Blättern bedeckten Knochenreste.

„Das Skelett ist fast vollständig erhalten. Die Knochen liegen in ihrer natürlichen Ordnung. Das bedeutet der Mann wurde nicht von einem Raubtier angefallen, sondern Leichenwespen oder andere Insekten haben seinen Körper gefressen."

„Die zersplitterten Oberarm- und Oberschenkelknochen sind merkwürdig", fuhr Jeren fort. „Dafür benötigt man einen schweren Gegenstand und große Wucht." Er überlegte kurz. „Für mich sieht das nach einer Art Gottesurteil aus. Man bricht dem Delinquenten die Knochen und lässt ihn im Dschungel zurück. Wenn er mit Hilfe eines göttlichen Zufalls überleben sollte, beweist das seine Unschuld."

„Aber mit gebrochenen Armen und Beinen hat er keinerlei Überlebenschance. Sollte er nicht wenigstens eine winzige Chance bekommen?", warf Isak ein.

„Vielleicht wurde das Urteil deshalb in der Nähe des Weges vollstreckt. Da besteht immer die Möglichkeit, dass jemand vorbeikommt und den Verurteilten rettet." Jeren grinste säuerlich. „Wahrscheinlich ist die Überlebenschance hier höher als am roten Felsen in Dalrha."

Karthans Gedanken schweiften neun Jahre in die Vergangenheit. Damals hatten Laithan und er einen geheimen Auftrag des Hohepriesters ausgeführt.

Deutlich hörte er in seiner Erinnerung das dumpfe Knacken, als Laithan mit einer schweren Stahlstange die Arm- und Beinknochen des Toten zersplitterte. Zumindest hätte dieser mit einem Dolch im Herzen nicht mehr leben dürfen. Doch öffnete der Tote für einen Moment die Augen und sah Karthan vorwurfsvoll an. Laithan hatte das nicht gesehen. Er war abgelenkt, als er den Todesschrei eines Pekaris nachahmte, um die Fleischwürmer anzulocken.

Obwohl Karthan den Mord nicht selbst begangen hatte, war dies der einzige Auftrag, der ihm immer wieder Albträume bescherte. Er hatte sich oft gefragt, ob sie das Richtige getan hatten, ob der Hohepriester wirklich das Recht hatte, den Tod des Engels Gottes zu befehlen. Ehrfurcht, Hass und Scham verstrickten sich unauflösbar, sobald er an Zalthar dachte.

*Auch wenn die Knochen an den gleichen Stellen gebrochen sind. Das können nicht seine Überreste sein. Wir haben ihn im Herz des Dschungels zurückgelassen. Zweihundert Kilometer von hier.*

Sicherheitshalber fragte er nach: "Jeren und Hazan. Wie lange liegen die Knochen hier?"

„Höchstens ein Jahr", vermutete Jeren. „Sonst wären sie von einer dickeren Blätterschicht bedeckt. Und mindestens sechs Monate, weil keine Kleiderreste mehr zu sehen sind."

„Wenn es ein Gottesurteil war, haben zu diesem Zeitpunkt noch Menschen in Izrhen gelebt", überlegte Karthan. Dann deutete er auf die zerstörten Oberschenkelknochen des Skeletts. „Der Knochen, den Jeren gefunden hat, muss von einem anderen Toten stammen. Hier fehlt kein Teil. Wir suchen weiter."

Sie fanden mehrere Knochen und zwei Schädel. Die Erklärung, dass sie eine Stelle für Gottesurteile entdeckt hatten, hielten sie für am wahrscheinlichsten.

„Kommt her!" Isaks Ruf klang alarmiert. Er deutete mit dem Mahagonistab auf ein Farnwedel, unter dem ein orangefarbener Gegenstand schimmerte.

*Allwissender Gott. Doch eine Seuche?*

Mit Hilfe von Ästen gruben sie den Metallbehälter aus dem Moder. Der Wachsverschluss bröselte und ließ sich leicht durchstoßen. Jeren verwendete Blätter, um den Behälter hochzuheben, ohne ihn direkt zu berühren. Er schüttelte den Inhalt heraus. Wachsbrocken und eine verschimmelte Papierrolle fielen zu Boden.

Sie starrten darauf. *Eine Botschaft des Todes?* Karthan nahm in jede Hand einen dünnen Zweig und rollte das Papier damit auf. Die Schrift unter dem Schimmel war kaum zu erkennen.

Jeren beugte sich darüber. „Hier. Das könnte ‚Strafe Gottes' heißen."

Karthan nickte. Er meinte an ein paar Stellen die Worte „Gott", „Engel" und „Tod" entziffern zu können.

„Kein eindeutiger Hinweis auf eine Seuche. Die Siedler würden diese Worte bei jeder Art von Katastrophe verwenden." Er stand auf. „Wir setzen den Weg fort."

Am Abend blieb ihre Suche nach einem geeigneten Schlafbaum erfolglos. Sie mussten sich auf zwei voneinander entfernte Bäume aufteilen. Die dünnen Äste der Krone bogen sich unter ihrem Gewicht.

„Keine Wache heute", ordnete Karthan an. „Verwendet den Atem für einen leichten Schlaf! Schmiert die offenen Hautstellen mit Niembaumöl ein."

In dieser Nacht schliefen sie unruhig und schreckten immer wieder auf. Am nächsten Morgen aßen sie etwas von dem Trockenfleisch aus ihrem Proviant. Karthan ließ sich Hazans Hand zeigen. Die Rötung zeigte sich nur noch an einer Stelle am Handballen. Aber dort war die die Wunde heiß und geschwollen.

„Warum verwendest du keine Feuersalbe mehr?"

Hazan öffnete die Dose mit der Salbe. „Leer." Er richtete seinen Blick in die Ferne und flüsterte: „Es ist zu spät. Die Entzündung wird sich ausbreiten."

„Wir könnten die Hand amputieren." Sechs Augen starrten Jeren an. „Was ist? Besser kein Jäger, als tot."

„Eine Amputation mitten im Dschungel. Das Risiko eines Wundbrandes ist genauso hoch, als wenn ich nichts unternehme." Hazan schüttelte den Kopf.

„Du bekommst von jedem einen Teil unserer Feuersalbe und behandelst die Wunde damit", befahl Karthan. „Wir erreichen heute Izrhen. Dort finden wir vielleicht ein Heilmittel."

„Ich wüsste nicht, was helfen könnte."

„Warte ab." Karthan klopfte Hazan auf die Schulter und sie brachen auf.

Als der Weg an drei eng beieinanderstehenden Dschungelriesen vorbeiführte, befahl Karthan eine Pause. Er deutete auf das Muster, das in den Stamm einer Kokospalme eingeritzt war. „Wir betreten das Gebiet von Izrhen. In fünf Kilometern erreichen wir die Siedlung. Habt ihr euch einen Plan überlegt?"

„Ich gehe alleine hinein", stieß Hazan hervor. Die anderen Anwärter sahen ihn an. „Ich muss sowieso sterben." Er schluckte. „Da ist es egal, wenn ich mich anstecke."

Sie schwiegen ein paar Atemzüge lang, um Hazans Opfer zu honorieren.

„Ich werde die Siedlung ebenfalls betreten."

„Aber..."

Karthan unterbrach Isaks Protest mit erhobener Hand. „Es gibt einen Spezialauftrag in dieser Mission, den ich erfüllen muss. Falls es sich um eine Seuche handelt, werden wir uns anschließend trennen."

Er sah Isak und Jeren an. „Ihr geht zurück zum Boot und schickt eine Nachricht über den Fluss nach Jairha. Dann fahrt ihr über das Wasser bis Okrhen. Hazan und ich werden durch den Wald dorthin reisen."

Er rechnete nach. „Das müssten wir in vier Tagen schaffen. Was bedeutet, dass wir es einen Tag vor euch erreichen. Falls dort ebenfalls eine Seuche ausgebrochen ist, können wir euch vor der Siedlung warnen."

„Und wenn es keine Seuche ist?", warf Isak ein.

„Du hast recht. Wir sollten nicht zu weit vorausplanen. Alles hängt davon ab, was wir in Izrhen finden."

Karthan übernahm die Vorhut. Kurze Zeit später hob er die Hand.

„Still!" Sie erstarrten. Von rechts mischte sich ein bösartiges Brummen unter die Geräusche des Dschungels. „Presst euch eng an mich und rührt euch nicht!", befahl Karthan. Leichenwespen reagierten auf Bewegung und Geruch.

Er selbst hatte nichts zu befürchten. Wer einen Kurthuan überlebte, war sein Leben lang immun. Er musste für die Wespen unerträglich

riechen, so dass sie seine unmittelbare Nähe mieden. *Hoffentlich reicht das auch für meine Begleiter.*
Normalerweise schmerzten die Stiche zwar, aber die Anwärter waren abgehärtet. Sie würden bis zu zwanzig Wespenstiche überleben. Da sie jedoch in dem Gebiet den Ausbruch einer Seuche vermuteten, bestand das Risiko einer Ansteckung.

Eine Minute standen sie regungslos. Das Summen nahm an Intensität zu und verstummte schlagartig mit einem panischen Quieken. Die Wespen hatten ein Opfer gefunden. Sie setzten ihren Weg fort, wobei sie immer wieder anhielten und lauschten. Karthan zeigte seinen Begleitern mehrere armlange ovale Ameisenhügel.

„Rote Zwergameisen. Sie fressen abgestorbene Leichenwespen mitsamt ihren Eiern und wenn sie schnell genug sind auch die frisch geschlüpften Wespenlarven." Er stocherte in den Nestern, die in sich zusammenfielen. Von Ameisen keine Spur.

„Der Höhepunkt der Wespenplage ist seit ein paar Monaten vorüber", stellte er fest. „Die Nester sind verlassen."

## Die Siedlung

Eine grüne Wand versperrte den Weg. Dornenranken, Schlingpflanzen und Büsche bildeten ein meterhohes undurchdringliches Dickicht. Sie hatten das Ziel erreicht.

„Jeren und Isak klettert auf einen Baum und beobachtet die Siedlung von oben. Hazan und ich werden die Umgebung absuchen. Wir treffen uns hier."

Die beiden Anwärter holten ihren Baumgurt aus dem Rucksack und suchten einen der bis zu vierzig Meter hohen Urwaldriesen.

Zusammen mit Hazan schritt Karthan an der grünen Außenbarriere entlang. Sie stiegen über Baumwurzeln und zwängten sich durch ein Geflecht von Lianen. Auf der gegenüberliegenden Seite der Siedlung fanden sie zwischen vermoderten Laub einen menschlichen Knochen.

„Von einem Kind", stellte Hazan fest. Sie durchkämmten den näheren Umkreis und stießen auf Knochen unterschiedlicher Größe.

„Mindestens drei verschiedene Kinder." Hazans Stimme klang belegt. „Wahrscheinlich haben Tiere die Knochen verschleppt."

Sie folgten der Knochenspur in den Wald. Als sie sich durch dichtes Gebüsch auf eine Lichtung gekämpft hatten, atmete Karthan scharf ein. Hazan rief erschrocken: „Allwissender Gott!"

Die Sonne schien dunkler und der Wald stiller. Vor ihnen breitete sich ein Teppich des Grauens aus. Bleiche Knochen und Totenschädel in allen Größen übersäten den fünf Meter breiten Lichtungsboden. Der Wald hatte über die Toten eine Decke aus Blättern gelegt, so dass das wahre Ausmaß der Tragödie verborgen lag.

Hazan begann es aufzudecken. Akribisch untersuchte er jeden Quadratmeter Boden, als wolle er dadurch den Gestorbenen seine Reverenz erweisen. Karthan beobachtete ihn geistesabwesend.

*Warum bringt jemand Kinder hierher? Drohte ihnen in der Siedlung eine Gefahr?*

Er kratzte mit seinem Mahagonistab über den Erdboden. Unter einer zentimeterdünnen Humusschicht kam rotbrauner Fels zum Vorschein. *Wenn der Felsboden überall so dicht unter der Oberfläche liegt, ist die Lichtung als Lagerplatz geeignet. Dann wäre sie sicher vor Fleischwürmern, die eine tödliche Gefahr für alle am Boden Lagernden darstellten.*

Die Würmer lebten in der Erde und reagierten auf Geräusche, Druck und Wärme. Sobald sie einen Körper über sich spürten, arbeiteten sie sich an die Oberfläche und platzten in hunderte winziger Würmchen auf, die sich einen Weg in ihr Opfer suchten. Am nächsten Morgen verspürte man nur ein leichtes Brennen an den Stellen, die von den Parasiten befallen waren.

Unbehandelt vermehrten sie sich in zwei Tagen so stark, dass eine Heilung nicht mehr möglich war. Nach einer Woche starb der Betroffene entkräftet und geistig verwirrt.

Hazan kam mit grimmiger Miene von seiner Untersuchung zurück. „Ich habe fünfunddreißig Schädel gefunden. Alles Kinder zwischen einem und etwa zehn Jahren. Keine Säuglinge. Sie sind nicht an einer Seuche gestorben. Sie wurden erschlagen!"

„Was? Bist du sicher?", fragte Karthan. Er hatte nicht damit gerechnet, dass Hazan die Todesursache feststellen konnte. *Fünfunddreißig! Das müssen die Kinder der gesamten Siedlung sein.*

„Alle Schädel waren an einer Stelle eingedrückt oder zerschmettert. Außerdem habe ich viele gebrochene Rippen und zersplitterte Knochen gesehen. Die Angreifer haben fürchterlich gewütet."

„Ein Rudel wilder Tiere?"

„Nein. Ein Jaguar hätte genug Kraft, um solche Verletzungen zu verursachen. Aber als Einzelgänger wäre der mit seinem Opfer verschwunden."

„Ein Rhinathon dann."

„Nein. Das hätte alles plattgewalzt. Die Brüche sähen anders aus. Es müssen Menschen gewesen sein."

*Hat Isak doch recht? Steckt Samica hinter dem Überfall?* Er hatte gehört, dass sich die Spannungen zwischen Samica und dem Kaiserreich verschärft hatten. *Falls sie das Geheimnis der zwei Siedlungen kennen, wäre die Versuchung groß.* Er schüttelte den Verdacht ab. *Das sind Händler. Die überleben keinen Tag im Dschungel.*

Auf dem restlichen Weg um die Siedlung herum suchten sie nach weiteren Spuren. Sie fanden nichts. Am Treffpunkt warteten Jeren und Isak.

„Berichtet!", befahl Karthan sofort.

„Izrhen ist verlassen. Die Hütten sind verfallen", begann Jeren. „Die ersten Büsche und Bäume sprießen auf den Wegen und dem Versammlungsplatz. Ich schätze, dass dort seit einem halben Jahr niemand mehr lebt."

„Auf dem Platz liegt ein Ring aus Knochen zwischen den Pflanzen. Genaueres konnte ich von oben nicht erkennen", ergänzte Isak.

Karthan berichtete von ihrem Fund auf der Lichtung.

„Das sieht wie ein Angriff von außen aus. Trotzdem gehen wir gemäß unserem Plan vor. Hazan und ich werden in der Siedlung nach Hinweisen suchen."

Er wandte sich an Jeren und Isak. „Ihr klettert auf die Bäume und beobachtet die Umgebung. Warnt uns, falls sich jemand nähert."

Er und Hazan gingen südwärts zum Haupteingang von Izrhen, einen engen Durchgang, bei dem sich die grüne Mauer für etwa fünf Meter überlappte. Die Schlingpflanzen und Dornenranken hatten die Lücke geschlossen, so dass sie sich mit ihren Macheten hindurch hacken mussten. Am Ende des Ganges standen sie vor den Überresten einer zertrümmerten Holztür. Gleich hinter dem Eingang führte ein schmaler Steg über die Jauchegruben.

Er deutete auf eine kopfgroße Pflanze, die auf dem Grund einer der Gruben wuchs. Zwölf dornenbewehrte Tentakel erstreckten sich von ihr in alle Richtungen. „Eine junge Giftdornranke. Hier lebt niemand mehr. Keine Siedlung würde dieses tödliche Gewächs auf ihrem Gebiet dulden."

Sie verließen sich nicht auf die Stabilität der Holzbretter, sondern sprangen über den zwei Meter breiten Graben. Dahinter begann der für die Dschungelsiedlungen typische Stockwerkeanbau.

Abwechselnd schützten Kaffeesträucher, Bananenstauden und Mangobäume kleine Felder mit Melonen, Süßkartoffeln und Mais vor zu starker Sonneneinstrahlung und heftigem Regen. Zwischendurch erhoben sich Kokospalmen und Paranussbäume in den Himmel, um ihrerseits Schatten zu spenden und die Wucht der Stürme zu brechen. Hier verfaulten die Melonen auf den Feldern, der Mais und die Süßkartoffeln wuchsen in einem Gewirr aus verdorrten und frischen Pflanzen. Der essigsaure Geruch verdorbenen Obstes lag in der Luft. Schwarze Bananen übersäten die Erde unter den Stauden und zerplatzten, sobald sie darauf traten.

Fliegenschwärme umschwirrten die Eindringlinge, die sich die Hand vor Nase und Mund hielten, um die Insekten nicht einzuatmen. Spinnen hatten seidene Kleider um die Sträucher und Bäume gewebt. Schimpfend und kreischend stieg ein Schwarm bunter Vögel auf, als sie sich näherten.

Die ersten Hütten kamen in Sichtweite. Oder das, was Wind, Regenstürme und die Zeit übrig gelassen hatten: Zusammengefallene Gerippe, in denen ab und zu verrottete Blätterreste steckten. Auf dem Boden der Behausungen spitzten Überreste von Werkzeugen und Tongefäßen unter den modernden Bananenblättern hervor, die von den Wänden und dem Dach herabgefallen waren.

Karthan sah sich um. Nur wenig erinnerte ihn noch an sein Heimatdorf. Er hatte es vor mehr als zehn Jahren verlassen.

Auf einen zugewachsenen Weg erreichten sie das einzige Haus, das aus grob behauenen Steinen erbaut war. Flache Ziegel auf dem Dach schützten das Innere vor den täglichen Regengüssen.

Er öffnete die Tür und ließ sie aufstehen, damit Licht in den fensterlosen Raum fiel. An beiden Seitenwänden stapelten sich Holzscheite bis an die Decke. Über die gesamte Breite der Rückwand zog sich eine rußgeschwärzte Wanne aus Stein. Zwei Holzbretter verdeckten Lüftungsöffnungen an den Wänden des Gebäudes. In der Raummitte stand ein Altar mit dem Bildnis des Allsehenden Auges. Darauf lag ein in Leder gebundenes Buch.

„Das Totenbuch!", rief Hazan in plötzlichem Verstehen. „Natürlich! Im Falle einer Seuche sollten wir dort Hinweise finden."

„Du wartest hier, hältst die Tür auf und achtest auf die Umgebung", befahl Karthan.

Der Geruch kalten Rauches und verbrannten Fleisches hatte sich in dem Feuerhaus festgesetzt. Durch die Luftfeuchtigkeit bedeckte ein schmieriger Film aus Ruß und Fett die Innenwände. Karthan schleppte das Buch mit beiden Händen auf einen Holzstapel nahe der Tür. Er blätterte durch die eng beschriebenen Seiten aus Pergament bis zum Ende der Einträge.

Ein einzelnes Zeichen weckte seine Aufmerksamkeit. Er kniff die Augen zusammen. Etwas Ähnliches hatte er schon gesehen. Er wendete die letzte Seite zurück. *Da.* Das kannte er. Er stieß den Atem aus. *Unmöglich.*

Er winkte Hazan. „Du bist der Heiler. Siehst du ein Muster?"

Hazan überflog die Einträge.

„Zuletzt sind nur Frauen gestorben", stellte er fest. „Allwissender Gott! Vierzig Frauen in drei Monaten. Doch eine Seuche? Alle waren schwanger." Er sah genauer hin. „Es ist eine Markierung für den Vater des Ungeborenen vermerkt. Die Priester kennzeichnen das nur bei Kindern von Jägern, aber das sieht nicht wie ein Jägerzeichen aus."

„Du kennst das Zeichen nicht, denn es wurde seit neun Jahren nicht mehr benutzt. Es ist der Code für den zwölften Engel Gottes."

*Zalthar kann nicht überlebt haben. Aber wer würde sonst sein Zeichen verwenden. Wo war er all die Jahre.*

„Ist der nicht schon lange tot? Haben die Priester sich beim Zeichen geirrt? Haben wir eine Ernennung nicht mitbekommen?"

„Nein. Die Einträge sind über ein Jahr alt. In dieser Zeit hätte die Nachricht von einem neuen Engel Jairha längst erreicht. Sieh dir die folgende Seite an."

Hazan blätterte um. „Hier kommt ein anderes Zeichen. Nein. Es ist das gleiche, es steht nur auf dem Kopf. Was bedeutet das?"

„Ich habe das noch nie gesehen. Das einzige was mir in den Sinn kommt, ist ein altes Gleichnis. Dort geht es um den Engel des Todes. Ein auf den Kopf gestelltes Zeichen für den Engel Gottes könnte den Todesengel darstellen."

„Den Todesengel? Davon habe ich noch nie gehört." Hazan rieb über den Verband an seiner Hand. Er deutete auf die Holzstapel an den Wänden. „Verbrenn mich, wenn ich tot bin. Ich kann den Gedanken nicht ertragen, dass die Leichenwespen meinen Körper fressen."

„Dein Heilmittel." Karthan brachte das Buch zurück zum Altar und schloss die Tür des Feuerhauses. „Lass uns danach suchen."

Er führte Hazan an den nördlichen Rand der Siedlung.

„Ich habe noch nie von einem Mittel gehört, das gegen eine drohende Blutvergiftung wirkt. Vor allem, wenn die Feuersalbe versagt."

Karthan hielt vor einem Baumstumpf. Das morsche Holz ragte eine Armlänge über seinen Kopf. Er klopfte dagegen. Nichts passierte. Er nahm den Mahagonistab zu Hilfe und schlug eine Delle in den Moder. Ein paar Würmer ringelten sich aus Löchern in der Rinde. Karthan fluchte und nahm sich den nächsten Baum vor.

„Sie waren früher immer hier."

„Was suchst du?" Hazan war ihm von Baum zu Baum gefolgt.

„Wundameisen. Izrhen ist eine der wenigen Siedlungen, die eine Kolonie davon hatte."

„Wundameisen? Warum erfahren wir in der Heilerausbildung nichts darüber?"

„Sie sind sehr selten. Es sieht so aus, als ob sie eingegangen oder weggezogen sind."

Sie schwiegen einen Moment. Hazan wandte sich ab.

Karthan drückte ihn an der Schulter. „Wir werden Ausschau nach den Ameisen halten. Ich muss mich um den Spezialauftrag kümmern." *Der wohl einzige Grund, warum überhaupt jemand in die Siedlungen geschickt wurde.*

Nur in diesem Dschungelgebiet wuchsen die Bäume, aus deren Harz die Siedler das Kar herstellten, eine der Zutaten für das Kurtha, das geheime Gift der Assassinen.

Er versuchte, sich zu erinnern, wo die Hütte des Dorfvorstehers gestanden hatte. Hazan folgte ihm.

Von der Unterkunft standen nur noch ein paar Außenpfosten. Faulende Bananenblätter bedeckten den Boden. Darunter schimmerten Knochen. Er legte das Skelett frei. Der Tote lag auf dem Bauch – mit einem kreisrunden Loch im hinteren Schädel.

*Nicht an einer Seuche gestorben.*

Die Fingerknochen der einen Hand krallten sich um eine rostige Dose. Er befreite sie aus dem knöchernen Gefängnis.

*Das Zeichen Kar. Ein erster Erfolg.* Die geschwungenen Linien des Buchstabens K zogen sich über den Deckel. Er versuchte, den Behälter zu öffnen. Rostiges Metall knirschte und brach. Eine dunkelbraune Flüssigkeit schwappte über den Rand. Er verschloss die Dose wieder, so gut es ging.

*Allwissender Gott.* Wie ein Schwamm saugte seine Haut die Flüssigkeit auf. Kaum etwas tropfte auf den Boden. Er starrte auf die

Hand und bewegte die Finger. *Kein Unterschied zu spüren.* Er horchte in seinen Körper hinein. Das Herz schlug etwas schneller als normal. Die Fingerspitzen begannen zu kribbeln. Eine Ameisenarmee krabbelte an der Hand empor, auf seinen Arm zu.

*Vergiftet?*

Er fuhr zu Hazan herum.

„Kennst du ein Gegenmittel für Kar."

Hazan sah ihn verständnislos an. „Was ist Kar?"

*Geheim. Das ist das Problem.*

Das Kribbeln ließ nach. „Egal. Wir müssen den Inhalt der Dose umfüllen." Das Kar hatte sich mit eingedrungenen Regenwasser vermischt. *Wahrscheinlich ist es nicht mehr verwendbar. Aber besser als nichts.* Er reichte Hazan den rostigen Behälter. „Sieh nach, ob du ein Gefäß zum Einfüllen findest. Ich suche nach weiteren Proben.

Er drehte die vermoderten Blätter um und wühlte in Scherben von Tongefäßen. Nichts. *Das Kar wurde immer in der Hütte des Dorfvorstehers gelagert. Es muss hier sein. Es sei denn - jemand hat es gestohlen.*

Hazan fluchte. Er hielt die Überreste der Dose zwischen den Fingern. In dem Glasfläschen auf der anderen Hand bedeckte die Flüssigkeit gerade den Boden. Der Rest lief außen herab. „Das Ding ist einfach..." Er starrte auf seine Handfläche. „Was ist das?" Wie bei Karthan versickerte die Flüssigkeit in Hazans Haut.

„Kar." *Eine ehrliche Antwort. Ich schulde sie ihm.* „Ein geheimer Bestandteil des Kurtha."

Hazan stieß die Luft aus. „Ha. Bin ich damit ein Jäger?"

„Ich sagte ‚Bestandteil'. Keine Ahnung wie das Kar wirkt." Karthan ballte seine Hand zur Faust und öffnete sie wieder. „Aber bisher bemerke ich keinen Unterschied."

„Wenn wir nichts mehr spüren, sollten wir mit dem Kurthuan beginnen." Hazan drückte auf die entzündete Stelle in seiner Hand und verzog den Mund. „Aber die Schmerzen haben nachgelassen." Er schüttelte den Kopf. „Wahrscheinlich Einbildung."

„Wir untersuchen die Knochen auf dem Versammlungsplatz", befahl Karthan. „Vielleicht finden wir dort einen Hinweis auf den oder die Angreifer."

Der kreisrunde fünfundzwanzig Meter breite Platz lag nur wenige Schritte entfernt. Der Urwald hatte bereits seine grünen Finger danach ausgestreckt. Überall wuchsen Sträucher und Bäume in die Höhe und bodendeckende Pflanzen eroberten die Fläche. Die

Knochen konzentrierten sich im nordöstlichen Teil. Dort fanden Karthan und Hazan dutzende zertrümmerte und intakte Schädel auf einem Bett von Gebeinen.

„Hier hat eine Schlacht stattgefunden", stellte Karthan fest. „Die Toten tragen alle Waffen. Sie haben gegen einen oder mehrere Gegner gekämpft, die - hier - standen." Er stieg über einen Ring aus Skeletten in den Mittelpunkt eines imaginären Kreises. Er hob ein Bündel halb verrotteter Pfeilschäfte auf. „Der oder die Gegner müssen Rüstungen getragen haben. Trotzdem sollten ein paar Pfeile ungeschützte Stellen getroffen haben. Außerdem..." Karthan suchte erneut den Boden ab und hielt einen fünfzehn Zentimeter langen Holzschaft hoch. „Haben die Siedler mit vergifteten Blasrohrpfeilen geschossen. Ein einziger Treffer hätte tödlich sein müssen. Was hast du herausgefunden?"

Hazan richtete sich auf. „Die gleichen Brüche wie bei den Kindern: Zertrümmerte Brustkörbe und Schädel. Es muss eine schwere Keule oder ein Stab gewesen sein."

„Eine etwa zwei Meter lange Stange aus fünf Zentimeter dickem massiven Stahl."

Hazan sah Karthan überrascht an. „Du hast die Waffe gefunden?"

„Nein. Aber wenn es Zalthars Waffe war, habe ich sie schon in der Hand gehalten und bewundert."

„Das passt zu den Verletzungen. Aber mit einem so schweren Metallstab kann niemand kämpfen."

„Zalthar konnte es. Gehen wir zu den anderen zurück. Ich werde euch allen erzählen, was ich weiß."

## Der Engel des Todes

Karthan drehte sich in die Richtung in der Jeren und Isak auf den Bäumen saßen, ahmte den Ruf eines Aras nach und schwang seine erhobene Hand im Kreis - das Zeichen zum Sammeln. Sie verließen die Siedlung auf dem gleichen Weg, wie sie gekommen waren. Am Pfad zum Fluss trafen sie die zwei Anwärter und Karthan berichtete von ihren Entdeckungen.

„Eine Seuche als Ursache für den Tod der Siedlung halte ich für ausgeschlossen. Ich habe eine Vermutung, wer dafür verantwortlich ist. Aber ich muss euch das Versprechen der Verschwiegenheit abnehmen. Allein mit dem Kaiser, dem Hohepriester oder Laithan dürft ihr darüber reden. Seid ihr damit einverstanden?"

Jeder der drei Anwärter sprach laut und deutlich „Ja", als Karthan ihm direkt in die Augen sah.

„Gut. Kennt ihr den Namen Zalthar?"

„Das war der letzte Engel Gottes. Er starb zu der Zeit, als ich elf wurde", antwortete Isak.

„Vor neun Jahren. Damals benötigte der Kaiser einen Engel Gottes, um einen Aufstand der Steppennomaden im Norden des Reiches niederzuschlagen."

Während Karthan von den Ereignissen vor neun Jahren erzählte, kamen die Erinnerungen zurück.

Zalthar übte mit ihnen das Erklettern von Urwaldriesen auf dem Dschungelgelände der Akademie. Er und Laithan hatten die ersten Meter mit dem Baumgurt zurückgelegt, als ein Anwärter durch das Dickicht auf die Lichtung preschte. „Zalthan, der Hohepriester benötigt deine Anwesenheit."

Zalthar konnte sein Lächeln nicht verbergen. Karthan fühlte sich verpflichtet, von seinem Baum herunterzurufen: „Viel Glück, Zalthan." Es gab nur einen Grund, warum der Hohepriester einen Jäger rief: die Ernennung zum Engel Gottes.

Laithan hatte geschwiegen. Er hatte sich von Anfang an Zalthar widersetzt. Dafür hatte er Laithan bewundert.

Zwei Tage später stand Zalthar vor zwei Reihen mit Mahagonistäben bewaffneten Jägern auf dem Exerzierplatz der Akademie. Schweiß lief von seiner Stirn herunter. Sein Hemd und die Hose waren durchnässt. Bis auf den Stablauf hatte er seinen zweiten Kurthuan hinter sich.

Karthan stand am Anfang der Reihe. Zalthar lief an ihm vorbei. Karthan schlug mit aller Kraft und Geschicklichkeit zu. Alles andere wäre eine Beleidigung gewesen. Zalthar wich nicht aus, sondern fing den Schlag ab. Krachend zerbrach er den Stab. Als er die zwei Reihen Jäger hinter sich gelassen hatte, stießen diese Jubelschreie aus. Zwanzig zerbrochene Stäbe lagen auf dem Boden.

Trotzdem des erfolgreichen zweiten Kurthuans hatten sich Zalthars unstete Augen in die seinen gebohrt und er hatte gewusst, was ihm bevorstand.

Als sich Zalthar am Abend an ihm abreagierte, hatte er dies als Strafe des allwissenden Gottes hingenommen, auch wenn er sich keiner Sünde bewusst war.

Am nächsten Tag verabschiedete sich Zalthar. „Karthan, denke an mich. Ich komme bald zurück."

„Wohin gehst du?"

„Ein Aufstand der Steppennomaden im Norden. Sie bedürfen der Züchtigung durch einen Engel Gottes."

Das war das letzte Mal, dass Karthan ein Lächeln auf Zalthars Gesicht gesehen hatte. Als er drei Monate später zurückkam, hatten sich grimmige Falten um seinen Mund gegraben. Bei der ersten Begegnung schob er Karthan wortlos von sich weg und verlangte sofort eine Audienz beim Hohepriester.

In der nächsten Woche wurden er und Laithan zum damaligen Kaiser gerufen. Der Kaiser erhob sich hinter seinem Schreibtisch, als sie vor ihm standen.

„Schwört mir, dass ihr über das, was wir hier besprechen, Stillschweigen bewahrt", begrüßte er sie.

Sie schworen.

Der damalige Hohepriester betrat das Schreibzimmer.

„Zalthar ist verschwunden", begann der Kaiser. „Er hat drei Anwärter getötet und ihnen das Kurtha für ihren Kurthuan abgenommen."

„Vorher hat er von mir die Erlaubnis für einen dritten Kurthuan verlangt", ergänzte der Hohepriester. „Ich habe ihn verweigert. Ein dritter Kurthuan führt unweigerlich zum Tod."

Der Kaiser sah ihnen in die Augen. „Findet Zalthar. Entweder seine Überreste oder ihn selbst. Wenn er noch lebt, tötet ihn."

„Aber er ist der Engel Gottes", widersprach Karthan.

„Ich widerrufe seine Ernennung hier in diesem Raum. Tötet ihn", forderte sie der Hohepriester auf.

Der Kaiser ergänzte: „Wir können ihn nicht mit Gewalt besiegen. Falls ihr ihn lebend antrefft, müsst ihr eine List anwenden."

Er erzählte den Anwärtern, wie sie Zalthar getötet hatten:
„Als wir Zalthar im Herz des Dschungels stellten, war er noch schwach. Wir näherten uns ihm ganz offen. Unser Plan sah vor, dass wir seine treuen Schüler spielten, die ihn unterstützen wollten.

‚Ihr seid gekommen, um mich zu töten', sagte er uns auf den Kopf zu.

Dann öffnete er seine Rhinathon-Rüstung und wandte sich an mich. ‚Karthan. Wenn du mich töten willst, hast du jetzt die Gelegenheit. Der Kurthuan hat mich geschwächt. Ihr werdet keine bessere bekommen.'

Damals konnte ich nicht zustechen. Stattdessen kniete ich vor Zalthar, bot ihm den Griff meiner Machete und sprach: ‚Engel Gottes. Wir sind gekommen, um dir zu dienen. Bitte nimm uns als deine Gefolgsleute auf.'

Zalthar wog die Machete für einen Moment in seiner Hand und meinte: ‚Gut. Ich will dir trauen.'

Er gab mir die Waffe zurück. Anschließend wandte er sich an Laithan: 'Und was ist mit dir, Laithan? Willst du mir und Karthan folgen?'

‚Wir sind gekommen, um dem Engel Gottes zu dienen', antwortete Laithan, kniete sich nieder und bot ihm ebenfalls seine Machete dar. Diesmal wog Zalthar die Waffe wesentlich länger, bevor er sie wortlos an Laithan zurückgab. Wahrscheinlich ahnte er irgendetwas. Kaum hatte Laithan seine Machete ergriffen, sprang er blitzartig auf und stieß die Klinge in Richtung Zalthars Augen. Der stolperte rückwärts. Mit der flachen Hand schlug er die Waffe aus Laithans Griff. Doch zu spät. Laithan hatte ihm bereits mit der anderen Hand einen vergifteten Dolch ins Herz gestoßen. Der Engel Gottes sank zu Boden. Laithan nahm den stählernen Stab des Gefallenen und zertrümmerte dessen Oberarm- und Oberschenkelknochen.

‚Warum verstümmelst du ihn? Hast du keinen Respekt vor dem Engel Gottes?', fragte ich ihn.

‚Ich gebe ihm noch eine Chance zu überleben. Wenn der allwissende Gott ihn schützen will, werden ihn göttliche Zufälle retten', antwortete er. Dann ahmte er den Todesschrei eines Pekaris nach und klopfte auf die Erde, um alle Fleischwürmer in der Nähe anzulocken. Für einen Moment hatte Zalthar noch einmal seine Augen geöffnet, obwohl der Dolch mitten aus seiner Brust herausragte."

Karthan nahm einen Schluck aus seiner Wasserflasche.

„Auch wenn es unwahrscheinlich scheint, vieles von dem, was wir gefunden haben, deutet auf Zalthar. Er stammt aus Izrhen, so dass die Bewohner ihn sicher erkannt hatten.

Jemand, der den dritten Kurthuan überlebt hat werden wir nicht töten können. Der Kaiser, der Hohepriester und Laithan müssen so schnell wie möglich informiert werden."

Karthan wandte sich an Hazan. „Zeig deine Hand."

Der rote Fleck war auf die Größe eines Fingernagels geschrumpft. Hazan drückte darauf. „Ich spüre den Druck, aber keinen Schmerz." Er lächelte. „Das Kar wirkt als Heilmittel."

„Trotzdem. Du gehst zurück nach Dairha. Wenn es dir gut geht, reist du über den Seeweg nach Dalrha. Vorher setzt du Jeren und Isak an der Dschungelroute ab."

Er holte Pergament und Kohlestift aus seinem Rucksack. „Ich gebe euch verschlüsselte Botschaften mit. Ich selbst werde Zalthar folgen. Habt ihr noch Fragen?"

„Wenn Zalthar überlebt hat, bedeutet das nicht, dass er der wahre Engel Gottes ist?", warf Jeren ein.

„Ich weiß es nicht. Als Engel sollte er das Leben mehren und nicht töten. Das umgekehrte Zeichen im Totenbuch hat mich an eine alte Sage erinnert."

Er sammelte einen Moment seine Gedanken und fuhr fort:

„Vor langer Zeit gab es keinen Tod und es gab keine Geburt. Die Menschen lebten ewig. Jeder Streit dauerte ewig. Niemand versuchte, etwas Neues zu lernen, denn er glaubte schon alles zu wissen. Die Welt stand still. Der allwissende Gott schaute ohnmächtig zu, denn es gab kaum Zufälle, die er beeinflussen konnte.

Deshalb bat er den Tod auf die Welt und versprach ihm jede tausendste Seele. Der Tod kam und mit ihm begann der Kreislauf aus Geburt, Leben und Tod. Doch als dieser seine tausendste Seele forderte, fand der allwissende Gott keine, die freiwillig zum Tod gegangen wäre.

Er wollte niemanden zwingen und so schlug er dem Tod eine Änderung ihres Handels vor. Er könne nicht nur jede tausendste Seele haben, sondern alle, die freiwillig zu ihm kämen. Freudig ging der Tod auf den neuen Handel ein. Schließlich hatte er den Menschen den Wandel gebracht, da würden sich bestimmt viele finden, die ihn anbeteten.

Als jedoch keine einzige Seele zu ihm kam, fühlte er sich betrogen. Wütend schwor er dem allwissenden Gott: ‚Die erste Seele, die freiwillig zu mir kommt, wird mein Engel auf dieser Welt sein. Sie soll mein Werk verrichten, aber ich werde sie nicht berühren. Sie soll dein Werk vernichten, aber keine Reue spüren.'

Es scheint, dass der Tod seine erste Seele gefunden hat. Wenn wir Zalthar nicht aufhalten, wird er uns alle vernichten."

# Die Nachricht

Der Dschungel weinte. Die ersten Tropfen des abendlichen Regengusses hatten den Weg durch das Blätterdickicht gefunden und fielen auf Karthan. *Der Wald trauert um die Toten. Meine Tränen müssen noch warten.* Er wollte sich keinen Moment der Unachtsamkeit leisten. Jedes Geräusch, jede Bewegung barg eine potentiell tödliche Gefahr. Auch wenn die Rhinathon-Schuppenrüstung seinen Körper vor fast allen Angreifern schützte, gab es genügend giftige Waldbewohner, die ihn mit einem Biss in Hand oder Gesicht verletzen konnten.

Das panikerfüllte Quieken eines Pekaris weitab von seiner Wegrichtung ignorierte er. Bis zur Dunkelheit hätte er das Jagdrevier des Jaguars längst verlassen. In den Bäumen vor ihm schnatterte und kreischte eine Gruppe Makaken.

Der Regen hatte aufgehört. Hinter den Bäumen sank die Sonne dem Horizont entgegen und tauchte den Dschungelboden in Schatten. Karthan begann nach einem geeigneten Baum für das Nachtlager Ausschau zu halten. Da schimmerte ein Gegenstand zwischen einer Gruppe Zwergfarne heraus. Normalerweise hätte er ihn ignoriert. Doch die Siedlung Okrhen lag etwa eine Tagesreise entfernt. In diesem Abstand hatten sie bei Izrhen die ersten Toten gefunden.

Mit dem Mahagonistab scheuchte er eine Spinne und einen Tausendfüßler, so groß wie ein Zeigefinger, aus der Umgebung des Knochenstückes. Er beugte sich herab, um es genauer zu betrachten. Ein menschlicher Oberschenkelknochen, in der Mitte durchgebrochen. Höchstens eine Woche alt. Der Geruch verwesenden Fleisches hing noch daran. Er richtete sich auf und sah sich um. Er lauschte. Jedes Rascheln im Wald beschleunigte seinen Herzschlag. Das Gefühl, beobachtet zu werden, schärfte alle Sinne.

*Unsinn. Zalthar hat diesen Ort längst verlassen. Wenn er überhaupt dafür verantwortlich ist.*

*Die Waldtiere würden ein so großes Stück nicht weit schleppen. Die Überreste der Leiche sollten in der Nähe liegen.* Durch das Dickicht spitzten die gefiederten Blätter und weißen Blüten eines Niembaumes.

Direkt vor dem dicken Stamm fand Karthan eine Ansammlung aus Knochenstücken und Kleiderfetzen. Nachdenklich hob er ein Schnipsel schwarzes Leder auf. Er strich mit dem Finger darüber. Die Farbe änderte sich zu Braun.

*Möge der allwissende Gott deine Seele aufnehmen, Bruder.*
Der Tote hatte die Dschungeltracht der Jäger getragen. Eine Hose und Jacke aus Wapi-Hirschleder, das auf spezielle Weise behandelt war. Niemand sonst durfte dieses Leder verwenden. Karthan führte eine gründliche Suche durch.

Er sammelte alle Lederreste ein, die er finden konnte. In der Innentasche der Jacke entdeckte er ein eingerolltes Stück Pergamentpapier. Er las:

„Diese Nachricht muss sofort an den obersten Verwaltungsbeamten von Jairha weitergeleitet werden." *Er wollte eine Flaschenpost über den Fluss schicken.* Die restlichen Zeilen waren verschlüsselt. Karthan rief sich den Schlüssel ins Gedächtnis und begann, den Text zu entziffern.

„Zalthar lebt."

Karthan setzte ab.

*Ich habe damals gesehen, dass er noch lebt. Ich hätte helfen müssen.* Er biss die Zähne zusammen, bis sie aufeinander knirschten. *Ich war so froh, dass er nie mehr seine Macht über mich ausüben konnte. Allwissender Gott. Was habe ich getan? Hat er sich in ein Monster verwandelt, weil ich ihn im Stich gelassen habe?*

Er las weiter:

„Er kann nicht der Engel Gottes sein. Die Spuren bezeugen, dass er Izrhen ausgelöscht hat. Bisher konnte ihn niemand verletzen. Er hat ein Viertel der Siedler von Okrhen getötet.

Frauen sterben, nachdem sie ein Kind von ihm empfangen haben. Nur ein Engel Gottes kann gegen ihn bestehen. Der allwissende Gott sei uns gnädig."

Die Unterschrift lautete Merthan - einer der vermissten Jäger.

*Sie müssen Laithan zum Engel Gottes zu küren. Nur er hat genügend Grips und Härte, um es mit Zalthar aufzunehmen.*

Er dachte an die Anwärter, die er vor drei Tagen auf die Reise geschickt hatte. *Hazan müsste mittlerweile Jeren und Isak am Anfangspunkt der Dschungelroute abgesetzt haben und sich auf dem Rückweg nach Jairha befinden.*

*Einer von ihnen muss Dalrha erreichen.*

Nachdem die Dunkelheit angebrochen war, beschloss Karthan, in dem Niembaum das Schlafnetz aufzuspannen. Er würde eine Totenwache halten und sich die wenigen Begegnungen mit Merthan in Erinnerung rufen.

Doch seine Gedanken kreisten um Zalthar und drängten den Toten in den Hintergrund. Auch der Spezialauftrag schien nicht mehr so wichtig.

*Sobald er mich erkennt, wird er mich töten. Was für einen Sinn macht es, ihm zu folgen? Werfe ich mein Leben weg?*

Er schlug mit der flachen Hand gegen den Stamm des Niembaums. *Oder habe ich nur Angst vor ihm? Vielleicht besteht noch ein Funken Hoffnung, dass er sich ändert. Wenn ich jetzt umkehre, lasse ich ihn zum zweiten Mal im Stich.*

Aber er wusste nicht, ob er das, was ihm Zalthar angetan hatte, noch einmal ertragen würde.

Wie hatte er ihn bewundert, als Zalthar damals nach Dalrha aufgebrochen und ein Jahr später als Jäger nach Izrhen zurückgekehrt war.

Die ständig umherhuschenden Blicke Zalthars hatte er für Wachsamkeit gehalten. Erst als Anwärter in der Akademie hatte er gelernt, die Augenbewegungen richtig zu interpretieren. Je schneller die Bewegung, desto näher rückte der Zeitpunkt, an dem er einen seiner Schutzbefohlenen aussondern und ihm Gewalt antun würde.

Laithan war einer der wenigen gewesen, die Zalthar nie behelligt hatte. Er hatte ihn deswegen beneidet, konnte aber nie den Grund für dessen Sonderstatus herausfinden.

*Auch wenn Laithan den Mord begangen hatte.*

*Ich bin mitverantwortlich.*

*Ob es Gottes Wille war oder nicht, hätten wir nicht versagt, wären hunderte Menschen noch am Leben.*

Er wollte sich nicht davonstehlen und die Siedler ihrem Schicksal überlassen.

*Ich muss Informationen über Zalthar sammeln. Eine winzige Schwäche genügt. Laithan oder der nächste Engel Gottes werden jeden noch so kleinen Vorteil benötigen.*

*Und das Kar. Irgendwie muss ich etwas davon auftreiben. Ohne Kar kein Kurtha und keine neuen Jäger oder Engel Gottes.*

Er bereitete das Nachtlager auf dem Niembaum vor. Anschließend verlangsamte er seinen Atemrhythmus und schlief ein.

*Die Knochen unter dem Baum raschelten. Sie bewegten sich! Einer nach dem anderen wand sich aus Erde und Blättern. Die bleichen Gebeine schlitterten über den Boden zwischen Farnen und anderen Bodendeckern hindurch. In dem Skelett unter dem Niembaum fanden sie ihren Platz. Klappernd erhoben sie sich. Grünes Licht erhellte das*

*Innere des hohlen Schädels. Kaarrthaann, schnurrte der Wind. Abgebrochene Fingernägel kratzten an der Rinde und zogen das Geripppe am Baumstamm hoch. Waaarrruum? Es kroch den Ast entlang, an dem das Kopfende seiner Hängematte gebunden war. Dann lehnte es sich weit hinaus. Die grünen Augen leuchteten. Ein warmer nach Verwesung stinkender Atem blies ihm ins Gesicht.*

Blitzartig wachte Karthan auf. Instinktiv schlug er mit der Faust nach oben, bevor er die Augen aufriss. Sein Herz raste. Blätter raschelten. Ein Körper plumpste auf den Boden. Was immer ihn gestört hatte, war verschwunden.

Er lauschte. Der nächtliche Dschungel rauschte, flatterte und zirpte. Vorsichtshalber sah er auf den Boden. Merthans Knochen schimmerten unbewegt im Mondlicht.

*Nur ein Albtraum.* Trotzdem - etwas hatte ihn geweckt. Ein Hauch des Verwesungsgeruchs hing in der Luft. *Eine Raubkatze?*

In den zwei Stunden bis Sonnenaufgang schreckte er bei jedem Geräusch auf. Der erste Lichtschimmer kroch über den Horizont und löste ein Konzert hunderter Vogelstimmen aus.

Er baute das Schlafnetz ab, richtete sich nach der Markierung, die er gestern an dem Niembaum angebracht hatte und marschierte los.

Die ersten Sonnenstrahlen durchdrangen die Blätter und warfen Lichtflecken auf den Boden.

Er trat auf eine Lichtung und klopfte mit dem Mahagonistab auf das dichte Gras. Der Untergrund raschelte, Halme knickten um. Eine Ranke peitschte durch die Luft und wand sich um das Holz. Er umklammerte seine Waffe und sprang zurück.

In dem Moment packte ihn ein dornenbewehrtes Tentakel und riss ihn von den Beinen.

*Giftdornranke!*

Er stemmte den Stab und die Hacken in die weiche Erde. Die giftigen Dornen brachen an seiner Rhinathon-Rüstung. Die Pflanze zog ihn mit der Kraft eines Pferdefuhrwerks zum Mittelpunkt der Lichtung. Dort lag hinter einem lichten Gebüsch der Tümpel mit Verdauungsflüssigkeit, die sein Fleisch in wenigen Minuten zersetzen würde.

Er hieb mit der Machete auf den Ausläufer ein, der seine Füße umwickelte und ihn durch das Gras schleifte. Sein Arm schmerzte, Schweiß tropfte von der Stirn. Mit dem fünften Hieb durchtrennte er die harten Fasern.

Bevor er aufstehen konnte, wand sich die nächste Ranke um sein Bein. Er schlitterte über den feuchten Grasboden in den Ring aus Blütenständen. Wie überdimensionale Ähren ragten sie über seinen Kopf. Er ließ die Machete fallen und packte ein Bündel der daumendicken Stängel. Die Ranke ließ nicht locker.

Seine Gelenke knackten. Die Halme schnitten in seine Hand. Mit einem Ruck rissen die Blütenstände aus dem Boden und er landete vor dem Gebüsch um den Verdauungstümpel inmitten von Knochen.

Der Mahagonistab tauchte in den Tümpel. Er stieß ihn hinein, bis er den Grund erreichte. Dann klammerte er sich mit beiden Händen an das obere Ende. Er keuchte. Seine Armmuskeln spannten. Die Kraft der Ranke zog ihn zusammen mit dem Stab in die Höhe, bis er senkrecht über dem Tümpel stand.

Das grüne Tentakel gab ihn frei und verschwand im Gras. Zitternd blieb der Stab im Tümpelboden stecken. Er versuchte, das Gleichgewicht zu halten, während er die Beine anzog, um den Kontakt mit der Oberfläche zu vermeiden.

*Ich kann das nicht lange durchhalten. Aber auf der Lichtung erwischen mich die Ranken.*

Am Waldrand brachen Äste. Ein blaugrüner Koloss schob sich aus dem Dickicht. Karthan stöhnte.

*Ein Rhinathon.*

Die Augen fixierten ihn und es öffnete das spitze Maul.

*Grinst mich das Biest an?*

Das Rhinathon spazierte auf die Lichtung. Die Ranken schlängelten von überall her durch das Gras auf ihren Fressfeind zu. Der packte einen Ausläufer mit seiner Klaue und kaute auf der grünen Spitze herum. Die anderen, die sich um seine Beine wickelten ignorierte das Rhinathon. Dann nickte es ein paarmal mit dem Kopf in seine Richtung.

*Gibt es mir Zeichen?*

Er sah hinter sich. Mehrere Wellen zogen durch das Gras auf der anderen Seite der Lichtung.

*Die Giftdornranke wirft alles gegen ihren Feind. Der Weg ist frei!*

Soweit er wusste, verhielten sich Rhinathons feindselig und aggressiv gegenüber Menschen. *Aber das ist meine einzige Chance.*

Er ließ die Stange zur Seite kippen, sprang den letzten Meter an Land und rannte los. Der Koloss brüllte. Aus dem Waldrand stampften vier Rhinathons und rissen das Maul auf.

*Eine Falle.*

Er schnellte in die Luft, ruderte mit Armen und Beinen und stieß sich vom Rücken eines der Tiere ab. Durch die Lücke, die die Rhinathons in das Dickicht gewalzt hatten, schlüpfte er in den Dschungel. Er sprang über Wurzeln, duckte sich unter herabhängenden Ästen hindurch. Der Boden vibrierte, als einer der Kolosse hinter ihm her galoppierte.

Er meinte, den heißen Atem im Nacken zu spüren und warf sich zur Seite. Sein Verfolger schlitterte ein paar Dutzend Meter weiter, bevor er umdrehte. Karthan hatte eine kurze Verschnaufpause gewonnen. Der Waldboden begann bei jedem Schritt zu quatschen. Matsch hing an den Stiefeln.

*Ein Sumpf. Oder See. Meine Chance.*

Bald stand er knöcheltief im Wasser. Er kletterte auf umgestürzte Bäume und balancierte über die Stämme. Das Rhinathon warf sich dagegen, um ihn herunterzuschütteln. Aber es gelang ihm, rechtzeitig auf andere Baumstämme zu springen.

Als er die Wasserfläche überquert hatte, blieb sein Verfolger zurück. Auf dem Trockenen legte er eine Pause ein, trank aus seiner Wasserflasche und schnitt einen Schössling ab.

In Gedanken ging er die Wege ab, die er seit der Lichtung zurückgelegt hatte. Er orientierte sich und schlug mit dem Ersatzstab und Dolch in den Händen die Richtung ein, in der er den Weg nach Okrhen vermutete.

## Das allsehende Auge

Am späten Nachmittag fand er Spuren menschlicher Besiedlung: Fußspuren, abgebrochene Zweige und Holzschlag. Er verließ den Weg, da er niemandem aus der Siedlung begegnen wollte. Ein neuer Geruch kitzelte seine Nase.

*Rauch. Das muss Okrhen sein. Ich brauche einen Aussichtsbaum.*

Nach kurzer Suche fand er einen Paranussbaum, der sich über dreißig Meter in den Himmel erhob. Karthan holte den Baumgurt aus dem Rucksack. Er legte den Riemen um den Stamm und band an die Enden zwei Schlaufen für die Hände. Er wickelte das Leder um die Handgelenke, bis er gerade genug Spielraum besaß, um es eine Armlänge nach oben zu schleudern. Wenn er den Riemen spannte, hielt dieser an der rissigen Borke des Baumes, so dass er sich daran hochziehen konnte. Zum Bewegen des Riemens presste er sich fest an den Stamm und warf ihn mit einem Ruck in die Höhe. Auf diese Weise schob er sich Stück für Stück den Baumstamm empor. Ab und zu verkürzte er den Riemen, da sich der Stamm verjüngte. Wegen der glatten Schuppen seiner Rüstung benötigte er mehr Kraft als sonst und musste Atempausen einlegen.

Wolken türmten sich auf und verdunkelten den Himmel. Kurz bevor er die Baumkrone dreißig Meter über dem Boden erreichte, begann der tägliche Regenschauer.

Er löste das Leder, zog sich auf einen der Hauptäste und sicherte sich wieder. Dicke Wassertropfen platschten auf ihn, durchnässten seine schwarzen Haare und rannen wie ein kleiner Bach an der Rhinathon-Rüstung hinab. Darunter stand der Schweiß auf seiner Haut. In den ersten Minuten sah er nur eine graue Wasserwand. Als der Regen nachließ, glaubte er in einem halben Kilometer Entfernung drei dünne Rauchsäulen zu erkennen.

*So nah! Wenn ich Pech habe, hat mich jemand gesehen.*

„Karthan! Was für eine Überraschung!"

Er zuckte zusammen. Die Stimme kam aus seinem Rücken, direkt hinter ihm und er kannte sie.

*Bin ich bereit, ihm in die Augen zu sehen?* Zögernd drehte er sich um.

Zalthar stand zwei Meter entfernt freihändig auf einer Astgabel. Bis auf den Lendenschurz trug er keine Kleidung. Regentropfen perlten über die glatte Haut seines muskulösen Körpers. Die schulterlangen braunen Haare klebten an Kopf und Hals. Das kantige Gesicht mit dem energischen Kinn sah genauso aus wie vor neun Jahren. Nur die Augen hatten sich verändert. Wie eine Spirale wand sich das Muster der goldenen Iris bis in die Tiefe der Pupillen.

*Allwissender Gott! Das allsehende Auge.*

Zalthars Blick wanderte nicht. Er starrte ihn an.

*Er hat sich geändert. Das Unstete ist verschwunden.*

Hoffnung regte sich.

*Ist er doch der Engel Gottes?*

„Zalthar!", antwortete er schließlich. „Du hast überlebt."

„Ah. Das klingt nicht überrascht. Du hast mich erwartet. Willst du mir wieder deine Unterstützung anbieten?"

*Ein Wimpernschlag und ich bin tot.*

Zalthar lächelte. „Keine Angst, Karthan. Ich bin nicht nachtragend. Du und Laithan habt damals nur einen Auftrag ausgeführt." Er drehte ihm den Rücken zu. „Lass uns diesen ungastlichen Ort verlassen. Wenn du mir vertraust, dann lege den Arm um meinen Hals und klammere dich fest."

*Vertraue ich ihm, oder vertraut er mir? Ein Ruck und ich könnte sein Genick brechen. Oder ihn vom Baum stoßen.*

Der Gedanke, die nackte Haut seines früheren Peinigers zu berühren, ließ ihn schaudern. Zögernd löste Karthan den Lederriemen vom Ast und kletterte zu Zalthar. Zwei Meter vor ihm blieb er stehen. Seine Arme und Beine zitterten.

*Niemals. Ich will ihm nie wieder so nahe kommen.*

Furcht kroch in seine Stimme. „Ich kann nicht." *Bin ich jetzt tot?*

Zalthar blieb freundlich. „Gut. Rutsche auf die herkömmliche Weise hinab. Ich zeige dir dann, was du versäumt hast."

Karthan prüfte jeden Griff, als er zum Stamm des Urwaldriesen kletterte. Auf der feuchten Rinde bedeutete Unachtsamkeit einen Sturz in dreißig Meter Tiefe. Er umklammerte mit Armen und Beinen den Baumstamm und ließ sich daran herabgleiten. Die Geschwindigkeit regelte er durch den Druck der Rhinathon-Rüstung auf die Rinde. Die Reibungshitze brannte durch die Schuppen auf seiner Haut.

Kaum war er vom Baum zurückgetreten, als Zalthar einen Schrei ausstieß und auf die gleiche Weise nach unten raste – jedoch nahezu im freien Fall. Er lachte. Erst auf den letzten fünf Metern bremste er ab.

Zalthar drehte sich zu ihm und zeigte Hände, Arme und Innenseite der Füße. Dort hingen die Hautfetzen vom rohen Fleisch, aus dem Blut sickerte.

„Gleich siehst du, warum ich fast nackt herumlaufe. Der allwissende Gott hat mir die Fähigkeit geschenkt, meinen Körper zu heilen."

Die Blutungen stoppten und innerhalb von Sekunden wuchs ein dünner Hautfilm über die Wunden.

„Meine Kleidung kann ich nicht heilen. Sie bestünde längst nur noch aus Fetzen."

Fassungslos starrte Karthan auf Zalthar. Die Wunden waren geschlossen, die Haut sah aus wie zuvor: glatt, mit einem oliv-goldenen Farbton.

*Allwissender Gott! Er muss der wahre Engel sein.* Er fiel auf die Knie.

„Wiederholt sich jetzt alles?", fragte Zalthar.

171

„Nein. Ich glaube, du bist der wahre Engel Gottes. Ich verstehe nur nicht, warum du tötest. Warum hast du Izrhen ausgelöscht?"

„Der allwissende Gott kennt die Vergangenheit, die Gegenwart und die Zukunft. In fünf Jahren wäre von Izrhen eine schreckliche Seuche ausgegangen, der halb Carthe zum Opfer gefallen wäre." Zalthar senkte seinen Blick.

„Glaube mir, jeder einzelne Tod schmerzt, rettet aber tausende Leben in der Zukunft."

Er schlug den Weg in Richtung Siedlung ein. „Jetzt folge mir. Du übernachtest heute in meiner Hütte."

*Zusammen unter einem Dach.* Er schluckte. *Aber er hat sich geändert. Ich muss ihn nicht mehr fürchten,* versuchte er, sein Unbehagen zu verdrängen.

Er folgte Zalthar.

Die Menschen in der Siedlung sanken vor ihnen auf die Knie und sahen zu Boden. Außer dieser Form von Verehrung bemerkte er nichts Ungewöhnliches.

Zalthars Hütte war aus Holzbrettern gezimmert und der Boden innen mit Fellen ausgelegt. Sie setzten sich an die erloschene Feuerstelle in der Mitte des Raumes. Karthan gegenüber von Zalthar. Kalte Asche trennte sie.

„Du traust mir nicht", begann Zalthar.

Er schwieg.

„Im Dschungel hatte ich lange Zeit, um über alles nachzudenken. Ich habe erkannt, wie sehr du und die anderen Schüler mir geholfen haben."

*Nicht freiwillig.*

„Als ich dir heute begegnet bin, ist es mir wieder eingefallen und hat mich auf eine Idee gebracht." Die goldenen Augen starrten ihn unverwandt an. „Ich will nicht undankbar sein. Du darfst Teil von etwas Neuem und Großartigem werden."

Karthan rückte von der Feuerstelle ab. Er spannte seine Muskeln an. „Ich weiß nicht. Lieber nicht."

Mit einem Satz kam Zalthar über ihn. Er wand sich unter ihm und schlug mit den Beinen aus. Aber gegen die Kräfte des Engels Gottes fühlte er sich wie ein Kind.

„Wer sagt, dass du eine Wahl hast", flüsterte dieser in sein Ohr.

Zehn Minuten später starrte er auf das Fell unter ihm, ohne die grauweiße Zeichnung des Pekaris wahrzunehmen. Er hätte geweint, wenn er Tränen gekannt hätte.

Zalthar hatte ihn benutzt, wie vor neun Jahren. Aber es war anders gewesen als früher. Diesmal hatte er nur Schmerzen gespürt. Ein glühendes Messer hatte sich durch seinen Unterleib gebohrt, während er minutenlang geschrien hatte. Selbst jetzt musste er ganz flach atmen, um dem Schmerz zu entkommen.

Er lag in der Hütte und lauschte - allein. Er müsse für die Sicherheit der Siedlung sorgen, hatte Zalthar gesagt, bevor er in der Nacht verschwand. Doch nun zogen zum dritten Mal Schreie durch das Dorf. Er ballte die Faust und schlug auf den Boden.

*Wie kann er der Engel Gottes sein?*

Er stützte sich auf seinen Stab, um aufzustehen. Nach zwei Schritten sank er stöhnend zurück auf die Felle.

*Ich würde ihm sowieso nie entkommen. Ich kann nur noch eines tun.*

Er beschrieb ein Blatt Pergamentpapier mit allem, was ihm an Zalthar aufgefallen war. *Ich werde meinem ursprünglichen Plan folgen und nach Schwächen suchen.*

Anschließend durchsuchte er die Hütte. In einem Bodenloch unter einem Fell fand er zwei Dosen mit dem geschwungenen Zeichen Kar auf dem Deckel. Er packte sie in seinen Rucksack. Stunden später siegte die Erschöpfung über Schmerzen und Verzweiflung.

Am nächsten Morgen saß Zalthar mit einem Frühstück aus Früchten, Nüssen und kaltem Fleisch an dem flachen Tisch in der Hütte.

„Iß!", befahl er mit einem Lächeln. „Wir brechen sofort auf."

„Wohin?" Karthan setzte sich.

„Nach Dalrha. Der Hohepriester und der Kaiser sollen wissen, dass ihr Engel Gottes überlebt hat."

„Dalrha?" Er zögerte. Seine Anwärter waren dorthin unterwegs. Würde ihr Vorsprung reichen, um den Hohepriester und den Kaiser zu warnen?

Jedes Mal, wenn er Zalthar in die Augen sah, begann er zu zweifeln. *Warum sehen sie aus wie das allwissende Auge, wenn er nicht der echte Engel Gottes ist? Oder ist das ein perfider Trick des Todesengels?*

Zu lange gezögert. Zalthar packte seine Haare und zog ihn zu sich her. „Du verschweigst mir etwas, Karthan." Er zischte in sein Ohr. „Du weißt, dass ich das hasse."

Karthan schauerte. Er berichtete von den drei Anwärtern, ihre Funde in Izrhen und ihre Schlussfolgerungen. Er verschwieg das eigentliche Ziel, zu dem er sie gesandt hatte. Er gab vor, sie nur zum obersten Beamten von Jairha geschickt zu haben, der den Kaiser und Hohepriester informieren sollte.

Sein Gegenüber ließ ihn los. „Hast du wirklich geglaubt, ich sei der Engel des Todes? Das ist doch ein Ammenmärchen."

Er lächelte. „Die Siedler in Izrhen waren schon immer abergläubisch." Er senkte Blick und Stimme. „Ihre Frauen sind an den Symptomen der Seuche gestorben, die in fünf Jahren Millionen von Opfern gekostet hätte. Ich musste handeln, bevor sich die Krankheit ausbreitet."

„Und Merthan?"

„Du hast ihn gefunden?"

„Seine Überreste. Er hatte eine Nachricht hinterlassen."

„Er muss sich in Izrhen angesteckt haben. Sein Geist wurde wirr. Hat er in der Nachricht geschrieben, dass er Hogthan getötet hat?"

„Er hat ihn nicht erwähnt."

„Er hat ihn in einem Anfall von Wahnsinn von hinten niedergestochen und seine Kehle aufgeschlitzt. Danach ist er geflohen. Ich bin ihm gefolgt. Die Nachricht dürfte seinem kranken Gehirn entsprungen sein. Ich würde nicht allzu viel darauf geben."

*Allwissender Gott. Es hört sich so plausibel an. Spricht er doch die Wahrheit?*

Dennoch wollte er weiter nach Informationen fischen. Er wagte er eine Frage, die ihn die ganze Zeit beschäftigt hatte: „Zalthar. Wo warst du die letzten neun Jahre? Warum tauchst du erst jetzt auf?"

## Das Fremde

„Ah. Karthan. Du rührst an einer Erinnerung, die ich am liebsten vergessen würde." Er schwieg eine halbe Minute. Karthan glaubte, er hätte die Frage vergessen, als er fortfuhr: „Der dritte Kurthuan hat meinen Körper verändert. Tödliche Verletzungen oder Gifte können mir nichts anhaben. Aber ich war geschwächt und die Giftmischung auf Laithans Dolch enthielt Kurtha. Wenn ich versucht hätte, das Gift zu neutralisieren, hätte das den dritten Kurthuan zunichtegemacht."

Er beugte sich vor. Karthan ertrank in den Augen. „Schmerzen, die ich kaum ertragen konnte. Unfassbar fremde Veränderungen in meinem Körper. Tagelang habe ich mit dem Tod gerungen. Das alles wäre umsonst gewesen."

Nach einer Pause fuhr Zalthar fort. „Sieben Jahre. Solange lag ich genau dort, wo mich Laithan niedergestreckt hat, gefangen in meinem eigenen Körper. Zuerst habe ich gegen das Gift und den Dolch in meinem Herzen gekämpft, dann gegen die Fleischwürmer, die mich befallen hatten. Schließlich musste ich noch die zerschmetterten Knochen heilen.

Sieben Jahre habe ich nur von Regenwasser gelebt und von Insekten, die in meinem Mund Unterschlupf gesucht hatten. Oft habe ich zum allwissenden Gott gebetet, dass er mich erlösen soll. Doch etwas hat mich gehindert, den letzten Faden meines Lebens loszulassen. Sieben Jahre habe ich jede Faser, jeden Muskel meines Körpers beobachtet und gelernt ihn zu beeinflussen. Jetzt gibt es nichts mehr auf dieser Welt, dass mir gefährlich werden könnte."

Zalthars Stimme hatte zuletzt an Leidenschaft zugenommen. Karthan wusste, wie er ihn besänftigen konnte. Er fiel vor ihm auf die Knie und rief aus: „Du bist der wahre Engel Gottes!"

„Dann iss deine Mahlzeit und lass uns aufbrechen. Wir nehmen den direkten Weg durch den Dschungel." Er reichte ihm einen Becher mit einer milchigen Flüssigkeit. „Trink. Das ist gegen die Schmerzen."

Karthan trank, verspeiste die Früchte und Nüsse und fragte nach: „Dauert es auf dem direkten Weg nicht länger? Am Ende der Dschungelroute könnten wir die Reise auf dem Wasserweg fortsetzen."

„Nein. Du wirst sehen. Ich räume den Weg frei."

Karthan verschlang das kalte Fleisch, legte seine Rüstung an und nahm den Rucksack und den Ersatzstab auf. Die wenigen Siedler, die ihnen begegneten, knieten bei Zalthars Anblick sofort nieder. An den Jauchegruben der Siedlung erleichterten sie sich und schlüpften durch das Eingangstor.

Zalthar walzte mit seiner schweren Stahlstange alles platt, was im Weg stand. Büsche, kleine Bäume und Unterholz blieben zerbrochen und zusammengeschlagen hinter ihnen zurück.

*Für mich ist das wie ein Spaziergang, aber dieser Spur wird jeder noch wochenlang folgen können und viel schneller als sonst kommen wir nicht vorwärts.*

Am frühen Nachmittag legte Zalthar eine Pause ein.

„Bereite ein Feuer vor", wies er Karthan an. „Ich gehe auf die Jagd. Wir brauchen Proviant für die Reise."

Erst bei Anbruch der Nacht kam er mit fünf bereits ausgenommenen Pakas auf der Schulter zurück.

„Ist das nicht zuviel?", fragte Karthan. „Das können wir kaum tragen."

„Keine Sorge. Ich übernehme die Aufgabe des Lasttieres. Ab morgen werden wir das Tempo steigern. Dazu benötigen wir genügend Energie."

Bis nach Mitternacht brieten sie das Fleisch. Karthan musste immer wieder Holz von einem morschen Baum in der Nähe holen. Zalthar nötigte ihn, eine komplette Hinterkeule eines Pakas hinunterzuschlingen. Er selber aß die andere Keule und Teile des Lendenfleisches.

*Mein Bauch schmerzt. Bestimmt zuviel gegessen.*

Sie sicherten das Fleisch an den Ästen direkt unter den Schlafnetzen, die sie in dem Baum an ihrem Feuer aufgespannt hatten.

An den folgenden Tagen zeigte Zalthar, was er unter Tempo verstand. In einer Hand hielt er die schwere Stahlstange schräg vor sich, in der anderen die Machete. Der riesige Rucksack auf seinem Rücken spannte von ihren Vorräten. Im Laufschritt preschte er durch den Urwald.

Karthan musste entweder dicht hinter ihm laufen oder genügend Abstand lassen, damit ihm nicht die zurückschnalzenden Äste ins Gesicht schlugen.

Er entschied sich für den Abstand, denn beim Durchbrechen des Unterholzes schüttelte Zalthar oft Insekten, Spinnen und Schlangen herunter. Zeitweise krabbelten hunderte Tiere auf seinem Rücken und dem Rucksack.

Auf den Lichtungen, die sie durchquerten, sprang er zwei Meter in die Höhe, so dass beim Aufprall seine unfreiwilligen Begleiter zu Boden prasselten. Mit Ausnahme von kurzen Verpflegungspausen waren sie von Sonnenaufgang bis Sonnenuntergang unterwegs. Karthan schätzte, dass sie fast hundert Kilometer zurückgelegt hatten.

*Er zeigt keine Anzeichen von Ermüdung. Ich glaube, er hält sich zurück, um mich zu schonen.*

Ab dem nächsten Tag wurde das Gelände schwieriger und sie kamen nicht mehr so schnell voran. Sie wichen Sumpfgebieten aus und überquerten Wasserläufe. Obwohl sie ihre Kost durch Früchte und Nüsse aus dem Urwald anreicherten, hatten sie ihre Jagdbeute halb verzehrt. Zalthar drängte ihn, genügend zu essen, auch wenn er keinen Hunger verspürte.

Abgesehen von dem ersten Abend in der Hütte hatte ihn Zalthar in Ruhe gelassen. Er schien regelrecht besorgt um ihn. *Er hat sich verändert. Ist er doch der Engel Gottes?* Trotzdem notierte er seine Beobachtungen auf dem Pergamentpapier, wann immer er ungestört Gelegenheit dazu hatte.

Nach einer Woche ließ ihn ein Stechen im Bauch unvermittelt stolpern. Karthan hielt an und atmete flach, bis der Schmerz nachließ.

„Was hast du?", rief ihm Zalthar zu, als er sein Anhalten bemerkte.

„Ein Stechen im Bauch."

„Wir drosseln das Tempo", bestimmte Zalthar.

Obwohl sie ihre Geschwindigkeit verringerten, überfielen ihn alle paar Stunden Schmerzattacken. Zalthar wartete geduldig und half ihm über schwierige Stellen hinweg.

*Was ist mit mir? Bin ich krank? Gab es in Izrhen doch eine Seuche?* „Wenn es die Seuche aus Izrhen ist, darf ich nicht nach Dalrha. Du musst mich zurücklassen."

„Keine Sorge, Karthan. Ich kann mich nicht anstecken. In ein paar Tagen geht es dir wieder besser. Wir rasten, dann kannst du dich ausruhen."

Karthan erwachte mitten in der Nacht. Zalthar hatte sich über ihn gebeugt und - schnüffelte? Erschrocken bemerkte er, dass er auf dem Boden lag. Zalthar drehte sich zu ihm um und sah in seine Augen. „Keine Sorge, Karthan. Ich halte Wache. Schlaf weiter."

Die Ruhepause hatte ihm gutgetan. Den Vormittag über konnte er laufen. Er schöpfte Hoffnung, bis am Nachmittag die Schmerzen erneut begannen.

„Ich trage dich", bot Zalthar an.

Erschöpfung und Schmerzen verdrängten seinen Widerwillen. Er kletterte auf Zalthars Rücken. Den Sack mit Proviant schob er zur Seite. Er klammerte sich mit Armen und Beinen fest, während der Engel Gottes durch den Urwald stapfte.

Am nächsten Morgen schüttelten Karthan Bauchkrämpfe. Zalthar flößte ihm einige Schluck Wasser ein und flüsterte: „Ich glaube, es ist so weit. Nicht mehr lange und du hast es überstanden. Wir rasten heute."

„Zalthar. Etwas bewegt sich in meinem Bauch!", keuchte Karthan. Er spürte einen faustgroßen Klumpen, der unabhängig von seinem

Willen durch den Unterleib kroch und dabei einen schneidenden Schmerz hinterließ. *Allwissender Gott. Was ist das?*

„Ich wusste es! Meine Larven werden bald schlüpfen."

„Larven?" *Ist Zalthar verrückt geworden? Oder bin ich wahnsinnig?*

„Siehst du Karthan, ich habe dir nicht alles über die Folgen des dritten Kurthuan erzählt und warum ich sieben Jahre im Dschungel lag." Er tränkte ein Stück Stoff und legte es auf Karthans glühende Stirn.

„Der Kampf gegen das Gift und die Verletzungen hat nur ein Jahr gedauert. Den Rest der Zeit habe ich versucht, Veränderungen in meinem Körper zu bekämpfen, ohne den gesamten Kurthuan rückgängig zu machen. Erst als ich verstand, dass alle Veränderungen zum Kurthuan gehören und sie akzeptiert habe, konnte ich mich aus der Stasis befreien."

Er hielt seine Hand vor Karthans Gesicht. „Hast du dich nicht gefragt, wie ich den Paranussbaum ohne Baumgurt erklettern konnte?"

Er krümmte die Finger. Lange schwarze Krallen durchstießen die Haut an den Fingerspitzen. Einige Tropfen Blut spritzten auf Karthan. Vor ihm stand etwas unendlich Fremdes. Er schauderte.

„Du bist der Engel des Todes!"

Zalthar lachte. „Ihr Menschen und eure Religion. Engel Gottes, Engel des Todes. Alles Unsinn. Aber sehr praktisch, um euch zu manipulieren."

Er beugte sich über Karthan. Die goldfarbene Iris seiner Augen wand sich wie eine Spirale um ein schwarzes Loch. *Genau wie das allsehende Auge.* Das Symbol, das jeder Cartheser mit dem Abbild des allwissenden Gottes gleichsetzte.

„Du vertraust diesen Augen, weil du ihr Abbild seit deiner Kindheit kennst. Aber hat Gott schon einmal etwas für dich getan? Hat er ein einziges Mal deine Gebete erhört?"

Er stand auf und schritt hin und her.

„Ich habe zum allwissenden Gott gebetet und zu allen anderen Göttern, die mir eingefallen sind. Am Ende sogar zum Tod. Keiner hat mich erhört. Dabei hing mein Leben an einem dünnen Faden.

Als ich verstanden habe, was mit mir passiert, habe ich um meinen Tod gefleht. Am Ende war das Einzige, das mir geholfen hat, zu akzeptieren, was ich bin."

„Du bist der Engel des Todes", flüsterte Karthan heiser.

„Bitte, lass doch den Quatsch. Ich bin nur noch zu einem Teil ein Mensch. Der andere Teil ist eine Art – Insekt." Er stieß das letzte Wort heraus.

„Als ich dies endlich akzeptiert hatte, erwachte der Überlebenstrieb in mir. Neben meinem persönlichen Überleben wollte ich auch das meiner Art sichern. Leider haben Frauen die Schwangerschaft mit meinem Fötus nie überlebt."

„Es gibt keine Seuche?"

„Nein. Ich musste mir etwas Plausibles ausdenken, um dich zu überzeugen oder zumindest zweifeln zu lassen. Ich verspreche dir aber, dass ich dich nicht mehr belügen werde."

*Und wir wissen beide auch warum. Ich werde nicht überleben. Wie soll ich Zalthar aufhalten? Mir bleibt nur eine Möglichkeit, ihm zu schaden.*

Dafür musste er die Rüstung loswerden. Zalthar redete weiter, jedoch achtete er nicht darauf. Bei der nächsten Schmerzattacke stöhnte er gepresst: „Die Rüstung. Sie schnürt mich ab. Kannst du sie lockern?"

„Natürlich. Das hätte ich vergessen. Sonst können die Kleinen ja nicht schlüpfen. Wir ziehen das Oberteil aus."

Zalthar half, die Schlaufen auf der Seite zu lösen und zog ihm das Oberteil über den Kopf.

Karthan atmete erleichtert auf. Die Rüstung hatte tatsächlich gespannt. Für einen Moment fühlte er sich frei und leicht. Er ertastete den Dolch an seinem Gürtel. Seine Knöchel spannten sich um den Griff.

*Allwissender Gott, gib mir die Kraft.*

Zalthar rechtfertigte gerade die Ermordung der Kinder aus Izrhen damit, dass er ihnen einen qualvollen Tod im Dschungel ersparen wollte.

Da! Er spürte und sah unter der Bauchdecke die Bewegung. Ohne nachzudenken, stieß er zu. Kurz bevor die Klinge den Bauch berührte, fing Zalthar seine Hand ab.

„Ich hatte befürchtet, dass du das vorhast. Siehst du, Karthan, im Gegensatz zu dir erwarte ich, belogen zu werden und richte mein Handeln nach deinem. Ich wollte das vermeiden, aber ich werde verhindern, dass du den Kleinen etwas antust."

Er entwand Karthan den Dolch, nahm dessen Oberarm in beide Hände und zerbrach den Knochen wie ein dünnes Stück Holz. Für die Oberschenkelknochen benötigte er einen Handkantenschlag.

Sekunden später lag Karthan stöhnend mit gebrochenen Gliedmaßen auf dem Boden.

„Man könnte meinen, die Welt hätte einen Sinn für Gerechtigkeit. Vielleicht kannst du mich besser verstehen, wenn du selbst das Gefühl der absoluten Hilflosigkeit erlebst. Zumindest wirst du mir jetzt zuhören."

*Warum? Ich bin schon tot.*

„Der Fortpflanzungsversuch mit Hilfe meines menschlichen Erbes scheiterte. Nun hast du die Gelegenheit, Teil von etwas Großartigem zu werden."

Die Chitin-Krallen durchstießen die Finger- und Zehenspitzen. Blut spritzte. Ein schwarzer Stachel schob sich seitlich aus dem Lendenschurz heraus.

„Der Geburt einer neuen Rasse."

Karthan starrte. Er stöhnte auf, als er versuchte, vor dem Wesen wegzukriechen.

Zalthar lachte. „Endlich habe ich meinen anderen Teil akzeptiert – bis zur letzten Konsequenz. Als Insekt verfüge ich über einen zweiten Weg zur Fortpflanzung."

Er zog seine Krallen ein und strich mit einer Hand über Karthans Bauch, der bei der Berührung erschauerte. „Meine Eier haben sich in dir prächtig entwickelt."

Karthan würgte. Seine Welt versank in rotem Schmerz. Er schrie.

„Sie schlüpfen", rief Zalthar begeistert. Karthan verlor das Bewusstsein.

Als er aufwachte, hielt ihm Zalthar zwei handtellergroße Winzlinge vor das Gesicht. Die spitze Schnauze unter ihren Kulleraugen schnappte nach ihm. An den mit Blut und Schleim besudelten Körpern zappelten sechs dünne Beine, die in scharfen Klauen endeten. Statt Haut oder Haaren bedeckte ein Chitinpanzer ihr Äußeres.

Zalthar griff die Wesen kurz hinter dem Kopf mit Daumen und Zeigefinger. Dabei runzelte er die Stirn.

*Ganz der Vater.* Karthan kicherte. Dann liefen Tränen an seiner Wange herab. *Ich sterbe.*

Er sah in Zalthars Gesicht. *Enttäuscht vom Nachwuchs?* Statt einem Lachen quälte sich ein Husten aus seiner Kehle, der in einem scharfen Schmerz endete. Die Welt drehte sich und verschwamm vor seinen Augen.

Zalthar schüttelte den Kopf und räusperte sich.

„Dir zu Ehren habe ich sie ‚Kar' und ‚Than' getauft. Nicht ganz das, was ich gehofft hatte. Aber sie wachsen bestimmt noch." Er legte die Wesen auf Karthans Bauch.

„Wenn ich der Nachricht über mein Auftauchen zuvorkommen will, muss ich nach Dalrha aufbrechen. Ich bin sicher, du wirst die zwei gut versorgen."

Er durchsuchte Karthans Rucksack und fischte die Dosen mit Kar heraus. „Du hast etwas mitgenommen, das mir gehört." Er lächelte. „Das wird mein besonderes Geschenk an den Hohepriester."

Zangen klickten und zupften an Karthans Fleisch. In seinem letzten klaren Moment flüsterte er „Töte mich! Bitte töte mich."

„Versuche es mit beten. Ich bin sicher, irgendwann wird dich dein allwissender Gott erhören."

Der Dschungel verschluckte Zalthars Schritte.

\*\*\* ENDE \*\*\*

Die Bücher aus der Omega-Reihe (in chronologischer Reihenfolge):

Omega – Die Zauberer
Omega – Dschungel (Kurzgeschichte)
Omega – Der Engel Gottes (Leseprobe im Anhang)

# Anhang

## Leseprobe Omega – Der Engel Gottes

Die Geschichte spielt fast eintausend Jahre nach Omega – die Zauberer und zwei Wochen nach Omega – Dschungel.

*Seit Jahrhunderten schützt ein Zauber den Inselstaat Samica. Trotzdem wagt das Kaiserreich Carthe einen Angriff. Der brutale Überfall reißt Selia, Tira und Haran aus ihrem bisherigen Leben. Entführt oder durch Rache getrieben – ihr Weg führt sie in die feindliche Hauptstadt, wo Selia die Prüfung zum Engel Gottes erwartet.*

*Die drei jungen Erwachsenen erwerben ungewöhnliche Fähigkeiten, die ihnen zwar beim Überleben helfen, sie aber den Manipulationen von Wesen aus einer anderen Dimension aussetzen.*

*Währenddessen erwacht im Herz des Dschungels eine Gefahr, die das Ende der Menschheit bedeuten könnte.*

**Leseprobe (Auszug aus dem 1. Kapitel)**

**1. Tira, Selia, Haran – von Drogira nach Janagan**

**Tira**

Tira kniete im Altarraum der Kirche. Durch drei seitliche Mosaikfenster schimmerte das Morgenrot. In den Holzbänken hinter ihr saßen einzelne Gläubige. Sie fühlte die Blicke in ihrem Rücken.

*Warum hat Mutter auf die Zeremonie bestanden? Burg Janagan liegt nicht am anderen Ende der Welt.* Auch wenn die Ausbildung dort zwei Jahre dauerte, konnten ihre Eltern sie jederzeit besuchen.

Der Priester des allwissenden Gottes hielt ihr einen Jutesack mit feuchter Erde hin. Sie griff mit beiden Händen hinein und füllte den bereitgestellten Tontopf damit. In einem Schälchen daneben lag die Eichel, die sie gestern unter dem Baum ihres Großvaters aufgesammelt hatte.

In einigen Wochen würde sie keimen und einen Trieb bilden. Danach verpflanzten die Priester den Setzling in den Wald am Rande Drogiras. Sie drückte die Eichel in die Erde.

Ihr Vater kniete neben ihr. *Warum ist sein Tontopf größer und bunt? Sind nicht alle Menschen vor dem Allwissenden gleich?* Der Priester reichte ihrem Vater ein feuchtes Tuch. Der reinigte seine Hände und gab es an sie weiter. Während sie den Dreck von den Fingern rieb, drehte sich der Priester zur östlichen Fensterfront.

„Der allwissende Gott segne eure Gabe des Lebens." Er hob seine Arme. In diesem Moment brachen die bunten Glasfenster die Sonnenstrahlen so, dass die zwei Tontöpfe im Lichtschein standen.

Sie sah auf das Mosaik der Fenster. Von der Mitte der Scheibe aus starrte sie ein Auge an. *Das allsehende Auge.* Ihr Herz klopfte. *Quatsch. Nur farbige Glassteine.* Fast hypnotisch folgte sie dem Muster in der goldenen Iris, das sich wie eine Spirale um die dunkle Pupille wand.

Ihr Vater klopfte auf ihre Schulter. Sie standen auf und verbeugten sich. Ihr Vater überreichte eine Goldmünze.

„Ich werde für die sichere Reise und den Erfolg eurer Tochter beten, Meister Finn", bedankte sich der Priester.

Auf dem Weg nach draußen fiel ihr eine blonde Frau in Soldatenuniform auf. Sie saß mit geschlossenen Augen auf der ersten Bank. *Eine Soldatin der Zauberer in der Kirche des allwissenden Gottes?*

Vor dem Ausgang erhob sich ihre Mutter aus der letzten Bank. „Danke Tira. Die Zeremonie des Lebens soll dich schützen", flüsterte sie und drückte sie kurz. Dann folgte sie ihnen mit zwei Schritten Abstand.

Tira schüttelte den Kopf. *Seit über fünfzehn Jahren lebt sie auf Samica. Die Gewohnheiten Carthes hat sie immer noch nicht abgelegt.*

Auf der vorletzten Stufe der Kirchentreppe wandelte sich die blaue Farbe ihres Kleides zu Beige. Die Kleidung ihres Vaters wurde hellgrau. Ein kurzer Blick zu ihrer Mutter – weiß wie immer.

Ihr Leibwächter Zek trat unter einem Vordach eines Wohnhauses auf der gegenüberliegenden Straßenseite hervor. Er übernahm die Führung.

„Warum hast du dem Priester Gold gegeben?", fragte sie ihren Vater. „Hätte Silber nicht ausgereicht?"

„Der allwissende Gott gewinnt Anhänger und Macht in Samica. Die Menschen vergessen, dass die Kirche aus Carthe kommt."

*Ein Test. Er will, dass ich mir die Frage selber beantworte.* Sie überlegte kurz. „Gold bleibt in Erinnerung. Silber wird vergessen. Der Priester soll sich an deine Spende erinnern, falls du einmal ihre Unterstützung benötigst."

Ihr Vater lächelte. „Unterschätze nie die Macht der Kirche. Irgendwann wird es sich auszahlen."

Die Poststation Drogiras kam in Sicht. Die Pferde waren eingespannt, also würde es bald losgehen.

*Zeit, um Abschied zu nehmen.* Sie drehte sich zu ihrer Mutter. „Wir denken an dich, Tira." Ihre Mutter drückte sie. „Wir kommen dich besuchen", versprach sie. Tira umarmte sie und wandte sich dann zu ihrem Vater um. Mit ernster Miene reichte sie ihm die Hand. „Auf Wiedersehen, Vater."

Der lachte, hob sie ein Stück empor und gab ihr einen Kuss auf die Wange. „Du bist die Beste, Tira. Du wirst es ihnen allen zeigen." Für einen Moment schlang sie ihre Arme um seinen Hals und schmiegte sich an ihn.

Zek, ihr Leibwächter, trat heran. Er fasste sie an den Schultern und ging in die Hocke, um ihr in die Augen zu sehen. „Vergiss nicht, das Davonrennen zu üben. Dein Blasrohr hast du dabei?"

Sie nickte.

„Gut." Er deutete in Richtung einer jungen Frau in schneeweißer Uniform. „Du bist in guten Händen."

*Die Soldatin aus der Kirche. Dieses reine Weiß haben nur die Leibwächter der Zauberer.*

Die Frau strich sich eine blonde Strähne aus ihrer Stirn und rief „Einsteigen!"

Tira kletterte in die Kutsche. Die beige Farbe ihres Kleides wechselte zu glänzendem Blau. Zek verstaute ihre zwei Kisten unter den Sitzen. Als er sich umdrehte, zögerte er.

„Was ist?"

„Der Reiter dort drüben. Er wartet schon eine ganze Weile, ohne abzusteigen. Ich werde ihn überprüfen." Tira beobachtete, wie der Mann davon ritt, als sich Zek näherte.

Die Soldatin sah durch das offene Fenster der Kutschentür. „Alles in..." Ihre Augen weiteten sich. Sie fasste an ihren Hals.

„Was ist?", fragte Tira.

„Nichts. Eine alte Erinnerung", antwortete die Frau. „Ich heiße Selia. Ich bin der Begleitschutz für die Kutsche."

„Ich bin Tira. Ich fange als Schülerin auf Burg Janagan an."

„Dann Willkommen. Du siehst noch sehr jung aus. Die anderen Schüler sind alle älter", stellte Selia fest.

Tira fasste das als Kompliment auf. „Ich bin fünfzehn. Du musst gut sein. Du siehst auch jung aus, für einen Leibwächter der Zauberer."

„Leibwächter?" Selia überlegte. „Ach du meinst die weiße Uniform?"

Tira nickte.

„Nein. Ich bin Rekrutin. Das Weiß verdanke ich meinem tadellosen Lebenswandel und dem Glauben an den allwissenden Gott."

„Meinen Glückwunsch. Die Farbe ist beeindruckend."

Selia suchte einen Augenblick nach Ironie in Tiras Gesichtsausdruck. Doch diese lächelte sie mit großen Augen an.

„Danke. Es geht los", antwortete Selia. „Ich werde beten und um eine sichere Reise bitten." Sie zog sich zurück und gab das Signal zum Aufbruch.

*Bei so vielen Gebeten kann ja nichts schief gehen.*

Eine Peitsche knallte. Die Kutsche ruckte an. Tira winkte ihren Eltern und Zek beim Vorbeifahren zu. Sie lehnte sich auf den gepolsterten Sitz zurück und überlegte, welche Lektüre sie für die drei Stunden Fahrt bis Janagan herauskramen sollte.

## Selia

Selia beendete ihr Gebet an den allwissenden Gott im Gehen. Wie es Ortschaften üblich war, führte sie ihr Pferd am Zügel, damit jeder ihre Kleiderfarbe sehen konnte. Sie hatte nichts zu verbergen. Das reine Weiß erfüllte sie mit Stolz. Pater Tener hatte sie als seinen Engel bezeichnet.

In den gepflasterten Straßen Drogiras schritt sie hinter Postkutsche her, die heute unter ihrer Obhut stand. Eine Routineaufgabe, die oft den Rekruten übertragen wurde, insbesondere die Strecke Drogira – Burg Janagan. Die Rückzugsgebiete der Schwarzen lagen weit entfernt im Süden Samicas. Mit der Garnison auf Janagan in unmittelbarer Nähe, schien ein Überfall unwahrscheinlich. Trotzdem würde sie ihre Pflicht keinen Augenblick vernachlässigen. Die Kutsche und ihre Insassen waren ihr anvertraut.

Sie verließen die Außenbezirke Drogiras und Selia stieg auf ihr Pferd. Einen halben Meter über dem Boden nahm ihre Uniform die ursprüngliche grüne Farbe an.

Die Pflastersteine wichen einer dünnen Schicht Schotter. Auf der vielbefahrenen Straße begegneten ihnen Kutschen, Fuhrwerke und Reiter.

Der Kutscher winkte Selia. „Nach der Südost-Kreuzung könnte es gefährlich werden", rief er ihr zu.

Selia ritt heran. Über den Hufschlag konnte sie die Worte kaum verstehen. „Warum?", fragte sie.

„Irgendein Idiot hat das Gerücht verbreitet, die Zauberer wollen eine Kiste Gold nach Janagan transportieren." Er lehnte sich aus dem Kutschbock zu Selia hinüber. „Kurz vor den Säuberungen könnte die Versuchung für die Schwarzen groß genug sein, wenn sie von dem Gerücht erfahren."

„Haben wir das Gold geladen?", fragte Selia ohne Umschweife.

„Unsinn. Das ist eine Falschmeldung. Aber das wissen die Schwarzen nicht."

„Warum sollten sie ausgerechnet unsere Kutsche überfallen?" Sie rückte näher. Ein Reiter überholte sie im Galopp. *Habe ich das Pferd heute nicht schon gesehen?*

„Ich werde aufpassen", versprach sie. Sie kaute ein Stück des getrockneten Blattes Engelskraut, das ihr Pater Tener gegeben hatte. Es sollte ihre Wahrnehmung und Reaktionsfähigkeit verbessern.

An der Südost-Kreuzung bog die Kutsche ab. Der Weg stieg an und in der Ferne wuchs der Kegel des Hrangi empor, an dessen Fuß Burg Janagan lag. Dunst verschleierte die Spitze des erloschenen Vulkans.

Sie ritt zehn Pferdelängen voraus und suchte unablässig am Wegrand und zwischen den Bäumen nach Auffälligkeiten. Ein Sonnenstrahl blitzte durch die Blätter hindurch.

*Das Gesicht beugte sich zu ihr herunter. Nicht ihre Mutter oder ihr Vater. Etwas glitzerte und drehte sich im Sonnenlicht. Sie griff mit ihren kleinen Händen danach. Es schmeckte kalt. Lachen.*

Sie griff an ihren Hals und holte das Amulett unter der Uniform heraus. Das Medaillon aus Mondmetall glitzerte und drehte sich im Sonnenlicht. Nur das Zeichen in der Mitte, ein Omega, schien das Licht zu verschlucken. Warum kam diese alte Erinnerung jetzt? War dies ein Hinweis ihres Gottes?

Hinter einer Biegung stand fünfzig Meter entfernt ein Karren am Weg. Ein Mann lag reglos auf der Ladefläche. Selia erstarrte. *Ein Hinterhalt? Lieber sichergehen.* „Überfall!", schrie sie und zog ihr Schwert. Ein Pfeil zischte durch die Luft und schlug gegen die Kutsche. Mit knallender Peitsche trieb der Kutscher die Pferde zum Galopp. Steine und Gras flog durch die Luft, als sich zwei Seile quer über den Weg spannten. „Halt!", schrie sie. Der Kutscher zog die Bremse. Zu spät. Die Pferde stürzten und gingen zu Boden. Die Seile rissen. Der abrupte Halt schleuderte den Kutscher über sein Gespann. Stöhnend brach er zusammen. Selia sprang ab. Sie stürmte auf den schwarzgekleideten Mann zu, der mit gezogenen Schwert zur Kutsche rannte.

Als er sie bemerkte, nahm er die Abwehrstellung eines routinierten Schwertkämpfers ein und wartete.

„Allwissender Gott. Bitte hilf mir." Gegen einen erfahrenen Kämpfer hätte sie nur mit einem göttlichen Zufall eine Chance.

Doch ihr Gegner beschränkte sich darauf ihre hastigen Attacken abzuwehren. Er war gut. Nur ein paarmal durchbrach ihr Schwert seine Deckung und fügte ihm unbedeutende Schnitte zu. Aus Richtung Kutsche hörte sie eine fremde Männerstimme und ... die Schülerin Tira! Sie konzentrierte sich und verdoppelte ihre Anstrengungen.

Ein Schleier legte sich über ihre Sicht. *Was ist das?* Schlieren wirbelten um einen schwarzen Strudel, der sich wie ein Faden im Grau verlor. *Was passiert mit mir?* Sie übersah die unbewaffnete Hand, die auf ihre Nase knallte. Blut tropfte auf das Amulett. Ein gelber Farbfleck huschte durch den Nebel und verschwand in dem Medaillon.

Ein Pfiff ertönte und ihr Gegner ließ von ihr ab.

**.... Weiterlesen in OMEGA – Der Engel Gottes**